Das Gleichgewicht der Tage

Therese Prokop

Das Gleichgewicht der Tage

Bibliografische Information der Deutschen Nationalbibliothek:
Die Deutsche Nationalbibliothek verzeichnet diese Publikation in
der Deutschen Nationalbibliographie; detaillierte bibliographische
Daten sind im Internet über dnb.dnb.de abrufbar.

© 2024 Therese Prokop

Herstellung und Verlag: BoD – Books on Demand, Norderstedt

ISBN: 9783757891923

Der Abzug hat nachgegeben, ich habe die glatte Rundung des Griffes gespürt, und da, in dem zugleich kurzen und ohrenbetäubenden Lärm, hat alles angefangen. Ich habe den Schweiß und die Sonne abgeschüttelt. Ich habe begriffen, dass ich das Gleichgewicht des Tages zerstört hatte, die außergewöhnliche Stille eines Strandes, an dem ich glücklich gewesen war.

Albert Camus, *Der Fremde*

Erster Teil

I

Erst als ich das Buch fertiggelesen habe, fällt mir auf, dass „der Fremde" in Camus' Roman keinen Vornamen hat. Er ist einfach Monsieur Meursault, Sohn einer Madame Meursault – ein Niemand, ein Irgendwer oder ein Jedermann. Ein Fremder unter Fremden. Ich klappe das Buch zu und atme gierig die frische Luft ein, die durch die geöffnete Balkontür zu mir dringt. Die letzten Tage waren ungewöhnlich heiß, fast so, wie es in Meursaults Algier gewesen sein mag. Ein Wetter zum Schlafen, zum sich Lieben und zum Töten in der erbarmungslosen Bedrückung der Sonnenglut. Einfach und intensiv. Und doch ist die Hitze hier bei mir ganz anders. Das Problem, scheint mir, ist das Denken. Sobald man liest, schreibt oder übersetzt, ist man abgetrennt vom Leben, von der Klarheit und Einfachheit der Dinge. Ein Meursault überlegt nicht. Er handelt, beobachtet, objektiv und ohne Emotionen. Darin liegt die Entfremdung. Und die Faszination.

Auf der Straße bellt ein heiserer Hund. Ich trete auf den Balkon und sehe die dicke Frau von nebenan. Ihr Pudel bellt fast alle anderen Hunde an, was ich beim Arbeiten manchmal als störend empfinde. Ich vermute, dass der Pudel unzufrieden ist. Oder er bellt aus Angst. Die dicke Frau wirkt heruntergekommen und gleichzeitig stolz. Wenn sie mit anderen redet, schreit sie fast, in einer sehr hohen Tonlage und einer seltsam fremdartigen Melodie. Dabei wiederholt sie jede Äußerung mindestens zweimal im selben Tonfall, als ob sie sich bestätigen müsse, dass ihr Gegenüber, oder ihr Pudel, auch verstanden habe, was sie sagen will.

Als ich jetzt nach unten schaue, sehe ich, dass die dicke Frau eine andere mir bekannte Frau getroffen hat, die gelegentlich zum Friseur in unsere Straße kommt. Die andere Frau hat einen winzigen beigefarbenen Hund, der sehr struppig und sehr übergewichtig ist und sich auf den Boden fallen lässt, sobald die Frau stehen bleibt. Sogar der schwarze Pudel mag den fetten kleinen Hund, vielleicht weil er sich immer sofort unterwirft. Interessant ist, dass die andere Frau in genau demselben Tonfall und mit ebenso vielen Wiederholungen spricht wie die dicke Frau. Ich weiß allerdings nicht, welche von beiden zuerst so redete und welche es dann von der anderen übernommen hat. Dabei sind die beiden Frauen immer fröhlich und lachen viel, und sogar in ihrem Lachen hört man Wiederholungen. Manchmal, wenn ich sie in meinem Zimmer durch die offene Balkontür höre, muss ich unwillkürlich mitlachen. In solchen Momenten frage ich mich, ob es den beiden besser geht als mir. Wie wäre es wohl, eine einfach gestrickte ältere Frau zu sein, die mit einem struppigen Schoßhund ihre Tage verbringt, regelmäßig zum Friseur geht, sich über das Ordnungsamt aufregt und mit den Nachbarn lacht? Könnte ich so eine Frau werden? Und würde ich es wollen?

Ich gehe in die Küche, um meinen Tabak zu holen, beschließe dann aber, zu Schulz runterzugehen. Wenn man viel Zeit mit dem „Fremden" Meursault verbracht hat, sehnt man sich danach, unter normale Menschen zu kommen.

Vor dem Café in der Sonne sitzen die üblichen Stammkunden und grüßen kurz, als ich mich dazusetze. Auch die anderen Tische draußen sind voll besetzt, eine Kleinfamilie, Laptopträger und stolze I-Phone-Besitzer. Schulz kommt raus und fragt, wie es geht, und ich antworte wahrheitsgemäß, dass ich den Camus noch einmal gelesen habe und morgen mit der Übersetzung beginnen will. Er fragt mich zum zweiten Mal, warum ich damit so viel Zeit verschwenden will, obwohl es doch schon gute Übersetzungen gibt. Ich sage ihm, dass er mir mit der Frage auf die Nerven geht. Ich bestelle einen Milchkaffee, und er geht mit einem schiefen Lächeln wieder rein.

Die Zigarette tut gut nach der Lektüre. Neben mir unterhalten sich zwei von Schulz' Freunden über einen Film, der mir nichts sagt. Er handelt von einem Mann, der sich für einen anderen ausgibt, nachdem er ihn getötet hat. Da er in Schwierigkeiten kommt mit seinen Lügen und der falschen Identität, muss er weiter lügen und weiter töten, immer wieder. Dabei ist er eigentlich ein netter Kerl, den alle mögen. Das kommt mir bekannt vor, und ich muss wieder an Meursault denken, auch wenn er längst nicht das Kaliber eines Mister Ripley hat. Auf dem Einband der deutschen Camus-Übersetzung, die Hannah mir geborgt hat, steht etwas von einem jungen Mann, den „ein lächerlicher Zufall zum Mörder macht". Das hat mich sehr verwundert. Ist es wirklich möglich, aus Zufall zu töten, nicht aus Wut oder Rachelust wie der talentierte Mister Ripley? Ich glaube eigentlich nicht an Zufälle. Jede „zufällige" Begebenheit ist eine Konsequenz nicht nur aus den eigenen Lebensumständen, sondern vor allem aus der Einstellung, die man zum Leben hat. Auf Meursault bezogen scheint sich mir die Frage in etwa folgendermaßen zu stellen: Ist es möglich aus Gleichgültigkeit, aus Entfremdung heraus zu töten?

Bei diesem Gedanken bekomme ich eine leichte Gänsehaut und streiche mir reflexartig mit den Händen über die Arme. Es ist seltsam: Wenn ich über Meursault lese, habe ich das Gefühl, über mich selbst zu lesen. Dabei habe ich niemanden getötet.

Ich habe Lust, wieder nach oben zu gehen und mit der Übersetzung anzufangen. Aber auf meinem Tagesplan steht, dass ich nur vormittags arbeiten soll, und es ist schon halb zwölf. Da Schulz viel zu tun hat, sage ich ihm „Bis später" und gehe los in Richtung Friedrichshain. Im Weggehen frage ich mich, warum das Café so voll ist, und mir fällt ein, dass Freitag ist, was wiederum heißt, dass sich heute Abend die DA trifft. Auf meinem Plan steht auch, dass ich regelmäßig zur DA gehen soll. Ein leichter Druck in der Brust und ein taubes Gefühl im Hals sind die physischen Reaktionen meines Körpers auf diesen Gedanken. Ich bleibe stehen und hole das kleine weiße Heftchen aus der hinteren Hosentasche, in das ich Stimmungsschwankungen, zerstörerische Gedanken und körperliche Reaktionen auf negative Gedanken notieren soll. In die erste Spalte schreibe ich den Zeitpunkt (6. September, 11.35 Uhr), dahinter die neue Empfindung (Druck in der Brust, taubes Gefühl im Hals), in die dritte Spalte die Situation, welche die Empfindung ausgelöst hat (an die DA denken), und in die vierte Spalte meine Vermutung, wie andere – in Klammern normale – Menschen in dieser Situation reagiert hätten. (Ich vermute, dass den meisten Menschen beim Gedanken an die DA etwas flau im Magen geworden wäre.) Am Ende gibt es noch eine schmale fünfte Spalte, in der ich die Übereinstimmung zwischen meiner Reaktion und der vermutlichen Reaktion eines anderen – in Klammern normalen – Menschen auf einer Skala von eins bis zehn einschätzen soll. Zehn hieße so viel wie „Ich reagiere genauso wie andere Menschen auf diese Situation". In die letzte Spalte schreibe ich eine sieben. Genau ist das schwer einzuschätzen, da in Klammern normale Menschen keinen Plan am Kühlschrank hängen haben, auf dem steht, dass sie zur DA gehen sollen. Ich stecke das Heft wieder ein und gehe weiter zum Park.

Ich will zum Märchenbrunnen und halte mich rechts, obwohl der Weg an der Straße nicht so schön ist. In der knallenden Sonne erscheinen die Straßen und Autos noch unmenschlicher als sonst, unwirklich und dröge. Die Abgase bleiben in der dicken heißen Luft stecken, und man kann förmlich spüren, wie sich die giftigen Partikel auf jedes Blatt, jeden Grashalm und jeden Millimeter der eigenen Lunge legen. Die Luft flimmert.

Beim Tennisplatz biege ich in den Park ein. Auf dem kleinen Spielplatz ist nicht viel Betrieb. Zwei Mütter sitzen in ein Gespräch vertieft auf der Bank, während ihre Kinder im Sand buddeln. Ein kleines Mädchen mit wildem blondem Locken-kopf fährt auf einem Kinderfahrrad mit Stützrädern auf dem Weg auf und ab. Ich muss zur Seite springen, damit ich nicht von ihr angefahren werde. Als sie vorbeigefahren ist, dreht sie sich nach mir um und grinst mich breit an. Ich spüre Wut in mir aufsteigen und gehe schnell weiter. Mir wird bewusst, dass die meisten anderen Frauen meines Alters beim Anblick dieses engelsgleichen Mädchens in Entzücken geraten wären. Warum sehe ich in einem Kinderlächeln Bosheit? Warum empfinde ich Kinder und junge Eltern als Feinde, die hinter meinem Rücken über mich lachen und mich durch ihre Selbstverständlichkeit und ihr Glücklichsein als Außenseite-rin stigmatisieren?

Der Märchenbrunnen ist außer Betrieb. Ich frage mich, wann ich ihn das letzte Mal bewässert gesehen habe, kann mich aber nicht daran erinnern. Die Märchenfiguren auf dem Brunnenrand wurden seit meinem letzten Besuch restauriert. Sie erstrahlen jetzt in einem glatten Gelbton und sehen selt-sam fremd aus neben dem verwitterten Grau des Brunnenran-des. Ich bin selten hier. Wenn ich an den Märchenbrunnen denke, sehe ich immer die Prinzessin mit der goldenen Kugel und den Froschkönig vor mir. Auch heute bilde ich mir ein, genau zu wissen, an welcher Stelle sich die Prinzessin und der Froschkönig befinden, obwohl ich von keiner anderen Figur sagen könnte, aus welchem Märchen sie stammt oder an wel-cher Position sie steht. Ich nehme an, dass mich schon als Kind der riesige Frosch mit der Krone fasziniert hat, dem man auf den Rücken klettern konnte. Der Frosch ist Teil meiner glücklichen Kindheitserinnerungen.

Als ich jetzt vor dem Brunnen stehe, muss ich feststellen, dass meine Erinnerung mich täuscht. Es gibt keine Prinzessin mit Kugel und Froschkönig, weder an der vermeintlichen Stelle noch an einer anderen. Wo ich den Froschkönig ver-mutete, steht der gestiefelte Kater. Ich gehe einmal um den Brunnen herum und schaue mir mit wachsender

Enttäuschung die Figuren an: Dornröschen, Hans im Glück, Rotkäppchen. Ist meine Erinnerung so verzerrt, oder wurden die Figuren beim Restaurieren verändert?

Schließlich entdecke ich ihn doch: In der Mitte des Brunnens sitzen Frösche, die offensichtlich Wasser speien können. Einer von ihnen, der abseits, etwas weiter vorne sitzt, trägt eine kleine verwitterte Krone. Es ist der Froschkönig, dreckig grau und nicht restauriert. Als ich ihn sehe, überkommt mich das bekannte „früher"-Gefühl. Es umfasst Sonnenschein und lachende Kinderstimmen, die nun wie aus weiter Ferne zu mir dringen. Ich höre die fröhliche Stimme meiner großen Schwester Hannah, die von der anderen Seite des Brunnens her nach mir ruft: „Bea, komm, ich muss Dir was zeigen!" Es liegt eine sehnsuchtsvolle Geborgenheit in diesem „früher"-Gefühl, der Duft und die sichere Hand meiner Mutter. Gleichzeitig umfasst es aber auch die Gegenwart: Ich bin allein hier. Nicht mehr ganz jung und nicht mehr ganz glücklich.

Ich spüre Wärme im Bauch und in der Brust aufsteigen. Es ist der Beginn eines Weinens, das weiß ich aus Erfahrung. Aber ich will hier nicht weinen. Ich nehme einen tiefen Atemzug. Dann steige ich in den leeren Brunnen, setzte mich auf den Sockel des Froschkönigs und konzentriere mich darauf, das Gefühl in mein Heft einzutragen. In die letzte Spalte schreibe ich eine fünf. Also immerhin die Hälfte der zu erreichenden Punktzahl für die Fähigkeit zur Nostalgie, die ich mit allen anderen Menschen gemeinsam habe? Oder zehn volle Punkte für die glückliche Erinnerung minus fünf Negativpunkte für die Einsamkeit? Das Gefühl in meiner Magengrube spricht sich für die zweite Variante aus. Ich muss an das Gleichnis mit dem halbvollen und dem halbleeren Glas denken und überlege eine Weile vergeblich, ab wann ich mich zu den Pessimisten gezählt habe. Dann taucht vor mir das Bild unseres Schulhofs am Gymnasium auf, die alte Holzbank neben dem Eingang, auf der die coole Clique der „Großen" in den Pausen abhing und rauchte. Ich habe lange daran gearbeitet, mit auf der Bank sitzen zu dürfen. Kurz darauf sehe ich mich mit Christiane auf dem schmalen Brett hinter der Absperrung zur S-Bahn-Brücke sitzen, mit schwarzen Klamotten, Pali-Tüchern, Tabak und einer Flasche Rotwein. Nächtelang haben wir dort gesessen und das Leben zerredet. Wir haben den Pessimismus ja quasi kultiviert. Aus irgendeinem Grund muss ich an Meursault denken. Da ist sie wieder, die fehlende, vom trüben Denken verdrängte Einfachheit des Lebens, die ein Meursault nicht kennt. Am einfachsten scheint es mir, den Ursprung meines Pessimismus auf die unspezifische Spanne der Pubertät zu schieben.

Danach ist das „früher"-Gefühl verschwunden. Es tut gut, Vergangenes als Vergangenes zu betrachten. Ich lehne mich an den Froschkönig und schließe die Augen.

II

Die DA trifft sich immer am frühen Abend in einem Klinikraum mit Sicht auf das Planetarium. Da fast niemand von ihnen voll arbeitet, stört das keinen. Mir fällt auf, dass ich immer noch von „ihnen" rede, obwohl ich seit fast zwei Jahren regelmäßig hingehe. Ich bin nicht stolz darauf, dazu zu gehören.

Erst Schulz hat mich darauf aufmerksam gemacht, dass DA bei Harry Potter für „Dumbledores Armee" steht. Wir haben beide darüber gelacht. In der Gruppe wird selten gelacht, aber gekämpft wird auch, gegen die dunklen Mächte im Menschen. Fast hätte ich gesagt „in uns". In Wahrheit steht D für Depressionen und A für Ängste. Die DA ist eine Selbsthilfegruppe, eine Ansammlung trauriger kränkelnder Gestalten, die versuchen, sich gegenseitig Trost zu spenden, und die sich gegenseitig bemitleiden. Die ersten Male habe ich mich ganz krank gefühlt, als ich drinsaß. Meine Augen fingen an zu brennen, mein gesamter Körper wurde schwer und schlapp, als wäre alle Kraft aus ihm gewichen. Wenn ich an der Reihe war, konnte ich nichts sagen, obwohl ich mich im Vergleich zu den anderen eigentlich gesund fühlte.

Heute sind zwei neue da. Das ist immer interessant, weil man von fremden Schicksalen erfährt, fast wie bei der Lektüre eines neuen Buches. Die beiden werden gebeten, sich kurz vorzustellen, natürlich nur, wenn sie sich stark genug dazu fühlen. In der DA wird niemand zu irgendetwas gezwungen. Wir behandeln uns wie rohe Eier.

Zwei Plätze neben mir, rechts neben Bernhard, der wie ich zu spät gekommen ist, sitzt ein Neuer, ein stämmiger, kahlköpfiger Mann um die fünfzig mit Schnauzbart, auf dessen Namensschild in krakeliger Schreibschrift „Thomas" steht. Thomas redet für seinen Körperumfang sehr leise und nuschelig. Zuerst sagt er, wie schwer es für ihn gewesen sei, hierher zu kommen, dass er sich sehr habe überwinden müssen, und dass es wirklich nicht leicht sei, hier zu sein. Er habe schon seit Monaten kaum noch das Haus verlassen oder Kontakt zu anderen Menschen gehabt. Unwillkürlich steigt in mir das Bild einer verwahrlosten Wohnung auf, mit zugezogenen Vorhängen und überquellenden gelben Müllsäcken in den Ecken, mit vollen, stinkenden Aschenbechern und einer Sammlung von Bierflaschen auf dem Couchtisch. Gleichzeitig erinnert sich etwas in mir an meine dunklen Tage, in denen sich das Geschirr in meiner Spüle und auf allen Ablageflächen in der Küche stapelt, weil ich nicht den Elan aufbringe, abzuwaschen. Ich merke, wie das bekannte Unwohlsein in mir hochkriecht, das DA-Gefühl. Bei Thomas' leisem, gequältem Singsang bekomme ich eine Gänsehaut und einen trockenen Mund. Ich trage diese körperliche Reaktion nicht in mein Heft ein, weil ich Thomas weiter zuhören möchte. Ich überlege, ob es unhöflich wäre, wenigstens einen Schluck Wasser aus meiner Plastikflasche zu trinken, merke aber, das es nicht geht. Niemand traut sich, auch nur einen Finger zu krümmen, wir sitzen alle angespannt da, als ob jede falsche Bewegung irgendeine fatale oder zumindest unangenehme Reaktion bei Thomas hervorrufen könnte. Vielleicht würde er einen Anfall bekommen, einen Schreikrampf, oder sich wimmernd unter dem Tisch verkriechen.

In diesem Moment bin ich froh, dass Jens da ist. Oft stört es mich, wenn er sein Pseudowissen zum Besten gibt und die Gruppe mit Theorie überschüttet, obwohl er von der Praxis nicht halb so viel Ahnung hat wie ein Betroffener. Außerdem hat er diesen etwas priesterlichen Seelsorgerton, der mir oft auf die Nerven geht. Im Fall von Thomas erscheint mir dieser aber genau richtig. Jens bedankt sich erst einmal feierlich im Namen aller dafür, dass Thomas so viel von sich erzählt hat, und beglückwünscht ihn dazu, dass er es bis zur DA geschafft hat und nun unter uns weilt. Dann stellt er noch ein paar unverfängliche Fragen: was er von Beruf gewesen sei (Kranführer), wo er wohne (zum Glück nicht weit von hier), und am Schluss sogar, was für Ängste ihn plagten, warum er nicht aus dem Haus gehen könne. Auf diese Frage weiß Thomas keine richtige Antwort. Er hat einfach oft Todesangst, auch zu Hause, aber noch mehr vor dem Unbekannten vor seiner Haustür.

Thomas verstummt abrupt. Es ist eine abwartende, bedrohliche Stille, in der jeder von uns mit seiner eigenen Bestürzung kämpft. Geht es uns denn besser? Erinnert uns Thomas' Bericht an bestimmte Zeiten in unserem Leben, macht er uns Angst vor der Zukunft? Der Gesichtsausdruck der anderen würde sicher Bände sprechen, aber die meisten haben ihren Blick bedrückt auf die Tischplatte vor sich gesenkt, oder auf ihre vor der Brust verschränkten Arme.

Jens bricht das Schweigen, indem er sich nochmals bei Thomas für seine Offenheit bedankt. Dann ist Heidi an der Reihe. Auch sie traut sich und beginnt damit, wie schwer es gewesen sei, hierher zu kommen und wie gut sie Thomas verstehen könne. Danach bekomme ich vom Inhalt ihrer Ausführungen nicht mehr viel mit. Ich bin überfordert. Heidi hat einen unheimlich warmen, freundlichen Blick, wobei sie gleichzeitig schüchtern und demütig wirkt. Sie scheint so froh darüber zu sein, dass wir ihr zuhören, und ich versuche, jedes Mal möglichst verständnisvoll zu schauen, wenn sie den Blick über die Gesichter in der Runde gleiten lässt. Das fällt mir nicht schwer, da mich das DA-Gefühl ohnehin voll in Besitz genommen hat. Ich schwimme in Mitleid, und auch in Selbstmitleid. Ich fühle mich selbst schrecklich. Meine Augen fangen wieder an zu brennen.

Wird die Traurigkeit nicht eigentlich dadurch angestachelt, dass man sich innerhalb solch eines elenden Häufchens von Menschen mit Mitleid überschütten lässt? Dass man jede Woche aufs Neue daran erinnert wird, dass man irgendwie anders, fremd ist? Sind wir nicht alle manchmal fremd? Gehört das nicht zum Leben dazu?

Ich zwinge mich dazu, meine Gedanken wieder zurück in den Gruppenraum zu lenken. Bernhard erzählt noch von seinem neuen Ein-Euro-Job und Bärbel von ihrem Garten, in dem sie viel arbeitet, um an der frischen Luft zu sein. Schließlich werden Tipps für Therapeuten und Kurangebote ausgetauscht, bevor sich die Gruppe auflöst und ich tief aufatmend den Raum verlasse. Diesmal bin ich glimpflich, schweigend davongekommen. Vor dem Eingang der Klinik versammeln sich die Raucher zur Zigarette danach. Die Gespräche gehen auf entspannterer Ebene weiter oder laufen aus. Manchmal gehen ein paar aus der Gruppe noch zum Türken um die Ecke ein Bier trinken, aber heute wollen alle nach Hause, zum Grillabend, zur Familie, oder einfach wieder zurück in die sichere Festung ihrer Wohnung.

Ich bin mit dem Rad gekommen, habe aber Lust zurückzulaufen. Die Hitze hat endlich nachgelassen. Ich schlendere mit Bernhard bis zur Ecke, wo er Richtung Straßenbahn abbiegt. Er sagt „Dann bis zum nächsten Mal" und zwinkert mir zu.

Die Straßen sind um diese Zeit voller Menschen, die von der Arbeit kommen, einkaufen, ins Kino oder in den Park strömen. Heute stört es mich nicht. Ich bin nach dem Treffen erschöpft genug, um mich selbst nicht als Fremdkörper zu empfinden. Ab einem bestimmten Punkt von Müdigkeit kann das menschliche Gehirn Urteile wie gut oder schlecht, gleich oder anders, eigen oder fremd kaum noch fällen. Und das ist irgendwie, als ob man das Leben austricksen würde.

Meistens ist es anders. Oft sehne ich die Einsamkeit der kalten Jahreszeit herbei mit ihrem Regen, ihren Stürmen und der Kälte. Vor allem im Winter, wenn die meisten Menschen die Abende lieber zu Hause in der warmen Stube verbringen, hat man die Straßen für sich. Ich fühle mich dann heimischer und irgendwie mehr ich selbst, als ob die Anwesenheit anderer Menschen meine Individualität mindern würde. Es ist Sartres ‚regard d'autrui', der ‚Blick der anderen'. Ich muss an Meursault denken, der bei der Totenwache seiner Mutter seelenruhig entschlafen ist, trotz der bohrenden Blicke ihrer Altersheimgenossen, die ihm in einer langen Reihe gegenübersitzen und ihn mit Blicken sezieren. Der „Fremde" Meursault fühlt sich dadurch keineswegs in seiner Individualität gemindert. Solange man sich noch fremd *fühlt* in der Welt, ist man vielleicht noch kein wirklich Fremder. Irgendwie ist das ein tröstlicher Gedanke.

Ich halte kurz beim Kiosk, um mir eine Flasche Bier zu kaufen. Der dicke Verkäufer ist heute nicht da, dafür bedient mich ein stark geschminktes Mädchen, das ganz cool auf einem Kaugummi herumkaut und sich sehr anstrengt, um möglichst gelangweilt und erwachsen auszusehen. Sie will als Angestellte durchgehen, dabei sieht man ihr die Ähnlichkeit zu ihrem Vater sofort an. Um sie nicht zu verärgern, frage ich nach dem „Mann, der sonst hier arbeitet", und sie berichtet widerwillig, dass er sich beim Fußballspielen ein Bein verstaucht hat und ein paar Tage zu Hause bleiben will. Ich bestelle schöne Grüße und erschrecke sogleich über den Fauxpas, aber sie nimmt es mir nicht übel und verzieht ihren Kaugummimund zum Abschied sogar zu einem kleinen Lächeln. Vielleicht ist sie erleichtert, dass ich ihre Lüge entlarvt habe.

Zu Hause richte ich mich mit dem Bier, einer Packung Cracker und meinem Tagebuch auf dem Balkon ein. Es kann jetzt schnell gehen mit dem Kälterwerden, die Balkonsaison wird nicht mehr lange andauern. Ich reiße die Crackertüte auf und stecke mir gierig den ersten in den Mund. Ich bin hungrig, aber zum Kochen fühle ich mich zu schlapp. Die Cracker werden zwar den Hunger stillen, meinem Körper aber keine wirkliche Befriedigung geben. Trotzdem gibt es immer wieder Tage, an denen ich vor der Erschöpfung und den Kopfschmerzen kapituliere und den Crackerbetrug zulasse. DA-Tage sind oft Crackertage.

Ich nehme mir noch ein paar Cracker aus der Packung, bevor ich sie zur Seite lege und das weinrote Tagebuch mit dem Goldrand zur Hand nehme, das Hannah mir zum Abschluss meiner Therapie geschenkt hat. Auf der ersten Seite steht in engen, spitzen Hannahbuchstaben: „Für den nächsten Anfang viel Kraft und alles Liebe, Deine Hannah". Auf Empfehlung meiner Therapeutin hin schreibe ich in das Buch jeden Abend drei Dinge ein, auf die ich stolz sein kann, zum Beispiel wenn ich jemandem einen Gefallen getan, mich zu einer ungeliebten, aber notwendigen Beschäftigung durchgerungen oder mir selbst etwas Gutes getan habe. Dabei liegt es ganz in meinem Ermessen, was ich als erachtenswert ansehe. Alle ein bis zwei Wochen soll ich dann zurückblättern und nachsehen, auf wie vieles in meinem Leben ich stolz sein konnte. Die Idee ist wohl, dass man dadurch nach und nach ein größeres Selbstbewusstsein aufbaut. Mit der Zeit findet man immer mehr Dinge beachtenswert, schon weil es schwierig ist, nicht immer das Gleiche aufzuschreiben.

Heute habe ich viel erlebt, und es fällt mir nicht schwer, etwas zu finden. Ich schreibe auf:

Freitag, 6. September:
1.) Schulz gesagt, dass er mich mit seiner Meinung zu Camus in Ruhe lassen soll
2.) Den Froschkönig besucht
3.) Bei der DA gewesen

Danach öffne ich das Bier, drehe mir eine Zigarette und beobachte das Treiben auf der Straße. Schulz hat das Café schon dicht gemacht. Einige der Passanten kenne ich, andere sehe ich zum ersten Mal. Ich mag es, mir die Menschen anzuschauen und nach ihrer Kleidung und ihren Bewegungen zu überlegen, wo sie wohl wohnen, was sie arbeiten und was sie in unsere Straße führt. Oft entpuppen sich meine Vorahnungen später als falsch. Der Mann mit der Lidl-Tüte zum

Beispiel, der gerade aus dem indischen Restaurant an der Ecke tritt, sieht auf den ersten Blick wie ein Obdachloser aus. Abgetragene Kordhose und -jackett, struppiger Vollbart, der fast das gesamte Gesicht überwuchert und besagte Lidl-Tüte, die er manchmal durch eine gelbe von Netto oder eine blaue von Aldi ersetzt. Der Mann ist sicher kein Obdachloser. Ich sehe ihn regelmäßig zum Friseur gehen, und auch in das indische Restaurant. Er geht nach rechts, Richtung Greifswalder, und verschwindet zwischen den Häusern.

Nach einer Weile sehe ich auch die dicke Frau mit dem Pudel wieder, die mit einem Einkaufsbeutel und einer Packung Toilettenpapier unter dem Arm angekeucht kommt. Der Pudel läuft vor ihr her und uriniert an jede Straßenlaterne. Unter meinem Balkon verliere ich die dicke Frau vorübergehend aus den Augen, und kurz darauf auch den Pudel. Die Tür fällt quietschend ins Schloss. Ich schließe die Augen und warte auf die Nacht. Morgen werde ich mit der Übersetzung beginnen.

III

Erster Teil, erstes Kapitel: „Heute ist Mama gestorben. Oder vielleicht gestern, ich weiß es nicht. Ich habe ein Telegramm vom Heim erhalten: ‚Mutter verstorben. Beerdigung morgen. Hochachtungsvoll.' Das will noch nichts heißen. Es kann auch gestern gewesen sein. Das Altersheim ist in Marengo, achtzig Kilometer von Algier entfernt. Ich werde den Bus um zwei Uhr nehmen und nachmittags ankommen. So kann ich die Totenwache halten und werde morgen Abend zurückkommen."

Fast wortwörtlich kann man die kurzen, klaren Sätze aus dem Französischen übersetzen, und doch wird der Text dadurch ein anderer. Ich versuche, das Gefühl für die Worte in meine Sprache zu übertragen, um Meursault besser zu verstehen. Dabei spricht er eigentlich eine universelle Sprache, durch sein Handeln und seine Beschreibungen. Seine Geschichte könnte in jedem Land, in jeder Sprache spielen. Und doch ist es nicht das. Er gehört nicht ganz in diese Welt. Meursault ist ein Mensch, dem die Menschlichkeit abgesprochen wird. Eine Entität, die sieht, hört und handelt. Und gelegentlich empfindet. Wie ein Tier, das die fremde Welt und sich selbst beobachtet, ohne Urteil, ohne Scham und ohne Reue. Meursaults Sprache geht über das Menschliche hinaus. Und er durchlebt, was geschehen muss, wenn man eine übermenschliche Sprache spricht: Entfremdung, Ausgrenzung und Zufälle, die keine sind. Es ist nicht meine Geschichte. Aber auf eine Art wünschte ich, sie wäre es.

Während ich übersetze, erwacht die Straße draußen zum Leben. Ich hatte mir den Wecker auf sieben Uhr gestellt, damit ich genügend Zeit zum Arbeiten habe. Spätestens um zwölf Uhr muss ich aufhören, so steht es auf meinem Plan. Um halb neun gehe ich in die Küche und mache Frühstück.

24

Ich habe Lust auf Croissants, will die Arbeitsatmosphäre aber nicht unterbrechen, um zum Bäcker zu gehen. Es ist gut so, denke ich dann. Das Croissant sollte etwas Besonderes bleiben, eine wertvolle Erinnerung an frühere Zeiten in der Bretagne, als ich morgens niemals weniger als zwei Croissants gekauft habe. Als ich glücklich war.

Proust hatte seine Madeleine, kommt es mir in den Sinn, und ich habe mein Croissant. Die Vergangenheit sucht sich immer neue Wege, um an die Oberfläche zu gelangen. Ich schlucke den Gedanken runter und setze Kaffeewasser auf. Mir fällt etwas ein, das ich vor langer Zeit in einem Roman gelesen habe: Der Ich-Erzähler kauft jeden Montagmorgen sieben Croissants, von denen er eines zum Frühstück isst und die anderen sechs für die Woche einfriert, für jeden Tag eines. Damals fand ich das praktisch. Jetzt denke ich: wie unromantisch, ein stets verfügbares und obendrein tiefgekühltes Croissant. Das Gegenteil quasi zu meinem Madeleine-Croissant. Ich komme nicht darauf, welches Buch es war, vielleicht ist es besser so.

Statt Croissant gibt es heute nur Müsli. Ich zwinge mich dazu, in der Küche zu essen, obwohl ich die Schüssel am liebsten an den Schreibtisch mitnehmen würde. Alle östlichen Philosophien sind sich darin einig, dass es enorm zum Glücksempfinden beiträgt, sich jeder Sache ganz zu widmen, wie einfach und alltäglich sie auch sei. Das ist das Wesen von Meditation: sich einer Sache ganz hinzugeben und die mit ihr verbundenen Sinneseindrücke wahrzunehmen, ohne von Gedanken oder Stimmungen abgelenkt zu werden. Mir wird schließlich klar, dass auch diese Überlegung beim Müslikauen nichts zu suchen hat, und ich versuche, mich darauf zu konzentrieren, wie meine Zähne die harten Haferflocken zermalmen, wie die Zunge dabei an den Gaumen schlägt und den Speichel verteilt, die Lippen unmerklich aufeinender reiben und der Schluckreflex immer größer wird, bis der zähe Brei schließlich die Speiseröhre hinunterkriecht. Der Geschmack des Müslis wird tatsächlich intensiver, und ich übe mich gleichzeitig im Langsam-Essen. Als die Schüssel schließlich leer ist, fühle ich mich satt, zufrieden und auch ein bisschen stolz.

Den Kaffee nehme ich mit rüber an den Schreibtisch. Meursault ist wie geplant mit dem Nachmittagsbus nach Marengo gefahren. Nachdem er mit dem Leiter des Altersheims gesprochen hat, wird er in die kleine Leichenhalle geführt, in der seine Mutter in einem Sarg mit geschlossenem Deckel aufgebahrt liegt. Der Concierge kommt herein und will den Sarg für Meursault öffnen, doch der hält ihn zurück. Er will seine Mutter nicht noch einmal sehen. Das zieht die Verwunderung des Concierge auf sich, der ihn fragt, warum. „Ich weiß nicht", sagt Meursault nur. Und der Concierge scheint ihn zu verstehen. Die folgende Passage, so unwichtig sie auch erscheint, wird bei Meursaults Verurteilung eine entscheidende Rolle spielen. Denn auch der Richter und die Geschworenen werden, wie ich, versuchen, Meursault zu verstehen:

„[Der Concierge] hat angeboten, mir eine Tasse Milchkaffee zu bringen. Da ich Milchkaffee sehr mag, habe ich angenommen, und er ist einen Moment später mit einem Tablett zurückgekommen. Ich habe getrunken. Dann hatte ich Lust zu rauchen. Aber ich habe gezögert, weil ich nicht wusste, ob ich es vor Mama tun kann. Ich habe nachgedacht, das war überhaupt nicht wichtig. Ich habe dem Concierge eine Zigarette angeboten, und wir haben geraucht." Ganz einfach, denke ich. Eine Frage, ein kurzes Überlegen und eine eindeutige Entscheidung. Die ihm später zum Verhängnis werden wird.

Ich kann der Versuchung nicht widerstehen, ebenfalls zu rauchen. Mein Tabak liegt noch auf dem Balkon, und ich trete in die frische Morgenluft hinaus. Es wird langsam Herbst, auch wenn manche Tage noch richtig heiß sind. Die Stadt riecht anders in der kühlen Luft, derber und irgendwie metallisch. Meine Nase und Wangen erinnern sich an die vergangenen Herbste, von denen wie immer nur das Schöne geblieben ist. Es ist ein Anflug von Waldgeruch und feuchter Erde, von dreckig-grauen Straßen, bunt gefärbten Blättern in sonnenbeschienenen Pfützen und langen Abenden zu Hause. Die Einsamkeit hat sich über den Sommer in Romantik verwandelt. Lange Herbst- und Winterabende allein zu Hause sind nur selten so besinnlich, wie man sie sich im Flirren der Sommerhitze ausmalt.

Unten lässt Schulz seine quietschende Jalousie hoch. Als er auf die Straße tritt, um Stühle und Tische hinauszutragen, pfeife ich kurz. Er lächelt und winkt zurück, und ich muss schmunzeln. Ein neuer Tag bricht an. In meinem Leben, in Schulz' Leben und in unserer Straße. Früher, als ich mit der Schule fertig war und endlich der Enge meines Elternhauses entfliehen konnte, dachte ich immer, dass es die Veränderung sei, die mich glücklich machte. Orte wechseln, neue Menschen kennenlernen, immer wieder aus den eng werdenden Lebenssituationen und Beziehungsgeflechten zu flüchten und anderswo nach der Perfektion, der Schmerzfreiheit, dem Glück zu suchen. Heute weiß ich, dass es nicht so ist. Glücklich ist, wer sich mit seinem Leben zufriedengeben kann. Manchmal gelingt mir das.

An der Ecke hupt ein Auto und reißt mich aus meinen Gedanken. Ich drücke meine Zigarette aus und gehe wieder rein. Das Herbstgefühl ist verschwunden. Es wird wieder ein heißer Tag werden.

Ich arbeite noch bis kurz vor elf, dann ruft Hannah an. Ich bin froh darüber, weil ich mich nicht mehr gut konzentrieren kann. Vielleicht liegt es am Text, Meursaults Totenwache ist anstrengend: Nach dem Abendessen kommen die Freunde seiner Mutter ebenfalls in die Leichenhalle, um über Nacht bei der Verblichenen zu wachen. Die Alten sitzen Meursault in einer Reihe gegenüber, und er hat das Gefühl, als würden sie ihn richten. Eine Frau weint. Ein Mann bekommt einen Hustenanfall. Zwischendurch sind alle eingeschlafen, auch

Meursault. Ihm wird man es später vor Gericht vorwerfen, denn er ist noch jung und sollte die Kraft haben, bei seiner toten Mutter zu wachen. Bei Tagesanbruch verlassen die Alten den Raum, und alle schütteln Meursault die Hand. Es ist ein sonniger, heißer Tag, und Meursault bedauert, dass er wegen der Beerdigung keine Zeit hat, spazieren zu gehen. Stattdessen folgt ein anstrengender Marsch zum Friedhof in glühender Hitze.

Da das Kapitel nur noch ein paar Seiten hat, beschließe ich, es nach Hannahs Anruf doch noch zu Ende zu übersetzen. Der Trauerzug setzt sich in Gang. Hitze und stehende Luft, ein ewiger Trott zum Friedhof, Schweiß, der lackglänzende Wagen mit dem Sarg in der Sonne. Meursault erlebt den Tag wie in Trance und behält nur einige wenige Standbilder im Kopf. Irgendwann nimmt die Beerdigung doch ein Ende, und Meursault ist froh, als der Bus wieder in Algier einfährt. Auch ich bin froh, dass ich die bedrückende Stimmung in Marengo verlassen kann. Ich freue mich auf das Treffen mit Hannah.

IV

Da Samstag ist und schönes Wetter, haben wir uns zum Mittagessen am Spreeufer verabredet. Dort gibt es ein altes Handelsschiff, das zum Restaurant umgebaut wurde, die „Flunder". Auf dem Deck steht ein riesiger Räucherofen, aus dem es immer gut riecht, daneben eine Handvoll Holztische mit gemütlichen Korbsesseln, die bei schönem Wetter heiß begehrt sind. Im Winter kann man in der warmen Kajüte sitzen, einem gemütlichen Schiffsbauch mit Holztafelung, Bullaugen und rustikalen Tischen.

Ich habe Glück und ergattere einen Tisch auf dem Deck, der gerade frei wird. Ich bestelle einen Milchkaffee und ein Glas Leitungswasser und warte. Hannah kommt meistens zu spät. Sie achtet sehr auf ihr Äußeres, und ich habe manchmal den Verdacht, dass sie sich mehrmals vor dem Spiegel umzieht, bevor sie irgendwo hingeht. Wenn sie kommt, ist sie immer tadellos gekleidet, elegant und trotzdem irgendwie leger, klassisch mit einem Hauch von Alternativität. Manchmal frage ich mich, wo sie die Selbstverständlichkeit ihres Chicks hernimmt und wie es kommt, dass ihr dieses Selbstbewusstsein, anders als mir, auch nach der Kindheit erhalten geblieben ist. Bei Hannah gab es keine pubertären Geschmacksverirrungen, nicht die Hässlichkeit des zur Frau werdenden Kindes und nicht den damit verbundenen Identitätsverlust. Irgendwie hat sie es geschafft, sie selbst zu bleiben, die Veränderungen in ihrem Körper anzunehmen und weiterhin den Kopf aufrecht zu halten. Im Prinzip ist es die alte Frage „Was hat sie, was ich nicht habe?".

In der Zeitung war vor einiger Zeit ein Artikel über „Resilienz" bei Kindern. Das lateinische Wort „resilire" heißt zurückspringen, abprallen. Die Resilienzforschung befasst sich mit der Frage, welche Faktoren dazu führen, dass manche

Kinder – und die Erwachsenen, die später aus diesen Kindern werden – stabiler sind als andere, widerstandsfähiger gegen Probleme, Konflikte, Trauer und Leid. Vieles ist dabei noch ungewiss. Sicher ist, dass elterliche Liebe und Fürsorge eine wesentliche Rolle spielen. Seltsamerweise sind Erstgeborene oft widerstandsfähiger als ihre jüngeren Geschwister, vielleicht weil sich die Eltern beim ersten Kind besondere Mühe geben. Trotzdem lassen sich damit große Unterschiede in der Resilienz von Geschwistern nicht ausreichend erklären. Ein wichtiger Faktor, der gleichzeitig vieles offen lässt, sei der Charakter des Kindes. Manche Kinder seien von Natur aus selbstbewusster, stabiler, optimistischer, hieß es in dem Artikel, andere dagegen unsicherer, emotionaler, schwächer. Dieser Punkt hat mich verwundert. Ich wollte nicht glauben, dass jeder von uns eine angeborene, unantastbare Persönlichkeit hat, die nur wenig durch äußere Faktoren beeinflusst wird. Irgendetwas daran macht mir Angst.

Vielleicht ist es die Endgültigkeit unseres Schicksals, die uns trifft, bevor wir noch das Licht der Welt erblickt haben. Seiner Persönlichkeit kann man schlecht entkommen. Man kann nur lernen, sie zu akzeptieren und sein Leben nach ihr zu richten. Aber noch etwas anderes stört mich an dieser Idee: Ich habe Bilder aus meiner Kindheit vor Augen, auf denen ich anders bin als jetzt, stabil, selbstbewusst, glücklich. Es sind Momentaufnahmen wie die Besuche beim Froschkönig, Versteckspielen mit Hannah, das Herumtoben mit dem Foxterrier unserer Großeltern. Es gibt Photos aus dieser Zeit, auf denen die „andere" zu sehen ist. Ich erinnere mich noch gut an eine Therapiestunde, in der ich Kindheitsphotos mitbringen und von damals erzählen sollte. Meine Therapeutin war fasziniert von der Offenheit des Blickes und der Präsenz, die das Grundschulmädchen auf den Photos ausstrahlte. Ich war nicht immer so wie ich jetzt bin. Als Kind war ich genauso selbstbewusst wie Hannah heute. Aber vielleicht war ich sensibler für die Umbrüche in unserem Leben. Und für die Umbrüche in meinem Innern.

Ich sehe Hannah schon von weitem. Sie trägt weinrote Wickelhosen, dazu Bambuslatschen und ein feines weißes Leinenhemd, dessen Ärmel sie bis zu den Ellenbogen hochgekrempelt hat. Ihr Anblick wird gekrönt von der Hochsteckfrisur, die sie schon seit mehreren Jahren trägt, und die ihr nach wie vor hervorragend steht. Hannah ist eine schöne Frau, auch wenn ihre Gesichtszüge nicht ganz gleichmäßig sind. Ihr Gesicht ist rund und gutmütig, was ihrem eleganten Äußeren jegliche Spur von Eitelkeit oder Arroganz nimmt.

Hannah lächelt mir breit entgegen, und ich stehe auf, um sie zu umarmen. Meine große Schwester. Ich halte sie lange fest und sie lacht dabei leise. Sie weiß, wie gut mir das tut.

Wir bestellen Räucherlachs, Kroketten und Salat, und eine Cola für Hannah. Sie liebt das süße Zeug. Sie fragt nach meinem Befinden, und ich erzähle ihr von Meursault und der Übersetzung. Sie findet, dass ein neues Projekt immer gut sei, und ich sage nur „das stimmt" und versuche, mir nicht anmerken zu lassen, wie traurig mich ihre therapeutische Sichtweise auf mein Leben macht. Später, auf der Toilette, werde ich das Gefühl in mein Heft eintragen. Die letzte Spalte bekommt dann nur eine drei, weil ich mich darüber ärgere, dass ich Hannah das nicht gesagt habe.

Hannah erzählt von Bernd und den Kindern. Offenbar geht es allen gut, obwohl ich merke, dass sie beim Thema Tim angespannt wirkt. Tim ist gerade fünfzehn geworden, kein leichtes Alter. Aber ich spüre, dass Hannah heute nicht weiter darüber reden will.

Nach dem Essen schlendern wir am Fluss entlang bis zu den Hausbooten. Wie jedes Mal, wenn wir hier sind, betrachten wir die Kähne lange und malen uns aus, wie schön es wäre, auf so einem Hausboot zu wohnen. Dabei ist es bestimmt nicht halb so gemütlich wie wir es uns vorstellen. „Vor allem zurzeit mit den vielen Mücken", sagt Hannah und lacht. Sie wirkt glücklich, und ich sage es ihr. Sie fragt, ob ich sie nicht doch endlich mal besuchen kommen wolle, Bernd würde sich freuen. Und Mama sowieso. Ihr ginge es in letzter Zeit immer schlechter, vielleicht würde sie nicht mehr lange durchhalten. Mein Puls rast, während die aufgebrachte Stimme in meinem Kopf „Na und?" ausstößt und dass Mama ruhig sterben könne. Obwohl ich Hannah gegenüber schweige, schäme ich mich innerlich für meine Wut und Trotzigkeit. Hannah war nie so. Sie ist immer gut zu allen Menschen und kann jedem verzeihen. Es hat mich schon in meiner Jugendzeit beschämt, wenn sie mir jede pubertäre Gemeinheit mit einem Handwedeln verzieh. Umso unmöglicher erscheint es mir jetzt, sie in unserem Elternhaus zu besuchen, in dem sie Mama seit ihrer Krankheit wieder aufgenommen hat und pflegt. Ich war seit meinem Auszug gleich nach dem Abi nicht mehr dort. Es ist schade, weil ich Bernd, Tim und Anika so auch nicht oft sehe, aber ich kann mich noch immer nicht dazu überwinden, einen Fuß in dieses Haus zu setzen. Meine Therapeutin sagte noch zu Ende unserer Therapie, das brauche Zeit. Ich weiß nicht, was Zeit daran ändern soll, war aber froh, dass sie mich in diesem Punkt nicht zur Konfrontation zwingen wollte.

Hannah erzählt, dass Anika seit einiger Zeit Klavierunterricht von Mama bekomme. Sie hätten den alten Bechsteinflügel ins Wohnzimmer geholt, das sehe sehr schön aus.

Ich hasse diesen Flügel. In den ersten Jahren meiner Kindheit habe ich ihn abgöttisch geliebt. Mama und der Flügel gehörten untrennbar zusammen. Ich konnte stundenlang in dem großen Ohrenbackensessel neben der Vitrine sitzen und ihr beim Klavierüben zuhören. Ihr Gesicht war dann sehr ernst und konzentriert, oft hatte sie die Augen geschlossen. Von Zeit zu Zeit schaute sie plötzlich aus ihrer Versenkung auf, sah mich im Sessel sitzen und lächelte mir zu. Auf diese kurzen Momente habe ich die ganze Zeit über gewartet und mich keine Sekunde getraut, die Augen von ihr abzuwenden.

Mit der Zeit aber veränderte sich etwas, und der Flügel verwandelte sich in ein großes, böses Ungeheuer, das sich scheinheilig zwischen Mama und mich gedrängt hatte. Mama und der Flügel verbündeten sich gegen mich, und ich machte es mir zur Gewohnheit, mich unter meine Bettdecke zu verkriechen, wenn das dröhnende Gebrüll des Ungeheuers durchs Haus hallte.

Ich sage Hannah, dass ich den Flügel hasse. Und dass ich sie bestimmt nicht besuchen kommen würde, solange Mama oder der Flügel im Haus seien. Ich begleite Hannah noch zurück zum Parkplatz, aber meine Stimmung ist verdorben. Ich will Hannah sagen, dass sie nichts dafür kann und wie sehr ich mich darauf gefreut habe, sie zu sehen, aber ich kann es nicht. In meinem Hals sitzt ein dicker Kloß. Ich denke immerhin daran, dass ich das Gefühl in mein Heft schreiben sollte, schaffe es aber nicht, stolz darauf zu sein. Wir gehen schweigend bis zum Parkplatz. Hannah weiß, wie es mir geht. Als sie mich zum Abschied in den Arm nimmt, brechen die Tränen aus mir heraus, und sie hält mich einfach fest im Arm, bis es weniger wird. Während ich mir die Tränen abwische und die Nase putze, kramt sie in ihrer Tasche nach einem Päckchen Zigaretten und zündet uns zwei an. Sie sagt, dass ich sie jederzeit anrufen könne. Dann schauen wir noch mal zum Wasser und rauchen, bevor Hannah in ihren roten Kombi steigt und mir ein letztes Mal zulächelt. Ich winke ihr hinterher. Dann laufe ich zurück zu meinem Fahrrad und mache mich auf den Weg nach Hause.

V

Erster Teil, zweites Kapitel: Am Tag nach seiner Rückkehr aus Marengo, einem Samstag, beschließt Meursault,
schwimmen zu gehen. Im Schwimmbad trifft er Marie, eine
ehemalige Arbeitskollegin, und bändelt im Wasser mit ihr an:
„Als wir uns wieder angezogen haben, schien sie sehr
überrascht zu sein, mich mit einer schwarzen Krawatte zu sehen, und sie hat mich gefragt, ob ich in Trauer sei. Ich habe
ihr gesagt, dass Mama gestorben ist. Da sie wissen wollte,
wann, habe ich ihr geantwortet: „Gestern". Sie ist kurz zurückgeschreckt, hat aber nichts gesagt. Ich hatte Lust, ihr zu
sagen, dass es nicht meine Schuld sei, aber ich habe es gelassen, weil ich dachte, dass ich das schon meinem Chef gesagt
hatte. Es ist bedeutungslos. Man ist eh immer ein bisschen
schuld."
Ich sehe von meinem Laptop auf und schaue aus dem
Fenster. Man ist eh immer ein bisschen Schuld. Vielleicht
sind es die plötzlichen Weisheiten, diese herausgemeißelten
Sinnsprüche inmitten der Einsilbigkeit, die den Charme des
„Fremden" ausmachen. Die Einfachheit der Sprache setzt das
Sublime mit dem Prosaischen gleich. Was bleibt, ist ein Geheimnis. Was liegt hinter den Worten? Ist Meursault ein
Holzklotz oder ein Erleuchteter?
Meursaults nüchterner Blick auf die Welt erscheint mir
einleuchtend und folgerichtig. Er sieht und beschreibt die
Dinge, wie sie sind. Aber für alles, was er an diesem Tag, dem
Tag nach der Beerdigung seiner Mutter, tut, wird er letztlich
zu Tode verurteilt werden. Ich versuche mir besondere Mühe
beim Übersetzen zu geben. Aber die Sätze sind klar und einfach, es gibt nicht viel falsch zu verstehen. Meursault geht mit
Marie ins Kino, in einen heiteren Film, den sie sehen möchte.
Danach verbringen sie die Nacht zusammen. Ein schöner,

runder Tag, denke ich. Und zufällig der Tag nach der Beerdigung.

Draußen auf der Straße ist noch alles ruhig. Es ist Sonntag, aber ich darf laut Plan trotzdem vormittags arbeiten. Ich überlege, ob ich all die Menschen um mich herum beneiden soll, die am Sonntagmorgen noch selig in ihren Betten liegen und schlummern. Wahrscheinlich haben sie eine anstrengende Woche hinter sich, und einen langen und ausgelassenen Samstagabend. Und womöglich schlafen sie nicht allein.

Ich muss schlucken. Es ist lange her, dass ich nicht allein in meinem Bett geschlafen habe. Mein gestriger Samstagabend war alles andere als ausgelassen. Ich war froh, niemanden sehen zu müssen. Vielleicht hat die Erinnerung an meine Kindheit und an das Gebrüll des Bechstein-Ungeheuers den Drang ausgelöst, mich wie damals unter die Bettdecke zu verkriechen und mich ausgiebig selbst zu bemitleiden. Weinen kann so schön sein, vor allem wenn niemand da ist, der einen trösten will. Die eigene, einsame Traurigkeit ist wie eine warme Höhle, in der die Zeit verschwindet, und auch der Raum, in dem sich das alltägliche Leben abspielt. Erst wenn das Leidensbedürfnis gestillt ist, wenn die Gedanken aufhören zu kreisen und die Tränen versiegen, verlässt man vorsichtig den Schutz der Höhle, um die Zeit bis zum sicheren Dunkel der Nacht mit ein oder zwei Bier zu überbrücken.

Ich bin froh, dass mir die Gedanken an den gestrigen Abend nichts mehr anhaben können. Ich frage mich, wer diese andere Frau in mir gestern gewesen ist. Es geht mir gut, ich fühle mich gestärkt durch die frühmorgendliche Arbeit. Ich bin allein, ja, aber nicht einsam. Und es ist nichts Schlechtes an einem arbeitsreichen Sonntagmorgen. Ich trete kurz an die Balkontür und schaue auf die Straße. An der Ecke fährt eine Straßenbahn vorbei, und ich empfinde plötzlich eine tiefe Verbundenheit mit allen Bahnfahrern, Tankstellenwarten, Bäckern und Krankenschwestern, die dort draußen schon seit Stunden unterwegs sind und ihre Arbeit verrichten.

Ich gehe in die Küche, koche mir noch einen Kaffee und beiße zufrieden in eine große, saftige Birne. Die Welt ist besonders, wenn die ganze Stadt um einen herum noch schläft. Ruhig und irgendwie exklusiv. Ich muss lächeln und schlendere mit der Birne in der Hand zurück an meinen Schreibtisch.

Die Übersetzung geht zügig voran. Meursault verbringt den Sonntag allein zu Hause. Vormittags schläft er und raucht im Bett. Den restlichen Tag lang sitzt er auf dem Balkon und sieht dem Treiben auf der Straße zu. Bis die Nacht hereinbricht:

„Ich habe meine Fenster geschlossen, und als ich zurückkam, habe ich im Spiegel ein Stück vom Tisch gesehen, auf dem meine Öllampe neben Brotstücken stand. Ich habe gedacht, dass es immerhin ein überstandener Sonntag ist, dass Mama jetzt beerdigt ist, dass ich meine Arbeit wieder aufnehmen werde und dass sich, im Großen und Ganzen, nichts geändert hat."

Ich denke an den gestrigen Nachmittag mit Hannah zurück. Ich wäre froh, wenn ich Mama gegenüber eine solche Gleichgültigkeit an den Tag legen könnte. Aber ich weiß, dass es mir nicht egal wäre, wenn sie stürbe. Und es ist mir auch nicht egal, dass sie lebt. Ich merke, wie eine leise Wut in mir hochsteigt. Die Wut, die ich Mama nie entgegen schleudern konnte, weil sie sich hinter ihrem Lächeln und dem Bechsteinflügel versteckt hat. Die Kunst ist ein wunderbarer Zufluchtsort, denke ich, ein erhabener, würdevoller, den nichts und niemand zu stören wagt, nicht einmal die eigenen Kinder. Mir fällt auf, dass das Adjektiv zu Kunst „künstlich" oder „gekünstelt" ist, eine Eigenschaft, die Kindern noch völlig fremd ist. Ich muss an Rousseau und sein „Zurück zur Natur" denken. Für ihn ist das Kind eine überbordende Quelle von Natürlichkeit, Fantasie und Möglichkeiten. Erziehung besteht seiner Meinung nach allein darin, diese reine Quelle am Leben zu erhalten und ihren Fluss mit allen Mitteln zu fördern. Das Instinkthafte muss erhalten werden, die Verbindung zur Natur, die Liebe und die Freude am Schönen und Guten. Kinder brauchen keine großen Heiligenbilder, denen sie huldigen können. Und sie brauchen keine großartige klassische Musik, denke ich erbittert.

Ich versuche, das Gefühl von Ärger in meinem Körper zu lokalisieren. Warm in der Brust und im Hals, ein Drücken irgendwie, ein warmes Sich Ausbreiten und leichtes Kribbeln, als hätte man sich Wick Vapo Rup auf die Brust geschmiert. Meine Therapeutin sagte damals immer, ich solle mich von den Gefühlen distanzieren, versuchen, sie von außen zu betrachten. Die Wut bin nicht ich. Es ist Wut in mir.

Ich trage die Situation und das Gefühl in mein Heft ein. Wut im Hinblick auf jemanden, der einen im Stich gelassen hat, scheint mir eine ziemlich normale Reaktion zu sein. Andererseits ist es nicht normal, wütend zu werden, weil jemand anders seine Mutter beerdigt hat. Zumal eine Romanfigur. Ich lasse die letzten beiden Spalten offen. Dann stecke ich das Heft weg und mache den Laptop aus. Das zweite Kapitel ist fertig, und ich habe keine Lust, noch mit dem nächsten anzufangen. Stattdessen hole ich die Zeitung aus der Küche und setze mich auf den Balkon.

Zu meiner Wohnung gehört ein kleiner, auf alt getrimmter Balkon mit schmiedeeiserner Brüstung, durch die man rundum auf die Straße blicken kann. Nur zwei Blumenkästen, die ich an der Brüstung befestigt habe, verdecken die Sicht. Aber das Gesehenwerden nehme ich in Kauf. Mein Balkonkino ist im Sommer wesentlich abwechslungsreicher als im Winter, wenn Schulz' Cafégäste nicht mehr draußen sitzen. Ich überlege, dass ich schon eine ganze Weile hier wohnen muss, da sich die Passanten und Cafébesucher mit der Zeit verändert haben. Ich rechne in Gedanken nach – bald zehn Jahre. Wie die Zeit vergeht! Am Anfang gehörte das Café noch zur Bäckerei. Sie wurde von einem älteren Ehepaar geleitet, und es gab immer selbst gemachten Kuchen, Schwarz-

Weiß-Plätzchen, Makronen, Marmeladenkekse und zu Weih-
nachten die begehrten Zimtplätzchen, für die viele sogar aus
anderen Stadtbezirken hierher kamen. Als die beiden Alten in
Rente gingen, fand sich niemand, der die Bäckerei übernehh-
men wollte, und so kaufte Schulz die Räume und verwandelte
sie in ein Prenzl'berger Straßencafé. Über die Zeit hat sich die
Bevölkerung hier verändert. Vor dem Café tummeln sich
schon vormittags Studenten, Laptopträger und Mütter mit
Kinderwagen. Gelegentlich kommen Stammgäste von früher
vorbei, alte Leute, die Schulz von der Bäckerei erzählen und
seinen Kirschkuchen mit dem von damals vergleichen.

Zurzeit sitzt nur ein einzelner Herr mittleren Alters vor
dem Café, der trotz der Hitze ein Jackett über dem weißen
Hemd trägt. Er blättert die Zeitung durch, während er etwas
hastig ein belegtes Brötchen und einen Orangensaft hinunter-
stürzt. Ein paar Meter weiter, vor dem Friseurladen, geht eine
Frau langsam auf und ab und raucht. Ihre Haare sind in Alu-
folie eingepackt. Ich wundere mich, dass der Friseur heute
geöffnet hat.

Ich denke an Meursault, der den ganzen Nachmittag re-
gungslos auf dem Balkon gesessen und die Passanten beobachtet hat. Wie ein Tier, das im Schutz der Bäume sitzt, die
Umgebung sondiert und auf irgendeinen Anstoß wartet, oder
auf den richtigen Augenblick, der es zum Handeln animiert.
Meursault sitzt einfach da, Stunde um Stunde, bis er merkt,
dass es Zeit zum Abendessen ist. Das Tier bemerkt ein leichtes Ziehen im Bauch, ein Unwohlsein, das es ermahnt, auf
Nahrungssuche zu gehen. Da erst verlässt es sein Versteck.
Ganz natürlich. Dennoch wird die Instinkthandlung erst
durch die im Buch folgende Passage so wirkungsvoll, durch
den Kontrast zu der glasklaren Überlegung, mit der Meursault
am Ende die Ereignisse der letzten Tage zusammenfasst. Wie
war es noch gleich? Ich stehe auf, schnappe mir noch von der
Balkonschwelle aus den „Fremden" vom Schreibtisch und suche nach der Stelle: „Ich habe gedacht, dass es immerhin ein

überstandener Sonntag ist, dass Mama jetzt beerdigt ist, dass ich meine Arbeit wieder aufnehmen werde und dass sich, im Großen und Ganzen, nichts geändert hat." Meursault ist ein seltsames Tier. Eines, das denken kann. Ist er deswegen ein besseres Tier? Oder ein schlechterer Mensch? Oder das Gegenteil?

Ich lege das Buch zur Seite und lehne mich zurück. Ich bin gespannt, was ich in den nächsten Tagen über Meursault herausfinden werde.

Die Zeitung liegt noch immer auf dem Balkontisch. Eine Schlagzeile obenauf fesselt meine Aufmerksamkeit, und ich falte die Zeitung auf, um den ganzen Artikel lesen zu können. In China ist ein kleines Mädchen von einem Transporter überfahren worden. Der Mann am Steuer ist einfach weiter gefahren. Achtzehn weitere Chinesen sind an dem Mädchen vorbeigegangen und haben weggesehen, niemand wollte beteiligt sein und ihr helfen. Erst Nummer neunzehn, ein Straßenkehrer, lief zu dem schwer verletzten Kind und holte Hilfe. Das Mädchen starb kurz darauf noch auf der Straße.

Ich habe eine Gänsehaut bekommen. Es ist eine unglaubliche Geschichte, eben weil es keine Geschichte ist. Etwas in mir erinnert sich an die Holocaust-Filme aus dem Geschichtsunterricht. Es ist eine Art von Berührung, die der Vergangenheit angehört, einer archaischen, menschenunwürdigen seelischen Verirrung, die es heute nicht mehr geben kann. Ich habe mich getäuscht. Es gibt Teile der Welt, in denen Menschen in solch existentiellen Nöten und seelischen Missständen leben, dass die breite Masse ihre Menschlichkeit verliert. Ganz China sei nun in Aufruhr, heißt es in dem Artikel, und Experten in aller Welt diskutierten darüber, wie krank ein System sein müsse, in dem normale Bürger ein kleines Kind vor ihren Augen sterben lassen.

Ich empfinde Mitleid mit den Passanten. Ihre Herzen müssen krank sein und voller Angst. Wenn man anderen Unrecht tut oder Rechtes unterlässt, geht es einem selbst nicht gut, jeder kennt das von sich. Vielleicht lässt sich der Grad des Glücklichseins der Menschen an ihrer Hilfsbereitschaft ablesen. Ich erinnere mich an den letzten Winter in Berlin mit seinem Glatteis und den vielen gestürzten Fußgängern und Radfahrern. Nie kam es soweit, dass ich helfen konnte, weil immer schon vier, fünf Leute vor mir herbeigeeilt waren und dem Gestürzten aufhalfen, Fahrräder inspizierten und anboten, ärztliche Hilfe zu holen. Wie gut muss es uns doch gehen, wenn wir ohne nachzudenken Mitleid und Hilfsbereitschaft über andere ergießen. Sogar Meursault empfindet Mitleid mit seinem alten Nachbarn Salamano, als dessen Hund verschwindet.

Angeekelt lege ich die Zeitung weg. Warum gerade China? Warum solche Unmenschlichkeit inmitten der geradezu übermenschlichen Faszination, die von Buddhismus, chinesischer Medizin und uraltem Wissen über Meridiane und Energieströme ausgeht? Ich nehme mir vor, Christiane in den nächsten Tagen anzurufen. Sie kennt sich mit der chinesischen Mentalität besser aus als sonst jemand, den ich kenne.

Zum Mittag koche ich Reis, Gemüse und Tofu. Mir wäre jetzt eher nach Kartoffeln und Schnitzel zumute, aber ich habe nichts dergleichen da. Schließlich bringt es dem kleinen Mädchen auch nichts mehr, wenn ich von nun an die chinesische Küche boykottiere. Ich versuche, an etwas anderes zu denken, aber der Reis bleibt mir trotzdem immer wieder im Halse stecken.

Nach dem Essen fahre ich mit dem Rad die zwanzig Minuten bis zur Schönholzer Heide. Ich habe Lust auf Natur, vielleicht ein Nachbeben des gestrigen Herbstgefühls. Ich schließe das Fahrrad am Zaun an und laufe in den Wald hinein. Es ist schon den ganzen Tag lang schwül und stickig, aber erst hier im Wald wird mir klar, dass es ein Gewitter geben wird. Ich überlege eine Weile, woran ich das merke, bis mir auffällt, dass es ungewöhnlich still ist. Die sprichwörtliche Ruhe vor dem Sturm. Die Vögel sind verstummt, die

Atmosphäre ist schwer und bedrohlich. Ab und zu schreit ein Käuzchen, aber es ist kein fröhlicher Schrei. In der Ferne hört man gedämpften Straßenlärm. Der Wald verschluckt die Geräusche der Stadt.

Ich laufe zügig weiter. Das T-Shirt klebt mir an Nacken und Bauch, und mein Hals ist trocken. Hätte ich doch etwas zu trinken mitgenommen. Die Bäume und Wiesen sind noch grün und sommerlich, aber der graue Himmel und die bedrohliche Stille stören die Idylle. Ich muss an eine Stelle im „Woyzeck" denken, die ich immer sehr mochte: Es ist ein Tag mit ebensolchem festen, grauen Himmel, der Woyzecks trüber Weltuntergangsstimmung entspricht. Man könne Lust bekommen, sagt er, einen Kloben in diesen schönen festen Himmel hineinzuschlagen und sich daran aufzuhängen.

Nach einer Weile kommt mir ein Mann mit einem Hund entgegen, der nervös um sich blickt und an der Leine zieht. Der Mann ist voll auf seinen Hund konzentriert und würdigt mich keines Blickes. Ich schwitze, aber wenn ich langsamer gehe, fallen die Mücken über mich her. Ich fühle mich unwohl. Vermutlich habe ich einen kühlen Herbstwald erwartet und muss mich nun stattdessen mit drückender Hitze und Ungeziefer herumplagen. Schließlich mache ich nur eine kleine Runde. Ich will noch vor dem Regen zu Hause sein.

Das Gewitter lässt noch ein paar Stunden auf sich warten, aber dann bin ich froh, dass ich wieder in meiner Wohnung bin. Zuerst zucken nur fast unmerklich Blitze am Horizont auf, die sich vom dunklen Gewitterhimmel abheben. Es wird schon am späten Nachmittag viel dunkler als gewöhnlich. Als der Donner losbricht, höre ich ein heiseres Bellen von nebenan. Auch der Pudel hat Angst vor Gewitter. Am Anfang bellt er den Feind mutig an, aber irgendwann hört er damit auf. Ich stelle mir vor, dass er sich dann unter dem Bett versteckt oder auf dem Schoß der dicken Frau liegt und sich beruhigen lässt. Es muss gemütlich sein, als ängstlicher Pudel eingerollt auf dem breiten Schoß der dicken Frau.

Irgendwann wird der Wind so stark, dass die Balkontür zuknallt. Ich stelle einen Stuhl davor, weil ich die kühle Luft ins Zimmer lassen will. Kurz später fängt es an zu regnen. Ich stehe eine ganze Weile vor dem Balkon und schaue dem Gewitter zu. Der Donner hallt von der gegenüberliegenden Hauswand zurück. Die Straßen sind jetzt wie leergefegt, und auch bei Schulz scheint nichts mehr los zu sein. Er steht in der offenen Tür und raucht.

Bei Gewitter wollen die meisten Menschen zu Hause sein. Das klingt unheimlich romantisch. Man stellt sich einen Kreis von Familienmitgliedern vor, die zusammen am Küchentisch sitzen und scrabbln, während draußen das Unwetter tobt. Oder ein älteres Ehepaar, das sich am Abendbrottisch wissend zulächelt. Oder auch ein Pärchen, das fest umschlungen auf der Couch sitzt, Rotwein trinkt und dem Donner lauscht. „Zu Hause" scheint etwas mit Gemeinschaft zu tun zu haben. Plötzlich fühle ich mich unendlich einsam. Ich schaue reflexartig nach unten zu Schulz, aber er ist schon wieder verschwunden und hat die Tür hinter sich geschlossen.

Ich zünde mir eine Zigarette an und setze mich mit meinem Tagebuch auf den Stuhl vor der offenen Tür. Der Balkon ist nass vom Regen, und meine nackten Füße werden kalt. Ich werde sie später im Bett aufwärmen müssen. Dann schreibe ich auf:

Sonntag, 8. September:
1.) an der Übersetzung gearbeitet
2.) im Wald spazieren gewesen
3.) immerhin ein überstandener Sonntag

Als die Zigarette aufgeraucht ist, mache ich es mir mit einer Flasche Bier im Bett gemütlich und überlege, welches Buch das richtige für einen Gewitterabend wäre. Ich habe schon seit ein paar Tagen nichts mehr gelesen außer Camus.

Ich lasse meinen Blick über die glänzend lackierten Fichten-bretter des Bücherregals schweifen, das die Wand neben meinem Bett einnimmt. Das Bücherregal baut direkt auf dem Bettrahmen auf. Ich habe schon als kleines Mädchen davon geträumt, vom Bett aus an all meine Bücher zu kommen. Auf Augenhöhe blitzt mir der blau-goldene Ledereinband der alten Jules-Verne-Ausgabe entgegen, die fast ein ganzes Regalfach einnimmt. Ich entscheide mich bei dem Regen für „Zwanzigtausend Meilen unter dem Meer". Aus dem untersten Fach hole ich noch das dicke Französisch-Wörterbuch und den Ratgeber Natur. So fühle ich mich gewappnet für einen Gewitterabend mit Kapitän Nemo.

VI

Erster Teil, drittes Kapitel: „Heute habe ich viel im Büro gearbeitet. Der Chef war liebenswürdig. Er hat mich gefragt, ob ich nicht zu müde sei, und er wollte auch wissen, wie alt Mama war. Ich habe gesagt ‚um die sechzig', weil ich mich nicht irren wollte, und aus irgendeinem Grund schien er erleichtert zu sein und die Angelegenheit als erledigt zu betrachten."

Es ist Montag in Algier. Mir fällt auf, dass ich seit gestern dieselben Wochentage durchlebe wie Meursault. Das gefällt mir, aber es wird nicht mehr lange so bleiben. Die wichtigen Ereignisse im Roman – die Beerdigung der Mutter, der Tag mit Marie und der Brief, den Meursault heute, am Montag Abend, für seinen Nachbarn Raymond schreiben wird – werden erst zwei Wochen später fortgesetzt werden.

Anders als für Meursault bringt der Montag für mich nichts Neues, weil ich auch am Wochenende übersetzt habe. Meine Therapeutin war der Meinung, dass mir ein geordneter Tagesablauf helfe, auch am Wochenende, und ich weiß aus Erfahrung, dass sie Recht hat. Ich erinnere mich noch gut an die immer gleich ablaufenden Wochenenden in den Jahren vor der Therapie, vor der Angleichung der Wochentage. In der DA kennt diese Wochenenden jeder. Bernhard hat sie mal sehr treffend mit „Samstag einkaufen, Sonntag Depression" zusammengefasst.

Das dritte Kapitel zieht sich, ich habe weniger Freude an der Übersetzung. Meursault verbringt einen Tag im Büro, unterbrochen durch das Mittagessen bei Céleste (in seinem Stammlokal) und einem Mittagsschlaf daheim. Als er abends nach Hause kommt, trifft er seinen Nachbarn, den alten Salamano, der seinen hautkranken Spaniel auf dem Treppenabsatz anschreit. Die beiden verbindet eine Hassliebe, und der

Alte beschimpft ihn fast ständig. Ich mag die Stelle, als Meursault ihn fragt, was der Hund ihm getan habe:

„Er hat mir nicht geantwortet. Er sagte nur: ‚Schweinehund, Scheißkerl'. Ich hatte den Eindruck, dass er irgendetwas am Halsband zurechtrückte. Ich habe lauter geredet. Und da, ohne sich umzudrehen, hat er mir mit einer Art verbissenen Wut geantwortet: ‚Er ist immer da.'"

Meursault, der als Beobachter hinter dieser Momentaufnahme steht, wird automatisch zu einem Guten, jemandem, der genauso menschlich und schwach ist wie der alte Nachbar, aber dennoch die Absurdität der Situation empfinden kann. Er wird mir an dieser Stelle um vieles sympathischer. Danach trifft Meursault seinen anderen Nachbarn Raymond, der ihn zu Blutwurst und Wein einlädt. Raymond erzählt ihm von seiner Liebhaberin, einer Maurin, die ihn offenbar betrogen hat, und der er es heimzahlen will. Meursault soll ihm helfen, sie mit einem Brief anzulocken, damit er sie ein letztes Mal verführen und dann demütigen kann. Meursault hat nichts dagegen, ihm den Brief aufzusetzen, was ihm später vor Gericht zum Verhängnis werden wird. Für mich ist vor allem Meursaults Beziehung zu Raymond interessant, in der sich einmal mehr seine Fremdheit spiegelt:

„Er [Raymond] hat mir gesagt: ‚Ich wusste doch, dass du das Leben kennst.' Ich habe zuerst nicht bemerkt, dass er mich duzte. Erst als er erklärte: ‚Jetzt bist du ein echter Freund', ist es mir aufgefallen. Er hat den Satz wiederholt, und ich habe ‚Ja' gesagt. Es war mir egal, ob ich sein Freund war, und er schien es wirklich gerne zu wollen. Er hat den Brief zugeklebt, und wir haben den Wein ausgetrunken. Dann haben wir eine Weile geraucht, ohne etwas zu sagen. Draußen war alles ruhig, wir haben das Geräusch eines vorbeifahrenden Autos gehört. Ich habe gesagt: ‚Es ist spät.' Raymond fand das auch. Er hat festgestellt, dass die Zeit schnell vorbeigehe, und irgendwie stimmte das. Ich war schläfrig, hatte aber Mühe, aufzustehen. Ich muss müde ausgesehen haben, denn

Raymond hat mir gesagt, dass man sich nicht hängen lassen dürfe. Zuerst habe ich es nicht verstanden. Dann hat er mir erklärt, dass er von Mamas Tod erfahren habe, dass das aber eine Sache sei, die früher oder später geschehen müsse. Das war auch meine Meinung." Dann geht Meursault rüber in seine Wohnung.

Meursaults Distanziertheit fühlt sich seltsam an, aber zugleich richtig, wie ein notwendiger Schutz, der es ihm ermöglicht, in der Welt zu überleben. Ich glaube, es ist eine Art von Schutz, den ich auch gern hätte. Er unterscheidet sich grundlegend von dem harten Schutzschild aus Glas, mit dem ich mich seit meiner Jugend umgeben habe, ohne es selbst zu merken, und der zugleich undurchdringlich und äußerst zerbrechlich war. Meursaults Schutzwall hat nichts Ängstliches, Verneinendes, Unbewusstes. Er wirkt vollkommen natürlich, wie eine notwendige Außenfassade, die Verlängerung eines gesunden Selbstbewusstseins.

Man trifft immer wieder Menschen, die diese Art von gut sichtbarer, selbstbewusster Distanziertheit haben: das sprichwörtliche dicke Fell im Gegensatz zur dünnen Haut. Dickhäuter. Früher habe ich diese Menschen für arrogant gehalten. Aber eigentlich fühlte ich mich ihnen unterlegen. Sie schauten direkt bis in die Tiefe meines gläsernen Ichs, und ich hatte das Gefühl, als würden sie mich abschätzig mustern und mich bis in die Tiefe durchschauen. Auch heute geht es mir gelegentlich noch so, aber ich erkenne mittlerweile, dass es nicht Arroganz ist, die mir daran weh tut, sondern die Widerspiegelung meines eigenen zerbrechlichen Innern. Und Neid. Ich beneide die Dickhäuter. Und ich beneide Meursault.

Als ich das Kapitel fertig habe, ist es schon kurz vor zwölf. Ich habe lange gebraucht, viele Wörter waren mir nicht gleich gegenwärtig, und ich musste einiges nachschlagen, um eine passende Übersetzung zu finden. Ich glaube, in Meursaults kurzem Gespräch mit Raymond kommt der Tod der Mutter zum letzten Mal im Roman vor, zumindest außerhalb des Gerichtsprozesses. Vorher an diesem Tag, beim Mittagessen, hatte der Wirt Céleste ihn gefragt, ob ,es trotzdem gehe', und Meursault hatte nur ja gesagt, und dass er Hunger habe. Der Trauerprozess, wenn man bei Meursault überhaupt von einem solchen sprechen kann, ist an diesem Tag schon abgeschlossen.

Ich stehe vom Schreibtisch auf und merke, dass ich hungrig bin. Da ich keine Lust habe zu kochen, gehe ich runter zu Schulz und bestelle ein Panini und einen Milchkaffee. Nach dem gestrigen Gewitter hat es sich abgekühlt, die Tische draußen sind nicht besetzt. Auch drinnen ist das Café fast leer. Als ob das Leben nach dem Ausbruch der Naturgewalten erst wieder anlaufen müsste. Vielleicht sind Menschen der Natur doch viel verbundener als sie denken.

Nur im vorderen Raum lümmelt ein Student mit seinem Laptop auf der Blümchencouch herum, und am Fenster sitzen zwei gut gekleidete Frauen mittleren Alters, die in ein Fachgespräch über Management oder etwas in der Art vertieft sind. Aus der Stereoanlage dudelt leise Keith Jarrett, Caféhausmusik. In diesem Moment finde ich sie unheimlich schön. Wahrscheinlich gibt es auch für alles den richtigen Ort.

Da Schulz gerade nichts zu tun hat, setzt er sich mit raus und zündet sich eine Zigarette an. Er sagt, dass ich müde aussehe, aber ich zucke nur mit den Schultern. Mit Panini im Mund kann man schlecht reden. Wir sitzen auf die kleine Holzbank gequetscht, und ich spüre die Wärme von Schulz' Bein an meinem und rieche seinen herben Aftershavegeruch, der sich mit dem Zigarettenqualm vermischt. Schulz sagt, ich solle aufpassen. Mich nicht wieder überarbeiten wie damals. Ich kann das „Punkt, Punkt, Punkt" hören, das jetzt dastehen müsste, wenn Schulz sprechen würde wie gedruckt. Und ich weiß auch, welche Erinnerung sich hinter den Punkten verbirgt. Immerhin verkneift er es sich, das zu erwähnen. Ich sage „Ja, Papa" und muss ihm noch versprechen, dass er die

47

Übersetzung als erster lesen darf, wenn sie fertig ist. Ich knuffe ihn in die Seite, weil er nun doch Interesse an meiner „überflüssigen" Camus-Übersetzung bekundet. Dann schiebe ich mir das letzte Stück Panini in den Mund, und Schulz hält mir seine Schachtel Luckies hin.

Schulz und ich kennen uns eigentlich nur flüchtig, von kurzen Gesprächen und halben Zigaretten zwischen zwei Kundenbestellungen. Aber über die Jahre lernt man sich so trotzdem kennen. Ich finde es schön, dass er immer da ist, und dass ich jederzeit vorbeikommen kann, wenn ich Gesellschaft brauche. Ich muss an den alten Salamano und seinen Hund denken und grinse. Schulz guckt mich fragend an, und ich erzähle ihm die Geschichte, wie Meursault seinen Nachbarn fragt, warum er den Hund beschimpfe, und der Alte antwortet: „Er ist immer da." Schulz lacht und sagt, er sei auch froh darüber, dass wir nicht beide an einer Leine hingen. Er zündet sich eine zweite Lucky an, und wir bekommen noch fast eine Zigarettenlänge Gnadenfrist, bis mehrere Leute kommen und Schulz rein muss. Ich bezahle gleich und gehe hoch. Die Stufen werden immer höher. Meine Augenlider drücken Richtung Fußboden. Das Panini liegt in meinem Bauch wie ein Stein. Im Flur streife ich nur die Schuhe ab. Dann lasse ich mich aufs Bett fallen und schlafe auf der Stelle ein.

VII

Zehn nach drei. Ich schleppe mich in die Küche und setze Wasser auf. Manchmal verfluche ich die mechanische Kaffeemühle, die sich mit schläfrigen Händen nur schwer bedienen lässt. Meine neunzigjährige Nachbarin in Leipzig hat sie mir vermacht, als ihre Finger zu schwach geworden waren. Frau Turm. Ich gähne laut, lasse mich auf einen Stuhl fallen und klemme mir die Mühle zwischen die Knie. Während ich meine schwachen Finger um den glatten Holzknauf am oberen Ende der Kurbel klammere und langsam zu drehen beginne, sehe ich ihre Wohnung vor mir, überladen mit Teppichen, Vitrinen und Häkeldeckchen, dazu all die Dinge, die sich in einem knappen Jahrhundert angesammelt haben. Ich war nur ein einziges Mal bei ihr. Erst als ich wieder oben in meiner eigenen Wohnung war, merkte ich, dass bei Frau Turm irgendetwas anders war als bei mir, irgendwas fehlte. Ich vermutete zuerst, dass es die Pflanzen sein müssten, erinnerte mich dann aber an die riesige Grünlilie neben dem Sofa und ein paar Orchideen auf dem Fensterbrett. Als ich den Blick eine Weile durch mein Wohnzimmer schweifen ließ, fielen mir die Bücher auf. Bei Frau Turm hätten sie fehl am Platz gewirkt. Oder vielleicht hatte ich nur diesen Eindruck, weil es dort keine Bücher gab. Warum, weiß ich nicht. Frau Turm war keine ungebildete Frau, man hatte eher den Eindruck, dass sie mit dem Leben in Fantasiewelten abgeschlossen hatte. Ihr Kopf war voller Erinnerungen aus über neunzig Jahren Leben, und das schien ihr für die letzten Jahre auszureichen. Mein Besuch bei ihr muss nun schon über zehn Jahre her sein. Vermutlich lebt sie nicht mehr.

Etwas betroffen schaue ich auf die Kaffeemühle in meinen Händen. Sie ist wirklich schön, aus schlichtem hellem Holz und mit einem guten Mahlwerk. Ich nehme mir vor, beim Kaffeemahlen wieder öfter an Frau Turm zu denken. Als ich die kleine Schublade herausziehe, strömt mir der Duft des Kaffees in die Nase und erweckt meine Sinne endgültig zum Leben. Natürlich schmeckt es frisch gemahlen viel besser. Und letztlich ist jeder Kaffee so ein kleiner Sieg über die Trägheit.

Ich schaue noch etwas benommen aus dem Küchenfenster, während der Kaffee langsam seine Wirkung tut. Die Sonne ist rausgekommen. Sie wirft sanfte Spätsommerstrahlen auf mein Fenster und den Küchentisch, auf dem sich ein Marmeladenklecks und ein paar Brötchenkrümel im Scheinwerferlicht suhlen. Ich lasse ihnen das Vergnügen und setze mich dazu, in den Sonnenfleck zwischen Buffet und Fensterbrett. Mir fällt ein, dass ich noch einkaufen muss. Ich schreibe eine Liste auf den Küchenblock und beschließe, bei dem schönen Wetter zum großen Biomarkt zu laufen.

Ich mag den Weg durch das Kollwitzviertel. Hier ist immer Trubel, und man fühlt sich irgendwie dazugehörig, obwohl alles völlig anonym ist. Ich kenne nur wenige der Anwohner vom Sehen, ein paar, die gelegentlich bei Schulz im Café sitzen. Der Platz und die Menschen verändern sich ständig. Selbst wenn man nur ein paar Straßen weiter wohnt, gilt man fast schon als Tourist. Ich finde dieses exklusive Kiezgefühl nicht immer angenehm. Wenn ich an schlechten Tagen hier entlang laufe, fühle ich mich in dem bunten Treiben regelrecht ausgegrenzt, so ganz allein, ohne Kinderwagen, ohne Partner und ohne Hund auf dem Kollwitzplatz. Hier wimmelt es von modernen, alternativen und sichtbar glücklichen kleinen Familien. Viele der Väter und Mütter sind aus Süddeutschland hierher gezogen, und manche haben eine Art, andere Menschen zu mustern, die mir regelmäßig den Schweiß auf die Stirn treibt. Es ist der Meursaultsche Blick, die selbstbewusste Distanziertheit und Dickhäutigkeit zufriedener Menschen, die wenig Verständnis für weniger glückliche, mit sich und ihrer Vergangenheit hadernde Dünnhäuter zu haben scheinen. Natürlich ist das Quatsch, aber in solchen Momenten empfinde ich es so. Manchmal habe ich sogar das Gefühl, dass diese Außenstehenden mittlerweile die eigentliche Berliner Bevölkerung sind. Wir sind noch lange nicht ein Volk, denke ich dann. Vielen Ostlern fehlt noch das Selbstbewusstsein, und auch die Arroganz – all die für uns noch neuen Konzepte von Erdung, Raum einnehmen und Grenzen setzen, die mir meine schwäbische Therapeutin als Überlebensstrategien mit auf den Weg zu geben versucht hat. Die Zuwanderer, die den Prenzlauer Berg Schritt für Schritt zu ihrem persönlichen Traum von der perfekten Kommune verwandeln (alternativ, nachhaltig, kindgerecht und alles bio) haben uns einiges voraus.

Ich merke, wie sich bei diesen Gedanken mal wieder mein Bauch zusammenkrampft. Ich bleibe stehen und zücke mein weißes Heft. Ehrlicherweise stufe ich das Gefühl als Neid ein. Aber auch Rücksichtslosigkeit. Wir werden überrannt, denke ich, Abbau Ost. Wer nicht mithalten kann, zieht weiter raus nach Weißensee oder Pankow. In die letzte Zeile schreibe ich eine fünf, dann gehe ich weiter.

Im großen Biomarkt ist es wie immer gerappelt voll, ohne die nötige Ellenbogenmentalität bekommt man schnell schlechte Laune. Ich drängle mich zwischen den Einkaufswagen hindurch, das Regal mit meiner Lieblingsschokolade schon im Blick. Eine hochgewachsene Frau mit Turmfrisur und geblümter Bluse kommt von der Seite her auf das Kühlregal mit den Joghurts geschossen und schneidet mir den Weg ab. Typisch, denke ich, nicht nach links und nach rechts gucken, bloß der sture Blick nach vorn. Ich versuche abzuschätzen, ob ich es schaffen werde, hinter ihr vorbeizukommen, behalte aber recht in der Annahme, dass sie nur einmal an die anvisierte Stelle des Regals laufen, zugreifen, und sich dann gleich wieder umdrehen und unbeirrt den Rückweg zu ihrem Wagen fortsetzen wird. Es sind nur Bruchteile von Sekunden, in denen sich meine Überlegung, der kalte Lufthauch, der aus dem Kühlregal dringt, und das süßliche Parfüm der Frau vermischen. Dann ist der Weg wieder frei. Ich visiere das Schokoladenregal an und spurte los.

Das Messer gleitet über die frischen Blätter, während das Brett sich an dieser Stelle langsam grün färbt. Der süßliche Duft der Minze steigt mir in die Nase, und noch während mir das Wasser im Mund zusammenläuft, stecke ich mir gierig einen ganzen Minzstengel in den Mund. Dann färbe ich das Brett mit dem hellen Rot einer Paprika weiter ein. Das Messer zieht gerade Linien durch die Farbmischung, und ich warte darauf, dass Rot und Grün zu braun werden, was sie aber nicht tun. Ich kippe die Paprika mit in die Quarkschüssel, quetsche noch eine dicke Knoblauchzehe hinein und kippe so lange Milch dazu, bis der Quark cremig wird. Obendrauf streue ich ein paar Blätter Basilikum, dann bin ich mit dem Ergebnis zufrieden.

Bis die Kartoffeln fertig sind, setze ich mich mit dem frisch erkämpften Bioweizenbier auf das breite Sims vor dem geöffneten Fenster. Meine Küche geht nach hinten raus auf einen geräumigen Berliner Hinterhof, der das Vorderhaus mit den Seitenflügeln und dem Hinterhaus verbindet. In der Mitte des Hofes steht ein verrostetes Teppichklopfgestell, das als Fahrradständer herhalten muss. Auf jede Mietpartei kommen im Schnitt anderthalb Fahrräder, das habe ich mal ausgerechnet. Sie besetzen jedes Geländer, jede Hauswand und jeden Baum auf unserem Hof, genauso wie draußen auf den Straßen im Kiez. Wo viele Fahrräder stehen, da lässt es sich leben.

Ich habe Lust zu rauchen und drehe mir eine Zigarette, während ich den Hof im Auge behalte. Es ist noch relativ früh am Abend, ich sehe eine Nachbarin, die in großen Tüten die Einkäufe für die Woche nach Hause trägt. Aus dem Hinterhaus kommen zwei kichernde Studentinnen, deren Lachen schrill über den Hof hallt. Der kleine Mann mit der schlecht gelaunten Frau bringt den Müll runter und pfeift. Die alte

Frau aus dem Erdgeschoss ruft unter mir nach ihrer Katze. Alle Geräusche werden auf dem Hof unnatürlich verstärkt. Es ist wie eine eigene kleine Welt für sich, eine seltsame Alltagsbühne mit seinen Haupt- und Nebendarstellern, Dramen und Komödien, mit seiner eigenen halligen Stimme und seinem versprenkelten Publikum aus Spatzen, Tauben, einer Katze und den stillen Augenpaaren rauchender Nachbarn.

Aus den Augenwinkeln sehe ich neben dem Fenster etwas Rotgoldenes im Abendlicht schimmern: mein Tagebuch liegt noch immer auf dem Küchentisch. Ich klappe es auf und schreibe:

Montag, 9. September:
   1.) trotz Müdigkeit früh aufgestanden und gut gearbeitet
   2.) nur zwei Zigaretten geraucht
   3.) in mein weißes Heft eingetragen

Nach dem Essen öffne ich das zweite Weißbier und werfe einen Blick in die Fernsehzeitung. Ich mag es, mir die bunten Vorschaubildchen für die Zwanzig-Uhr-fünfzehn-Filme anzuschauen. Aber das Fernsehprogramm ist mal wieder miserabel. Volksmusiksendungen, Arztserien, Action- oder Heimatfilme. Ich überlege kurz, mir eine dreistündige Dokumentation über die Sibirische Eisenbahn anzuschauen, entscheide mich dann aber doch für Jules Verne. Ich will heute früh ins Bett.

VIII

Ich habe verschlafen, es ist schon fast halb neun als ich vom Klingeln an meiner Wohnungstür geweckt werde. Ich ziehe mir einen Pulli über und taumle verschlafen und etwas missgelaunt zur Tür. Vor mir steht keuchend die dicke Frau mit dem Pudel (ohne Pudel) und hält mir triumphierend einen Paketschein unter die Nase. Ich habe zum ersten Mal die Gelegenheit, sie aus der Nähe zu betrachten. Ihre Gesichtszüge sind viel feiner geschnitten als man es bei einem Menschen ihres Körperumfanges erwartet. Die grauen Haare hat sie zu einem Dutt gebunden, was ihre Stirn frei gibt und ihr eine gewisse Strenge verleiht. Ihre graue Baumwollbluse und der wadenlange schwarze Faltenrock sind zerknittert und ein bisschen schmuddelig und geben ihrer aufrechten Gestalt einen Anflug von Traurigkeit. Sie muss eine schöne und stolze Frau gewesen sein, bevor die Jahre sie in die dicke Alte mit dem Pudel verwandelt haben. Als sie jetzt vor mir steht, ist ihr Auftreten schroff und fordernd, und auch das überrascht mich, weil ich sie durch die offene Balkontür sonst immer lachen höre. Mir wird bewusst, dass es zum Lachen eines Gegenübers bedarf, dem man freundlich gesinnt ist. Ihre Fröhlichkeit erstreckt sich nicht auf mich, und irgendwie kränkt mich das, weil ich das Gefühl habe, sie gut zu kennen.

Meine Müdigkeit ist bei ihrem Anblick verflogen, und ich versuche, freundlich zu bleiben, obwohl die Frau barsch und ungeduldig ist. Wahrscheinlich ist sie sauer, dass sie bis in den dritten Stock zu mir hochsteigen musste. Irgendwie tut sie mir leid. Ich teile ihr ruhig mit, dass ich kein Paket für sie angenommen habe, wobei ich ein Gähnen nicht unterdrücken kann. Sie mustert mich skeptisch, dann zeigt sie mir den Paketschein, auf dem eindeutig „Lemke" steht, und ich erkläre ihr, dass es zweimal Lemke im Haus gebe, und dass ihre

Sendung vermutlich bei Herrn Lemke im Hinterhaus Erdgeschoss auf sie warte. Sie reagiert verwirrt und macht fahrig auf dem Absatz kehrt, ohne sich zu bedanken. Ich seufze und schließe die Tür. Vor meinem geistigen Auge stelle ich mir das Szenario vor, das sich gleich im Hinterhaus Erdgeschoss abspielen wird. Herr Lemke ist ein schon etwas tattriger Rentner, der immer freundlich grüßt, wenn man ihn beim Müllwegbringen trifft, und den ich oft von meinem Küchensims aus beim Pflegen seiner Kräuter und Tomaten beobachte. Er hat eine große Küche zum Hof, deren Fensterbretter mit Töpfen überladen sind. Er gießt sie jeden Tag und zupft an ihnen herum, und manchmal habe ich das Gefühl, dass er mit ihnen redet. Vielleicht redet er auch mit sich selbst.

Ich koche Kaffee und setze mich an den Computer. Das vierte Kapitel ist nicht lang. Meursault arbeitet die ganze Woche gut und geht mit seinem Freund Emmanuel ins Kino. Dann ist schon wieder Samstag, und Marie und er machen einen Badeausflug ans Meer. Marie bleibt über Nacht, und sie wollen zusammen zu Mittag essen. Hier kommt wieder eine interessante Stelle, als sie durch die Wand den alten Salamano hören, der seinen Hund beschimpft:

„Ich habe Marie die Geschichte des Alten erzählt und sie hat gelacht. Sie hatte einen meiner Schlafanzüge an, dessen Ärmel sie hochgekrempelt hatte. Als sie lachte, hatte ich schon wieder Lust auf sie. Eine Weile später hat sie mich gefragt, ob ich sie liebe. Ich habe ihr gesagt, dass das bedeutungslos sei, dass es mir aber nicht so scheine. Sie machte einen sehr traurigen Eindruck. Aber beim Vorbereiten des Essens hat sie wegen einer Kleinigkeit noch einmal auf so eine Art gelacht, dass ich sie einfach küssen musste."

Meursault ist sogar Marie gegenüber vollkommen nüchtern. Er würde sie niemals belügen, nur um ihr eine Freude zu machen. Im ganzen Buch ist er unbedingt ehrlich und hat keinerlei Hintergedanken. Vielleicht macht das auch meine Sympathie für ihn aus. Meursault kann gar nicht lügen, auch das habe ich mit ihm gemeinsam. Trotzdem schätzt er Marie auf seine Art und freut sich über ihre „Vorzüge" und Eigenheiten – das klingt ein bisschen, als ginge es um ein Auto. Manche Frauen finden es toll, wie Autos behandelt zu werden. Und viele Männer finden es sicherer, ihre Gefühle aus ihrem Leben raus zu halten – selbst aus ihrem Liebesleben. Vielleicht ist Meursault doch nicht so anders als alle anderen. Und trotzdem fasziniert mich seine sichere Distanz zur Welt, die dennoch keine reine Gleichgültigkeit ist. Ich nehme an, so lässt es sich leben.

Meursault verbringt den restlichen Tag mit Raymond in der Stadt bei Schnaps und Billard. Als sie zurückkommen, treffen sie den völlig aufgelösten Salamano, dem sein Hund davongelaufen ist. Nachdem sie versucht haben, ihn zu beruhigen, geht jeder in seine Wohnung. Aber kurz später klingelt der Alte nochmals bei Meursault:

„Ich habe ihn gebeten, rein zu kommen, aber er wollte nicht. Er hat auf seine Schuhspitzen geschaut, und seine schorfigen Hände haben gezittert. Ohne mich anzuschauen, hat er gefragt: ‚Sie werden ihn mir nicht nehmen, nicht wahr, Monsieur Meursault. Sie werden ihn mir zurückgeben. Was soll sonst aus mir werden?' Ich habe ihm gesagt, dass das Tierheim Hunde drei Tage lang ihren Besitzern zur Verfügung stelle, und dass es danach mit ihnen mache, was es für gut halte. Er hat mich schweigend angesehen. Dann hat er ‚Guten Abend' gesagt. Er hat seine Tür geschlossen, und ich habe ihn hin- und hergehen hören. Sein Bett hat geknackt. Und an dem seltsamen leisen Geräusch, das durch die Wand drang, habe ich begriffen, dass er weinte. Ich weiß nicht, warum ich an Mama denken musste. Aber ich würde früh aufstehen müssen. Ich hatte keinen Hunger und habe mich ohne zu Abend zu essen schlafen gelegt."

Der Vergleich mit der Mutter ist an dieser Stelle Meursaults Art und Weise, Mitleid mit seinem Nachbarn zu empfinden. Es ist ihm nicht egal, dass der Alte weint.

Meursaults Menschlichkeit ist versteckt in kleinen Gesten, Reaktionen und Gedanken. Und sie ist viel zu subtil, als dass sie auf der Bühne eines großen Gerichtssaales zur Geltung kommen würde. Der alte Salamano wird später vor Gericht aussagen, dass Meursault gut zu ihm und dem Hund gewesen sei. Aber das spielt dann schon längst keine Rolle mehr. Ein Sohn, der bei der Totenwache seiner Mutter geraucht hat und eingeschlafen ist, kann nicht unschuldig sein.

Zum ersten Mal habe ich so etwas wie Mitleid mit Meursault. Ich empfinde die Strafe als ungerecht, es ist mir nicht egal, dass er sterben muss. Ich nehme an, das ist ein gutes Zeichen. Ich überlege, ob ich das Gefühl in mein Heft eintragen soll, lasse es dann aber. Schließlich ist es nicht so stark, dass es meine Stimmung umwerfen würde, eher ein leises und zufriedenes kleines Wärmegefühl im Bauch. Mitgefühl. Mir wird die Absurdität der Situation bewusst: Ich bin stolz darauf, dass ich mit jemandem mitempfinden kann. So weit ist es also gekommen. Mir wird klar, dass das nun sehr wohl ein zerstörerischer Gedanke ist, der meiner Therapeutin überhaupt nicht gefallen würde. Ich hole also doch mein Heft raus und trage den Ich-bin-stolz-auf-mein-Mitgefühl-Gedanken ein. Bei der letzten Spalte komme ich mal wieder ins Grübeln. Die Sache ist zu komplex, um sie eindeutig zu bewerten. Ich trage ein Fragezeichen ein, streiche es dann aber wieder. Machen wir uns nichts vor, in Klammern normale Menschen legen nie so eine therapeutische Sichtweise auf sich selbst an den Tag. Schließlich trage ich in die letzte Spalte eine Null ein, auch wenn das den Notenspiegel ganz schön drückt. Die Kandidatin hat Null Punkte. Aber ich bin hier nicht in der Schule. Im Leben muss man nicht immer gute Noten haben, das habe ich über die Jahre gelernt. Seine Therapeutin kann man auch mit bewusst wahrgenommenen schlechten Noten glücklich machen, und dann sollte man auch selbst damit zufrieden sein.

Ich esse den restlichen Quark mit ein paar kalten Kartoffeln zum Mittag. Draußen ist schönes Wetter, und nach dem Essen nehme ich Kaffee und Zeitung mit auf den Balkon. Schulz ist nicht zu sehen. Es scheint auch nicht viel los zu sein, Dienstag eben. Vielleicht nutzt er die Zeit, um seine berühmte Mohrrübentorte zu basteln, oder den allseits beliebten Scheiterhaufen mit viel Kirschen und noch mehr Sahne. Hm, bei dem Gedanken läuft mir das Wasser im Munde zusammen. Schade, dass ich so satt bin.

Im Wissenschaftsteil der Zeitung ist ein Artikel über Hochsensibilität, der mich sofort in seinen Bann zieht. Es handelt sich dabei um ein Konzept, das erst in den neunziger Jahren aufgekommen ist und irgendwo zwischen Schulmedizin und Psychotherapie angesiedelt werden muss, da die Überempfindlichkeit sowohl körperliche als auch seelische Empfindungen betrifft. Die Autorin betont an mehreren Stellen, dass es sich bei Hochsensibilität nicht um eine Krankheit handele. Im Gegenteil könne sich die Überempfindlichkeit in verschiedenen Bereichen des Lebens sehr positiv äußern, etwa durch eine genauere und vielschichtigere Wahrnehmung der Dinge, erhöhte Differenziertheit und Reflexionsfähigkeit, stärkere Intuition, Feinfühligkeit und Einfühlungsvermögen in andere Menschen, aber auch durch eine ausgeprägte Kreativität. Negativ wirke sich die Überempfindlichkeit eigentlich erst im größeren Rahmen der gesellschaftlichen Konventionen aus, denen hochsensible Menschen oft nicht genügen könnten. Sie seien schnell überfordert, überreizt oder frustriert, da die Gesellschaft ihren Rückzugstendenzen, dem langsameren Lebensrhythmus und ihren stärkeren emotionalen Anforderungen oft nicht gerecht werde. Emotionale Verstimmungen seien als Folge keine Seltenheit. Hinzu käme die körperliche Reizbarkeit und Anfälligkeit, die von einer erhöhten Licht- oder Geruchsempfindlichkeit über Schlafstörungen bis hin zu Allergien und Nahrungsmittelunverträglichkeiten reiche. Das Gehirn sei bei hochsensiblen

Menschen offenbar nicht so gut in der Lage, unwichtige von wichtigen Reizen zu unterscheiden und sie herauszufiltern. Jegliche Reize, innere wie äußere, würden somit eine wesentlich stärkere Wirkung auf sie ausüben. Schon verrückt. Vielleicht bin ich also gar nicht *unter* Normalnullniveau, sondern weit darüber...

Am Ende des Artikels gibt es noch einen Abschnitt über „Niedersensibilität", der mich noch mehr gefangen nimmt. Unterempfindlichkeit ist ein Konzept, das es im Umkehrschluss zur Hochsensibilität geben müsste. Ich muss an die Dickhäuter und an Meursault denken. Niedersensibilität, so schreibt die Autorin, gehe vermutlich mit hoher Belastbarkeit in allen Bereichen des Lebens einher. Hier geht es um Menschen, die leichtere Reize gar nicht wahrnehmen: Sie sind stets bei bester Gesundheit, gehen neben der Arbeit noch mehreren Hobbys nach, machen Sport, treffen regelmäßig Freunde und pflegen nebenbei noch ihre kranke Mutter. Ich habe gleich mehrere Bilder von Menschen vor Augen, denen ich mal begegnet bin. Metaphorisch gesprochen sind das Menschen, die einen Magen wie ein Pferd haben, sich aber anderen gegenüber oft wie Elefanten im Porzellanladen aufführen. Solche Leute kennt jeder, schreibt die Autorin. Sie hätten wesentlich größere Chancen, in unserer Leistungsgesellschaft mitzuhalten und seien oft in Führungspositionen anzutreffen – die so genannten Entscheidungsträger unserer Gesellschaft also. Insofern verwundere es nicht, dass uns das Ideal der robusten Kämpfernatur quasi von oben, eben von jenen unsensiblen Hauklötzen, auferlegt werde. Als sie dann noch von Machismo und patriarchalischem Männertum anfängt, wird es mir doch etwas zu bunt.

Ich lege die Zeitung beiseite und sinne noch etwas über das Gelesene nach. Der Dickhäuteraspekt interessiert mich. Ist Meursault so ein niedersensibles Trampeltier, das kaum Einfühlungsvermögen in die Welt und in andere Menschen besitzt und deshalb so fremd und entrückt wirkt? Bin ich dagegen ein hochsensibler Mensch aus Glas, der nur durch Rückzug und Enthaltsamkeit von gesellschaftlichen Genüssen in dieser Welt überlebt und halbwegs zurande kommt? Das hört sich sehr schwarz-weiß-gemalt an. Außerdem bin ich mir nicht sicher, ob es mich der Frage, warum Meursault eine so große Faszination auf mich ausübt, näher bringt. Vielleicht ist es einfach die Anziehungskraft des Gegensätzlichen: Der überempfindliche Mensch sehnt sich nach Abstumpfung und Ruhe. Letztlich empfinde ich eine Art Neid für Meursault, eben weil er so niedersensibel ist und die Dinge des Lebens einfach nimmt, wie sie sind, ohne sich von ihnen bedroht oder angegriffen zu fühlen. Zum ersten Mal seit Langem muss ich an die Konzepte in meinem Meditationsbuch denken, in dem ich seit einer Weile nicht mehr gelesen habe. Demnach hätte Meursault einfach kein Ego, kein konstruiertes Selbst, das sich ständig schützen und erhöhen möchte, und das sich von allem anderen und besonders von anderen Menschen abkapseln und hervorheben will, um sein Überleben zu schützen. Meursault hat keine Angst.

Eine Welle des Neids durchzuckt mich wie ein kalter Schauer, aber ich werde mir des Irrsinns der Situation sogleich bewusst. Neidisch zu sein auf eine Romanfigur, eine ziemlich klägliche noch dazu?

Ich beobachte eine Weile das Gefühl von Neid und Wut in meinem Körper und trage es dann abschließend in mein Heft ein. Übereinstimmung zum normalen Camus-Leser: 2. Letztlich ist das rein hypothetisch, und ich empfinde keine Niedergeschlagenheit deswegen. Das Neidgefühl ist verschwunden, und ich nähere mich noch einmal mit klarem Kopf der Frage: Ist Meursault frei von Ego, also von zwanghaftem Denken, Urteilen, Fühlen? Heißt das, er ist voll bewusst, also erleuchtet?

Klares Nein. Meursault hat offensichtlich ein sehr kleines Ego. Vielleicht ist er von Natur aus weniger im Denken und Fühlen gefangen als die meisten Menschen. Man trifft immer wieder Leute, deren Leben weniger vom Denken vergiftet ist, die zufrieden ihrer Tätigkeit nachgehen, ohne Schlechtes zu vermuten oder sich selbst schlecht zu fühlen. Sie können sich an den kleinen Dingen des Lebens erfreuen. Im Strom ihrer Gedanken gibt es Löcher, aber das heißt noch nicht, dass sie sich dessen bewusst sind. Sie gleichen eher freundlichen Tieren, die von Natur aus nicht (beziehungsweise wenig) denken und daher viel stärker mit der grundlegenden Freude des Seins verbunden sind. Solche Menschen können einfach nur still dasitzen und schauen, ohne alles um sich herum mit Etiketten zu versehen. Sie können öfter als andere den Augenblick, das Jetzt, voll und ganz genießen, ohne vergangene Probleme oder Zukunftsängste mit heraufzubeschwören. Sie können das besser als andere Menschen, ja. Aber sie sind sich dessen nicht bewusst. Erst wenn sich der Mensch als Bewusstsein seiner selbst bewusst wird, kann man von Erleuchtung sprechen, das steht in meinem Meditationsbuch klipp und klar drin. Alles andere ist nur eine Variante der menschlichen Unbewusstheit.

Aber auch eines dieser freundlichen Tierchen, die sich in aller Stille des Lebens erfreuen, scheint Meursault mir nicht zu sein. Ich empfinde ihn eher als ein fremdartiges Wesen, einen Ausgegrenzten, in dessen Gang Einsamkeit und eine abgrundtiefe Traurigkeit mitschwingen. In seinen Schritten hallt nicht die Freude des Seins. Ist er also doch ein empfindsamer Mensch, der sein trauriges Ego unterdrückt hat? Oder ein grober Holzklotz, der die Schönheit des Lebens nicht sehen kann?

Ich trinke den letzten Schluck Kaffee aus und strecke mich. Mir schwirrt der Kopf von Sensibilitäten, Dickhäutern und Egos. Ich brauche definitiv eine Pause vom Denken – und von Meursault. Ich ziehe mir meine schwarze Kapuzenjacke über, stopfe den Tabak in die Tasche und gehe noch einmal in die Küche, um die letzten Gedanken mit einem großen Glas Wasser wegzuspülen. Dann laufe ich los.

IX

Man kann laufen, um den Kopf frei zu bekommen, um sich abzulenken oder um die Zeit tot zu schlagen. Meistens ist es eine Mischung aus allem, obwohl das nicht heißt, dass Langeweile dafür Vorraussetzung ist. In meinem Meditationsbuch steht, sich zu langweilen heiße, bewusst oder unbewusst auf etwas oder jemanden zu warten und die Zeit bis dahin überbrücken zu müssen. Wenn man im Jetzt weilt und nicht an Zukünftiges denkt, gibt es keine Langeweile. Oder wenn man gelernt hat, allein zu sein. Ich kenne wenige Menschen, die sich nie langweilen, und die auf unbestimmte Zeit allein sein können. Und ich kenne noch weniger Läufer. Ich meine nicht Jogger, sondern Läufer, Spaziergänger, wenn man so will, nur dass mir der Begriff irgendwie falsch vorkommt. ‚Spaziergänger' klingt nach Sonntagsspaziergang mit der Familie, einmal pro Woche nach dem Essen. Es kann so anfangen, aber es bleibt nicht dabei. Nicht, wenn man ein Läufer ist.

Als Läufer muss man laufen, egal wo, egal wann, meist ziellos über Felder und Waldwege oder durch die Straßen einer Stadt. Läufer erkennt man daran, dass sie auch in lieblosen Gegenden herumlaufen, in denen es nichts zu sehen oder zu erwarten gibt. Sie wollen nicht das Essen verdauen oder den See umrunden. Der Weg ist das Ziel, wie es so schön heißt.

Hannah und ich sind Läufer, und ich weiß, dass ich Mama dafür dankbar sein sollte. Sie hat auf gemeinsame Spaziergänge bestanden, sooft sie zu Hause war. Wir sind die Trümmerberge vor unserer Haustür hoch und runter gelaufen, haben neue Wege entdeckt und mit Mama zusammen die Pflanzen bestimmt. Das hatte ich fast vergessen. Ist es möglich, alle schönen Erinnerungen an eine Person, an die man sich nicht im Guten erinnern möchte, auszulöschen?

Papa war auch ein Läufer, das weiß ich aus Omas Erzählungen. Ich habe die vage Vorstellung, dass er in den zwei gemeinsamen Jahren, die uns geblieben sind, viel mit mir im Kinderwagen herumgelaufen ist. Wie könnte ich mich ihm sonst so verbunden fühlen? Zwischen Läufern gibt es eine Art unsichtbares Band. Irgendwo tief in mir spüre ich Papa, wenn ich laufe, und oft genug denke ich auch an ihn, obwohl ich ihn kaum kannte. Eine Ahnung an ihn ist mir geblieben, ein Geruch vielleicht und ein Gefühl von Wärme in meiner Brust. Aber ich spüre auch die unzähligen anderen, unbekannten Läufer, deren Namen man nur erfährt, wenn sie über das Laufen schreiben, oder wenn sie so berühmt werden, dass man ihren Tagesablauf in Biographien nachlesen kann. Natürlich gibt es Unterschiede. Rousseau fühle ich mich verbundener als Kant. Aber im Moment des Laufens sind wir irgendwie alle eins.

Ich lasse mich durch die Straßen tragen und versuche, den Weg nicht vorher zu planen. An jeder Kreuzung bleibe ich kurz stehen und schaue mir die verschiedenen Richtungen an. Was letztlich über die Richtung entscheidet, weiß ich nicht. Intuition, Laune oder Bestimmung, keine Ahnung. Es tut nichts zur Sache. Hinter dem Planetarium biege ich in den Thälmannpark ein. Mir ist warm von der Bewegung und der Sonne. Ich hätte doch die Sandalen anziehen sollen. Ich werfe mir die Jacke über die Schulter und laufe in den Park hinein. Der gerade graue Hauptweg wirkt in der gleißenden Sonne heute feindlich und öde. Ich überlege, umzudrehen, entdecke dann aber auf der linken Seite einen Durchschlupf ins Gebüsch. Zwischen dem Hauptweg und den S-Bahn-Gleisen schlängelt sich ein Trampelpfad unter tief herabhängenden Bäumen und verwilderten Büschen hindurch. Hier ist es wunderbar schattig. Von der Hitze und Ödnis des Parks ist nichts mehr zu spüren, obwohl der Hauptweg nicht mehr als ein paar Meter entfernt sein kann. Ist es Zufall, dass ich gerade an die Entdeckungstouren meiner Kindheit gedacht habe, und mich

63

nun auf einer solchen befinde? Es ist sehr selten, dass ich in meinem Umkreis noch unbekannte Pfade finde. Vielleicht ist dies ja eine Art „Weg der Wünsche", den man nur findet, wenn man nach ihm sucht.

Der Pfad schlängelt sich weiter durchs Unterholz. Auf der rechten Seite erkenne ich die Rückseite des Fußballplatzes und der Sporthalle. Links laufen dicke grüne Rohre am Zaun entlang, der den Weg vom Abgrund zu den Gleisen trennt. Nach einer Weile überqueren ebensolche Rohre auf etwa anderthalb Meter Höhe den Weg, Abwasser vom Schwimmbad vielleicht. Ich muss mich tief unter den Rohren hindurch bücken, sonst hätte ich die kleine Tür im überwucherten Zaun vielleicht nie entdeckt: Ein einfacher Gartenzaun, Karomaschen aus rostigem grünem Draht, verbindet die Rückseite von Turn- und Schwimmhalle. Vom Hauptweg aus bin ich nie auf die Idee gekommen, dass zwischen den beiden Hallen etwas anderes als Gebüsch liegen könnte. Doch jetzt stehe ich vor einer angelehnten Gartentür, die zu einem kleinen Grundstück führt. Vor einer Blechhütte stehen zwei weiße Plastikstühle und eine umgedrehte grüne Regentonne als Tisch. Im Hintergrund sind ein paar schmale Gemüsebeete zu sehen. Das Grundstück ist nicht so sonnenlos und finster, wie es auf den ersten Blick erscheint.

Während ich noch durch den Zaun schiele, kommt von vorne vom Weg her ein großer schwarzer Hund angeschossen. Er bleibt kurz stehen und schnuppert an meinem Bein, dann schlüpft er durch den Zaun, trottet zu einer roten Plastikschüssel, die neben der Hüttentür auf dem Boden steht und beginnt gierig zu trinken. Im nächsten Moment steht schon ein fülliger älterer Mann in heruntergekommenen Klamotten vor mir, der ziemlich streng riecht, mich aber breit angrinst. In der Rechten trägt er eine prall gefüllte Kaisers-Plastiktüte, aus der ein Porree rausguckt. Er fragt, ob ich ihn besuchen wolle. Ich drucke eine Weile herum, dass ich nur neugierig gewesen sei, folge dann aber doch seiner Einladung, auf einen

Tee mit rein zu kommen. Er sagt „Harald" und streckt mir eine dreckige Hand hin. Ich grinse endlich zurück und sage „Bea". Dann schlüpfe ich vor ihm durch die Gartentür und muss leicht errötend mit ansehen, wie Harald seinen dicken Bauch hinter mir durch die Tür zwängt. Er scheint daran gewöhnt zu sein und verzieht keine Miene.

Während Harald sich in der Hütte zu schaffen macht, lasse ich mich auf einen der Plastikstühle fallen. Erst beim Sitzen merke ich, wie verschwitzt ich bin. Das T-Shirt klebt in meinem Nacken, und meine Füße fühlen sich heiß und geschwollen an. Kurz entschlossen ziehe ich Schuhe und Socken aus und zeichne mit den nackten Füßen Kreise ins Gras. Hier ist es angenehm kühl. Auf meinen erhitzten Armen bildet sich eine Gänsehaut. Der Hund hat sich neben der Hütte in einen Sonnenfleck fallen lassen und nimmt keinerlei Notiz mehr von mir. Er scheint an fremde Leute gewöhnt zu sein.

Ich finde es erstaunlich, wie wohl ich mich fühle. Dabei befinde ich mich objektiv betrachtet auf dem Grundstück eines stinkenden Penners, mit dem ich kaum ein paar Worte gewechselt habe. Ich müsste mich fehl am Platz fühlen, vielleicht sogar Angst haben. Stattdessen blinzle ich vergnügt in den Sonnenstrahl, der durch das Geäst hindurch meinen Stuhl erreicht, und lausche auf das leise Klappern aus der Hütte. Alles ist so vertraut, als käme ich öfter hierher. Nach einer Weile kommt Harald mit zwei Tassen Tee nach draußen. Frische Minze, eigener Anbau, sagt er. Der Geruch ist herrlich. Harald reicht mir eine Tasse, auf der neben ein paar Notenlinien ein Portrait von Bach prangt. „Die Besuchertasse", sagt er stolz. Er trägt jetzt nur noch ein fleckiges weiß-geripptes Unterhemd, was seinen Körpergeruch noch verstärkt. Komischerweise stört es mich überhaupt nicht.

Harald rückt ächzend seinen Stuhl ein Stück nach vorne in die Sonne. Mir fällt der Tabak in meiner Jackentasche ein, und Harald kriegt große Augen, als ich ihn raushole. Er sagt, er hätte es sich abgewöhnen müssen, sei einfach zu teuer. Ich drehe uns zwei Zigaretten. Dann rauchen wir zufrieden, ohne etwas zu sagen. Eine S-Bahn rattert vorbei, dann kurz darauf noch eine in der Gegenrichtung. Danach haben wir wieder ein paar Minuten Stille gewonnen. Das Rauschen der Greifswalder ist nur leise im Hintergrund zu hören, und ab und zu ein Hundebellen aus dem Park.

„Willst Du meine Hütte sehen?", fragt Harald plötzlich. Ich folge ihm ins Innere, wo er Licht macht, weil es keine Fenster gibt. Die Einrichtung besteht im Wesentlichen aus einer Matratze, die auf dem Boden liegt, und ein paar Brettern, die mit Ziegelsteinen zu Regalen zusammengebastelt wurden. Dort befindet sich ein wildes Sammelsurium aus Gegenständen aller Art: Geschirr und Töpfe, Lebensmittel in Dosen und Gläsern, Toastbrot, ein Wasserkocher, Tütensuppen, ein Stapel mit Büchern und Zeitungen. Auf dem Boden in einer Ecke steht eine kleine Kochplatte. Ich frage mich, wo Harald Strom und Wasser herbekommt, sicher vom Schwimmbad. Erst dann fällt mein Blick auf die Wände. Sie bestehen aus Wellblech, das so gut es geht mit Zeitungsschnipseln und großen Bildern verdeckt wurde. Das meiste sind Filzstift- oder Kugelschreiberzeichnungen auf Pappe, in den seltsamsten Formen. Erst nach einer Weile wird mir klar, dass es Verpackungen sind, von Cornflakes oder Pizza vielleicht, auf deren Rückseiten sie gezeichnet wurden. „Wow", sage ich. „Sind die von Dir?"

Die Zeichnungen bestehen vorwiegend aus geometrischen Formen, Geraden, Kreisen und Karos, deren Zwischenräume zum Teil ausgemalt wurden. Es gibt keine freien Ecken oder Ränder auf den Pappen, alles ist minutiös ausgefüllt worden. Harald murmelt nur, man müsse sich die Zeit ja irgendwie vertreiben. Die Zeichnungen erinnern mich an Schulz' Grafiken im Café. Schulz hat sich dort sein eigenes Forum erschaffen, weil er von Seiner Kunst nicht leben konnte. Und Harald, denke ich, hat auch sein eigenes kleines Forum, hier in der Hütte. Nur dass er hier weniger Besucher hat.

Mir kommt eine Idee, und ich frage ihn, ob ich eine seiner Zeichnungen ausleihen könnte, um sie einem Freund zu zeigen. Harald fängt an, unter der Matratze zu graben, und ich sehe, dass seine Schlafstatt auf Zeichnungen ruht. Pappen über Pappen bilden das Polster zwischen dem braunen Linoleum, mit dem die Hütte ausgelegt ist, und der durchgelegenen Federkernmatte. Harald zottelt drei Stück raus und gibt sie mir. „Hier, schenk ich dir. Davon hab ich genug." Ich krame in meinen Taschen, aber ich habe nichts dabei, was ich ihm zum Dank überlassen könnte. Schließlich lasse ich ihm wenigstens meinen Tabak da. Und wer weiß, vielleicht kann ich Schulz ja für seine Bilder begeistern.

Irgendwie fühlen wir uns nach dem Tausch beide komisch, die Stimmung ist umgeschlagen, und Harald sagt, dass er jetzt mal was kochen werde, aber ich könne jederzeit wiederkommen. Er freue sich immer über Besuch. Ich weiß, dass das ein sehr diskreter Rausschmiss ist, bin aber im Moment froh darüber.

Ich drücke ihm die Hand und bedanke mich noch mehrmals für die Bilder. Am Ende frage ich doch noch schnell, ob er sich vorstellen könnte, welche zu verkaufen oder auszustellen. Er schaut verstört zu Boden und sieht mir auch nicht in die Augen, als er antwortet. Er sagt, er wolle kein Geld damit machen, aber er könne mir noch mehr schenken, wenn ich sie irgendwo aufhängen wolle. Ok, sage ich, aber ich würde ihn natürlich vorher fragen.

Ich verlasse die Hütte und das Grundstück als wäre ich auf der Flucht. Aber warum eigentlich? Mein Anliegen, mit Haralds Bildern etwas erreichen zu wollen, hat das Gleichgewicht unserer Bekanntschaft und unsere Unbeschwertheit zerstört. Ich habe damit unbewusst angesprochen, dass er vielleicht Geld brauchen könnte und dass ich ihm helfen will. Dabei braucht er keine Hilfe. Er hat seine Hütte und seine Bilder, seinen Hund und sicher Freunde, die ihn besuchen kommen. In Wahrheit weiß ich nichts über ihn. Vielleicht ist er ein Aussteiger, womöglich ein bekannter Maler, der dem Medienrummel und der Versklavung an Sponsoren, Kunsthändler und gesellschaftliche Normen entfliehen wollte. Und womöglich ist er mit seiner selbstgewählten Einsamkeit und Armut sehr viel glücklicher als ich es bin, obwohl ich doch alles habe, was man zum Leben braucht.

Auf dem Nachhauseweg bin ich nachdenklich und ärgere mich über mich selbst. Ich fühle mich wie ein Dieb, mit Haralds wundervollen Cornflakes-Pappen unter dem Arm. Ich werde sie erst mal mit hoch nehmen, bevor ich sie Schulz zeige. Drüber schlafen und über die Begegnung nachdenken. Und auch darüber, warum mich das schlechte Gewissen so plagt, dass ich mich nur noch unter die Bettdecke verkriechen will.

Als ich in unsere Straße einbiege, sehe ich noch aus dem Augenwinkel, wie Schulz vor dem Café mit einem schwarz gekleideten Hutträger diskutiert. Entgegen seiner Gewohnheit wird er dabei so laut, dass ich seinen Bass bis auf die andere Straßenseite herüber deutlich vernehme, aber ich bin zu müde, um mich mehr dafür zu interessieren. Mein ganzer Körper ist schon auf Schlaf eingestellt, und so schleppe ich mich nur noch bei halbem Bewusstsein bis in den dritten Stock, lehne Haralds Pappen im Flur an die Wand, streife mir die Schuhe aus und falle ins Bett.

X

Als ich aufwache, ist die Nacht schon hereingebrochen, und ich ärgere mich. Mit dem Schlaf ist es das für heute wahrscheinlich gewesen. Die Uhr zeigt kurz vor neun. Ich mache Kaffee und überlege, was ich mit der Nacht anfangen soll. Vielleicht gibt es was im Fernsehen. Plötzlich denke ich an Harald, der jetzt vermutlich schon auf der durchgelegenen Matratze schläft, umgeben von seinen Kunstwerken, neben sich den großen schwarzen Hund, der leise schnarcht, und dessen Pfoten einen angenehmen Geruch nach Gras und Erde verströmen. Ich fühle mich immer noch schuldig, wie ein Eindringling, der ohne es zu wissen einen heiligen Ort befleckt hat. Aber was mich so verwirrt hat, war weder der Ort oder sein Bewohner noch mein Dortsein. Es waren meine eigenen Vorurteile gegenüber dem Leben eines „Penners", denen ich ins Auge sehen musste. Und auch, wie ich mir nun eingestehe, eine tief sitzende Angst: Verlorenheit. Ich stelle mir vor, dass ich selbst von außen so gesehen werde, einsam, traurig und perspektivlos, nur mit einigen selbsterschaffenen Beschäftigungen und Ritualen, die einem den Tag verkürzen. Meine Übersetzungsarbeit ist letztlich nicht viel anders als Haralds Pappenzeichnen. Und ich habe in meiner Kiezwohnung vermutlich nicht mehr Besucher als Harald in seiner Einsiedelei. Vielleicht sollte ich mir einen Hund zulegen.

Ich habe Lust, Hannah anzurufen, aber sie ist dienstags beim Aikido und fällt danach meistens gleich ins Bett. Ich fühle mich seltsam einsam. Vielleicht bin ich aus einem schönen Traum erwacht, in dem Menschen um mich waren oder es jemand gut mit mir meinte. Ich hole mein Telefon aus der Tasche und schaue das Adressbuch durch. Kathrin und Holger sind nicht zu Hause. Christiane geht auch nicht ran. Ich überlege sogar kurz, Schulz anzurufen, lasse es dann aber.

Schließlich ergebe ich mich in mein Schicksal, schalte das Telefon aus und trete mit dem dampfenden Kaffee auf den Balkon. Es ist jetzt nachts schon richtig kalt draußen. Als mein Blick auf das Café fällt, erinnere ich mich an Schulz' Diskussion mit dem Hutträger heute Nachmittag. Im Licht der Laterne sehe ich einen weißen Zettel auf dem Rollo der Eingangstür prangen. Er sieht nach einem offiziellen Dokument aus, maschinengeschrieben und mehrfarbig. Kurz entschlossen gehe ich runter, um mir die Sache anzuschauen.

Auf dem Zettel steht ganz oben: Veterinär- und Lebensmittelaufsichtsamt. Die Hygiene. Schulz hatte mir schon einmal erzählt, dass er den Bedingungen nicht mehr gerecht werde, weil ihm das dritte Waschbecken und die Fliesen in der Küche fehlen. Jetzt haben sie also zugeschnappt. Auf dem Zettel steht etwas von einer Anordnung nach Paragraph soundso, nach der das Café bis zur Beseitigung der Mängel geschlossen bleiben müsse. Tolle Werbung, denke ich. Ich klopfe dreimal an das Rollo, aber Schulz scheint schon abgezogen zu sein. Kein Wunder, ich würde auch nicht mitten in der Nacht mit dem Fliesenlegen anfangen. Ich schaue kurz über die Schulter in alle Richtungen, dann reiße ich den Zettel ab, zerknülle ihn und werfe ihn in den Papierkorb an der Ecke. Soll Schulz doch seine eigene Version erfinden, wegen Krankheit geschlossen oder etwas in der Art, aber ein Erlass vom Hygieneamt muss nun nicht gerade an der Tür prangen.

Ich gehe wieder hoch und überlege, ob ich mich an die Übersetzung machen soll, lasse es dann aber. Wenn ich nicht wenigstens die Arbeitszeiten einigermaßen einhalte, dauert es ewig, bis sich mein Tagesrhythmus wieder normalisiert. Mir fällt ein, dass ich seit mittags nichts mehr gegessen habe. Ich mache Bratkartoffeln mit Spiegelei und Mais aus der Dose. Die gelb-braun-gebratenen Kartoffeln drapiere ich Scheibe für Scheibe um den Tellerrand herum, häufe einen goldgelben Streifen aus Mais daneben und in die Mitte das Spiegelei. Zufrieden schaue ich auf die Komposition. Schöne Farben, perfekte Geometrie. Aber irgendetwas fehlt. Ich überlege eine Weile, bis mir auffällt, dass das Ganze nicht dem Ampelprinzip entspricht. Das bringt mich auf die richtige Spur: Es gibt auf dem Teller nur eine Farbe, Gelb. Der Kontrast fehlt. Ich zupfe ein paar Blätter Basilikum vom Topf auf dem Fensterbrett und verteile sie etwas willkürlich über den äußeren Kartoffelring. Ein Blatt kommt in die Mitte auf das Eigelb. Jetzt noch Rot. Paprikapulver über den Maisring in der Mitte gestreut. Dann bin ich zufrieden mit der Komposition, setze mich an den Tisch und beginne langsam zu kauen.

Wenn man gezwungen ist, innezuhalten, um einen fehlenden Kontrast herzustellen, muss das einem tiefen menschlichen Bedürfnis entsprechen, einem Bedürfnis nach Harmonie. „Ausgeglichenheit", fällt mir auf, kommt zwar von „gleich", ist es aber nur insofern als in ihr verschiedene, kontrastierende Elemente zu gleichen Teilen vorhanden sind. Im Einklang miteinander. Ich frage mich, ob das für alle kontrastierenden Dinge zutrifft. Wie ist es zum Beispiel mit Gut und Böse, Freude und Schmerz? Gibt es auch dort einen Ausgleich? Die meisten Menschen wünschen sich nichts sehnlicher als glücklich zu sein, frei von Schmerz, Trauer und Boshaftigkeit. Trotzdem können wir es vielleicht niemals sein, solange wir in Begriffen wie Glück und Leid denken. Wo es Kontraste gibt, kann nicht ein Element allein existieren. Wenn wir immer nur Glück und Schmerzlosigkeit empfänden, würden wir sie gar nicht mehr sehen. Wenn alles auf der Welt grün wäre, gäbe es die Farbe grün nicht, so oder so ähnlich steht es in meinem Meditationsbuch. Vermutlich würden wir über die Abwesenheit von Leid unglücklich werden oder uns unbewusst in anderer Form Leid erschaffen, um das Gleichgewicht wieder herzustellen. Irgendwie ist das tröstlich. Wenn der Schmerz seinen berechtigten Platz und seine Funktion in der Welt hat, fällt es einem leichter, ihn zu akzeptieren. Wenn Schmerz notwendig ist, damit man Glück empfinden kann, sollte man wohl lernen, ihn willkommen zu heißen.

In Wirklichkeit sind Kontraste nur Konzepte des menschlichen Geistes. „Nichts ist an sich gut oder böse, erst die Betrachtungsweise macht es dazu." Das liest man mittlerweile in fast jedem Glücksratgeber, auch wenn er mit fernöstlichen Weisheiten nichts am Hut hat. Sicher würde es uns besser gehen, wenn wir Tod, Schmerz und Unglück ganz ohne Wertigkeit als gegeben annehmen könnten. Aber obwohl ich glaube, dass man einen buddhagleichen Zustand der Erleuchtung erreichen kann, und obwohl ich aus eigener Erfahrung weiß, wie gut solch ein Abstand zum Leben und zu den eigenen Gefühlen tut, frage ich mich, ob das die richtige Art sein kann, auf das Leben zu schauen und sich in ihm zu bewegen. Macht es Sinn, als Mensch alle menschlichen Konzepte und Kontraste zu verleugnen? Ist Menschlichkeit nicht eigentlich wichtiger als Erleuchtung? Was macht es mit einem, wenn man keinen Schmerz und keine Euphorie mehr empfindet?

Ich muss an Meursaults Distanziertheit von der Welt denken, die gleichzeitig eine tiefe Gleichgültigkeit ist. Sie wird dazu führen, dass er einen Menschen erschießt. Mir fallen auch die chinesischen Passanten ein, die nichts mit dem Tod eines kleinen Mädchens zu tun haben wollten. Natürlich ist Meursault kein Erleuchteter. Und auch die chinesischen Passanten sind es nicht. Ein Erleuchteter würde nicht töten und keinen Schmerz zufügen. Es heißt, er ist voller Mitgefühl für die Welt und seine Mitmenschen, leidet aber nicht mit ihnen. Aber fehlt ihm nicht trotzdem etwas Entscheidendes? Kann man Gefühle und Menschlichkeit einfach ablegen wie einen alten Mantel?

Nach dem Essen schaue ich in den Feuilleton-Teil der Zeitung, der schon seit fast einer Woche in der Küche liegt. Die rezensierten Bücher sagen mir alle nichts. Ich schreibe mir einen Titel raus, der interessant klingt, eine irische Familiensaga zwischen Alkoholismus und einsamen Klippen –

ganz nach meinem Geschmack. Weiter hinten im Feuilleton gibt es einen interessanten Artikel über Peinlichkeit, ein ungewöhnliches Thema. Der Autor vertritt die Ansicht, dass es in der heutigen Gesellschaft wirkliche, tragische Scham- und Schuldgefühle nicht mehr gebe, und dass diese stattdessen durch die Komik der Peinlichkeiten ersetzt worden seien. Komik natürlich nur auf der Seite des Betrachters. Aber was ist eigentlich der Unterschied zwischen Scham und Peinlichkeit? Peinlichkeit erscheint mir oberflächlicher, sie entspringt kleinen Zufällen und Unannehmlichkeiten, die aber nicht bis an die Substanz gehen. Für Peinlichkeiten, die einem passieren, kann man nichts, und man hat sie in der Regel nach ein paar Tagen vergessen. Im Gegensatz dazu leidet jemand, der beschämt ist oder eine Schuld mit sich herumträgt, viel stärker unter dem Blick der anderen. Er fühlt sich grundlegend durchleuchtet und kritisiert und in seinem innersten Wesen fehlerhaft. Man leidet schließlich nur unter fremder Kritik, wenn man sich selbst dieser Sache wegen verachtet.

Wenn das die Essenz von tragischer Scham und Schuld ist, dann gibt es sie natürlich noch. Vielleicht nicht alltäglich und nicht bei allen Menschen, vielleicht nicht bei Meursault und den Dickhäutern. In mir aber gibt es sie, und in der DA, auch in Hannah und Schulz. Die meisten Menschen, die ich kenne, sind Glasmenschen, zerbrechlich und klar zu durchschauen, bis hinein in ihre schlimmsten Ängste und ihr tiefstes Schamgefühl. Vielleicht gibt es Menschen, die keine größeren Probleme als Peinlichkeiten haben. Vielleicht werden es immer mehr, und es gibt sogar Zeitungsartikel über die neuen Menschen. Aber eigentlich glaube ich das nicht. Die Dinge des Lebens sind nicht frei von Schuld und Scham, auch wenn die Menschen mit der Zeit zufriedener und dickhäutiger werden. Die Glasmenschen werden noch lange nicht aussterben. Sie sind vielleicht emotional und evolutionär schwächer, aber in anderer Hinsicht sind sie auch stärker. Sie sind zutiefst menschlich.

Ich blättere das Feuilleton zu Ende durch, dann schaue ich auf. Ich finde es erstaunlich gemütlich, mal nicht übermüdet abends in der Küche zu sitzen und Zeitung zu lesen. Die Nacht ist lang, und es kommt mir plötzlich so vor, als gebe es unendlich viele Möglichkeiten. Ich versuche, den Augenblick festzuhalten und zu genießen. Diese Momente sind selten, in denen man das Leben in sich pulsieren spürt, in denen man das Gefühl hat, es mit allem aufnehmen zu können, einfach in das Meer der Möglichkeiten eintauchen und sich eine aussuchen zu können. Es ist ein unglaubliches Glücksgefühl. Wenn man sich darauf konzentriert, wie sich das Glück im Körper anfühlt, das Strömen der Energie und die Weite im Kopf, aus dem jeglicher Gedanke verschwunden ist, dann kann man für Momente auch alles andere im Raum spüren, als ob es zu einem selbst gehören würde.

Die feste Anwesenheit des Tisches und der Kaffeetasse. Ihr simples Dasein.

Der Geruch nach gebratenem Fett, der mit den Nasenflügeln verschmilzt.

Das Flimmern der Stille.

Das raue Zeitungspapier, das sich wie eine Verlängerung der eigenen Fingerkuppen anfühlt.

Die „stille Gegenwart der Dinge".

So habe ich es in meinem Meditationsbuch gelesen, und die Bezeichnung ist mir seitdem jedes Mal präsent, wenn ich solch einen Moment erlebe. Einmal war ich eine geschlagene halbe Stunde lang in den Anblick eines meiner alten Holzküchenstühle vertieft, der mir mit seinem abgeriebenen grünen Samtpolster und den geschwungenen Beinen plötzlich so lebendig erschien wie ein bedächtiges altes Tier, das mir in seiner stillen Gegenwärtigkeit freundlich zulächelt. Wenn man die stille Gegenwart der Dinge erlebt, ist man nicht mehr allein.

Ich atme tief ein und aus, betrachte die Gegenstände in der Küche, und lausche auf die Geräusche, die von draußen an mein Ohr dringen. Dahinter ist Stille. Ich fühle mich unheimlich friedlich und zufrieden. Nach einer Weile greife ich zu Stift und Tagebuch und schreibe auf:

Dienstag, 10. September:
1.) Mitleid für Meursault gehabt
2.) den Zettel vom Hygieneamt am Café zerrissen
3.) die stille Gegenwart der Dinge empfunden

Als ich das Buch zugeklappt habe, bleibt plötzlich ein seltsames Ziehen in meinem Bauch zurück. Aber warum? Schlechtes Gewissen wegen des zerrissenen Zettels? Bestimmt nicht. Auch mit Meursault scheint es nichts zu tun zu haben, es fühlt sich jetzt ganz o.k. an, Mitleid mit ihm gehabt zu haben. Das schale Gefühl muss sich auf den dritten Punkt, den Zauber des Moments beziehen, und ich überlege, was daran falsch sein kann. Nichts eigentlich. Höchstens die Überlegung, dass solche Momente viel zu selten sind. Das ist es. Ich habe sehr wohl ein schlechtes Gewissen: Ich habe seit Wochen nicht mehr meditiert, von Regelmäßigkeit ganz zu schweigen. Es ist schließlich auch eine Wahl, wie glücklich man sein möchte. Zum Glücklichsein gehört auch Disziplin, sich zusammenreißen, durchhalten und immer weiter an sich arbeiten. Ich schlage das Tagebuch noch mal auf und schreibe unter den letzten Eintrag: Was ich mir vornehme: wieder öfter meditieren, damit ich die stille Gegenwart der Dinge häufiger erleben kann.

Danach beschließe ich, den schönen Abend mit einem Whisky zu feiern. Die dunkelgelbe Flüssigkeit rinnt mir scharf die Kehle hinunter, und ich erinnere mich an den Geburtstagsabend, an dem ich die teure Flasche Dalwhinnie mit Hannah zusammen geköpft habe, nachdem alle anderen gegangen waren. Sie hat gehustet und „Teufelszeug!" gerufen, und wir haben gelacht.

Ich lasse meine Gedanken und Erinnerungen noch eine ganze Weile schweifen. Durch die offene Balkontür dringt Nachtluft durchs Zimmer bis in die Küche. Meine Füße sind schon ganz kalt geworden. Ich überlege, ob ich die dicken Lammfellsocken von Oma aus dem Schrank holen soll, habe dann aber eine bessere Idee: Ich werde den Herbst mit dem ersten heißen Bad der Saison begrüßen. Während das Wasser einläuft, zünde ich zwei Kerzen auf der Badkommode an und hole den Whisky, eine Schüssel mit Cashews und ein Glas sprudelndes Mineralwasser aus der Küche.

Das Wasser ist so heiß, dass ich noch zweimal den Fuß wieder herausziehe, bevor er sich an die Hitze gewöhnt hat und dem erschrockenen Kribbeln standhält. Dann das gleiche mit dem zweiten Fuß, bevor auch der restliche Körper sich mit einem Schaudern ins heiße Thymianwasser gleiten lässt. Ich versuche, mich ganz der Wärme hinzugeben und an nichts zu denken. Meine Schulter- und Nackenmuskeln entspannen sich langsam. Der Schaum zerplatzt knisternd, bis sich meine mageren Gliedmaßen im grünlichen Wasser abzuzeichnen beginnen. Mein Körper kommt mir fremd und gruselig vor, so bleich und reglos. Ich muss an die Leichen im Toten Moor denken, das Frodo und Sam auf ihrem Weg nach Mordor durchqueren. Die Moorleichen, die in der Verfilmung zwischen den Nebelschwaden und den Feuergeysiren täuschend echt und schrecklich wirken, sind in Wirklichkeit nur Kunststoffpuppen, die in einem großen Planschbecken schwimmen, das war auf dem Bonusmaterial zu sehen. In das Becken wurden Schilfpflanzen und ein paar Feuertonnen gesetzt. Das Übrige besorgen der künstliche Nebel und das Licht.

Ich sage mir, dass mein Körper weder leblos noch aus Kunststoff ist, und dass meine Zehen sich bewegen werden, sobald ich es will. Ich probiere es aus, aber obwohl es klappt, bin ich nicht erleichtert. Ich überlege, dass ich gerne so reglos in dem warmen Wasser liegen bleiben würde. Für eine sehr lange Zeit, oder vielleicht für immer. Wahrscheinlich bin ich betrunken.

Nach einer halben Stunde halte ich die Hitze nicht mehr aus. Es ist eben doch noch nicht Winter. Nach dem Baden bin ich müde und überlege, dass ich vielleicht doch schlafen könnte. Es ist immerhin schon fast Mitternacht. Ich krieche mit der Flasche Whisky und meinem Glas ins Bett und greife nach dem dunkelblauen Jules Verne-Band mit der Goldprägung.

XI

Erster Teil, fünftes Kapitel: Meursault ist im Büro, und sein Chef schlägt vor, ihn nach Paris zu versetzen. Er sagt, Meursault sei noch jung und es müsse ihm gefallen, zu reisen und in Paris zu leben. Meursaults Antwort ist wie immer pragmatisch:

„Ich habe ja gesagt und dass es mir im Grunde genommen aber egal sei. Daraufhin hat er mich gefragt, ob ich an einer Veränderung meines Lebens nicht interessiert sei. Ich habe geantwortet, dass man sein Leben niemals verändere, dass sowieso jedes Leben gleich viel wert sei und dass mir meines hier jedenfalls ganz und gar nicht missfalle. Er schien unzufrieden, hat mir gesagt, ich würde nie genau antworten, ich hätte keinen Ehrgeiz, und das sei im Geschäftsleben verheerend. Ich bin dann zurück an die Arbeit gegangen. Ich hätte es vorgezogen, ihn nicht zu verärgern, aber ich sah keinen Grund, mein Leben zu ändern. Wenn ich es recht bedachte, war ich nicht unglücklich.“

Es ist eine der wenigen Stellen im Buch, an denen Meursault selbst sein Leben bewertet, wie ein einsamer Scheinwerfer, der das unzugängliche Dunkel seiner Gesten und seiner Gleichgültigkeit beleuchtet. Es ist noch keine positive Aussage, er meint nicht, glücklich zu sein. Aber dennoch ist es eine klare Aussage, in der Meursault sein übersichtliches Leben aus Büroalltag, Mittagessen bei Céleste, Kino, Balkonbeobachtungen und der Zeit mit Marie nüchtern betrachtet. Sagen zu können, man sei nicht unglücklich, erscheint mir beneidenswert. Es ist eine Art stilles, leichtes Glück. Vielleicht ist es das, was seine Faszination ausmacht, denke ich. Dass Meursaults Gleichgültigkeit eigentlich Zufriedenheit ist.

Wer würde ein solches Arbeitsangebot einfach seelenruhig ausschlagen, ganz ohne Erregung, ohne Angst oder

Freude, und ohne sich wenigstens Bedenkzeit zu erbitten? Meursault steht da wie ein Fels in der Brandung, eine feste Entität, die weder Glück noch Leid zu erschüttern vermögen. Das ist sein Geheimnis, seine Größe und seine Unmenschlichkeit. Zum ersten Mal fühle ich, wie abgrundtief er mich abstößt, trotz aller Faszination.

Marie teilt diese Ambiguität: „Abends ist Marie mich abholen gekommen und hat mich gefragt, ob ich mich mit ihr verheiraten wolle. Ich habe gesagt, dass es mir egal sei und dass wir es machen könnten, wenn sie es wolle. Daraufhin hat sie mich gefragt, ob ich sie liebe. Ich habe so geantwortet wie ich es schon einmal getan habe, dass das bedeutungslos sei, dass ich sie aber zweifellos nicht liebe. ‚Warum solltest du mich dann heiraten?', hat sie gesagt. Ich habe ihr erklärt, dass das überhaupt nicht wichtig sei und dass wir, wenn sie es wünsche, heiraten könnten. Es war ja übrigens sie, die danach fragte, ich habe einfach ja gesagt. […] Dann hat sie sich gefragt, ob sie mich liebe, und ich konnte diesbezüglich nichts wissen. Nach einem weiteren Moment des Schweigens hat sie gemurmelt, dass ich komisch sei und dass sie mich zweifellos deswegen liebe, dass ich sie aber vielleicht eines Tages aus dem gleichen Grund abstoßen würde. Da ich schwieg, weil ich nichts hinzuzufügen hatte, hat sie lächelnd meinen Arm genommen und erklärt, dass sie sich mit mir verheiraten wolle. Ich habe geantwortet, dass wir es tun würden sobald sie möchte."

Die Dickhäuter kommen bei Frauen gut an, denke ich, oder vielleicht ist es sein Geheimnis: Marie spürt instinktiv, dass es etwas Hohles und Unschönes in Meursaults Innern gibt, das eines Tages vielleicht zum Vorschein kommen wird. Wie es beschaffen ist und wie sein Ausbruch vonstatten gehen wird, ob langsam und kriechend oder plötzlich in einer heftigen Explosion, das wird sie nicht mehr miterleben, denn auch zu der Heirat wird es nicht mehr kommen. Dann erst fällt mir auf, dass es ja genau diese Explosion ist, die allem ein Ende setzt: Meursault tötet. Und selbst in seinem Töten bleibt er gleichgültig und stark, selbst im Gefängnis empfindet er weder Reue noch Ärgernis. Er steht zur Realität, zu dem, was geschehen ist und dem, was deshalb als nächstes geschehen muss. Und natürlich ist es das beste, was er in dieser Situation tun kann. Es ist widerlich.

Ich stehe auf und strecke mich. Ich bin schon wieder müde, obwohl ich nach dem Whiskyabend erstaunlich gut geschlafen habe. Ich öffne die Balkontür, um die dicke Arbeitsluft durch neue zu ersetzen. Vor dem Café steht ein Handwerkerauto. Ein Glück, denke ich, Schulz ist nicht auf die Idee gekommen, selbst die Küche fliesen zu wollen. Sonst hätte ich ihm wohl oder übel helfen müssen.

Giovanni, der italienische Friseurgehilfe, steht rauchend in der Tür des Ladens und schaut amüsiert und etwas überrascht zur gegenüberliegenden Straßenecke, die ich von hier aus nicht einsehen kann, da sie von den Balkons des Nachbarhauses verdeckt wird. Sein Blick scheint irgendeiner interessanten Begebenheit zu folgen, die sich langsam in Richtung meines Hauses, also auch meines Blickfeldes bewegt. Ich verfolge Giovannis Blick und warte gespannt, schätze dann aber, dass ich noch Zeit haben werde, mir eine Zigarette zu drehen, und hole meinen Tabak aus der Küche. Ich bin noch nicht ganz fertig mit dem Drehen, als unter dem Nachbarbalkon der struppige beigefarbene Hund (von der Freundin der dicken Frau) zum Vorschein kommt. Zuerst kann ich nicht genau erkennen, was an dem Hund anders ist als sonst, aber von oben sieht er irgendwie merkwürdig aus, als hätten sich seine Beine in irgendetwas verheddert. Als ich ihm bei der weiteren Fortbewegung zusehe, begreife ich, dass seine Vorderbeine in einem Rollgestell stecken, das er mit den Hinterbeinen anschiebt. Offensichtlich ist etwas mit seinen Beinen nicht in Ordnung. Seine Bewegungen mit dem Rollgestell sind noch etwas unbeholfen, er schlingert mit dem Ding hin und her, wobei er trotzdem ein ganz schönes Tempo vorlegt.

Hinter ihm kommt schließlich auch die Besitzerin zum Vorschein. Sie guckt sehr vergnügt und stolz in der Gegend herum und sucht Blickkontakt zu allen Passanten, um zu sehen, ob sie ihren süßen kleinen Hund in dem Gestell auch so schmuck finden, und sie womöglich in ein Gespräch über seine Beinprobleme oder das innovative Gefährt zu verwickeln.

Ich klebe meine Zigarette zu und rauche, während ich den Triumphzug der Frau noch eine Weile mitverfolge. Vor der Tür meines Nachbarhauses bleibt sie stehen und macht sich am Klingelschild zu schaffen. Sicher will sie der dicken Frau mit dem Pudel die neue Errungenschaft zeigen. Aber die dicke Frau scheint nicht da zu sein. Die andere Frau beschließt, solange bei Schulz vor dem Café zu warten, wo sie die Ankunft der dicken Frau nicht verpassen könnte und gleichzeitig von allen Passanten gesehen würde. Sie ruft nach ihrem Hund, der offensichtlich Lissy heißt und ein Mädchen ist, dann greift sie mit beiden Händen unter Lissys Bauch, um sie und ihr Gefährt sicher über die Straße zu tragen. Die Frau lässt sich auf die Holzbank vor dem Kaffee fallen, und ich sehe noch wie Schulz herauskommt, vermutlich um ihr zu erklären, dass das Café im Moment geschlossen sei, bevor ich wieder reingehe und überlege, was ich zum Mittag essen könnte.

Da ich keine Lust auf schon wieder Bratkartoffeln habe, schneide ich die restlichen Kartoffeln in Würfel und verwende sie als Salatgrundlage. Dazu mische ich Eisbergsalat, rote Paprika, geröstete Sonnenblumenkerne, Avocadostücke, frischen Knoblauch, Kräuter und reichlich Sesamöl. Ich setze mich mit der Schüssel an den Küchentisch und lese nebenbei noch ein Stück Zeitung, obwohl ich weiß, dass es für die Verdauung besser ist, sich ganz auf das Essen zu konzentrieren. Ich nehme an, dass es in dieser Hinsicht schon ein gewisses Plus ist, wenn man sich des Fehlers bewusst ist. Heute ist mir das egal.

Da Mittwoch ist, und ich nichts weiter vorhabe, gehe ich runter ins Café, um zu sehen, wie Schulz den Umbau schultert und ihm zumindest seelisch und moralisch beizustehen. Haralds Pappen nehme ich als Aufmunterung gleich mit. Schulz sitzt gerade mit dem Handwerker draußen auf der Holzbank. Sie diskutieren bei Kaffee, was noch gebraucht wird und wie es weitergehen soll. Ich stelle mich still daneben und warte. Schulz zwinkert mir kurz zu und widmet sich dann wieder dem Handwerker, der feinstes Berlinerisch spricht und genau so aussieht, wie es sein muss, klein mit Blaumann, Turnschuhen und Schnauzer. Irgendwann sagt er „Allet klaro!" und geht wieder rein um weiterzuarbeiten. Ich will wissen, wie's läuft, und Schulz fragt, ob er mir erstmal einen Kaffee machen soll. Ich nehme gern an und drehe mir eine Zigarette, während Schulz die Maschine bedient und mir einen Milchkaffee mit Herzchen im Milchschaum zaubert. Ich stelle fest, dass er ja trotz der Umstände blendend drauf sei, und dann rauchen wir draußen, während Schulz mir die ganze Story mit dem „Hygieneheini" erzählt.

Natürlich steige ich mal wieder voll drauf ein und verbringe den restlichen Tag mit Schulz im Baumarkt und im Café. Wir müssen noch ein Paket Fliesen besorgen, außerdem farbige Kacheln für die Wand, noch mehr Kitt und einen zusätzlichen Spachtel. „Wenn schon, denn schon", sagt Schulz. Immerhin mache man das nicht alle Jahre, also solle es auch schick werden. Letztlich helfe ich noch mit, die Fugen zu befüllen und den Staub von Wand und Boden abzuwischen. Die körperliche Arbeit tut gut, auch weil ich sie mit Schulz zusammen verrichte. Er ist wirklich gut drauf, und wir lachen viel. Alle Stunde gibt es Kaffee und Rauchpause, irgendwann auch das erste Bier, was unsere Laune nur noch bessert. Der Handwerker verabschiedet sich gegen fünf und sagt, Schulz solle ihn anrufen, falls er noch Hilfe brauche. Um halb neun kommt Jenny, Schulz' Freundin, mit Kürbissuppe und frischem Baguette. Wir stürzen uns auf die Suppe, und Schulz stimmt ein Loblied auf die Köchin an, in das ich eifrig mit einstimme.

Nach dem Essen gibt es nicht mehr viel zu tun, vor allem Saubermachen und die Küchenmöbel an den richtigen Platz rücken. Am Ende sind wir alle sehr zufrieden, auch darüber, dass wir es an einem Tag geschafft haben und das Café vielleicht morgen Nachmittag schon wieder öffnen kann. Schulz sagt, dass er den Hygieneheini gleich früh um acht anrufen werde. Endlich fallen mir Haralds Bilder wieder ein, die ich erstmal an die Wand unter der Garderobe gelehnt hatte. Schulz ist begeistert, und ich muss ihm die ganze Story erzählen. Er meint, er würde am besten selbst mal bei Harald vorbeischauen und lässt sich den Weg von mir beschreiben. Ich gebe mir Mühe, nicht allzu erleichtert auszusehen und bitte ihn, Harald Grüße von mir auszurichten. Schulz schöpft keinen Verdacht, und ich bin auch zu müde, um ihm mein Gefühlschaos aus schlechtem Gewissen und Angst auseinander zu nehmen. Wir setzen uns noch mal raus mit dem letzten Bier, bis es zu kalt wird und wir uns vor Müdigkeit nur noch anschweigen. Schulz fällt mir um den Hals und sagt, dass ich diesen Monat freie Verpflegung im Café habe, und dann machen die beiden den Laden dicht, und ich krieche müde und zufrieden rauf in meine Wohnung. Es war ein schöner Tag, und ich werde bestimmt blendend schlafen.

XII

Erster Teil, sechstes Kapitel: Am Sonntag fahren Meursault und Marie mit Meursaults Nachbarn Raymond ans Meer. Masson, ein Freund von Raymond, hat sie in seine Strandhütte eingeladen. Sie faulenzen, gehen baden und essen Fisch. Es ist die Ruhe vor dem Sturm. An diesem Tag wird alles anders werden. Oder aufhören, könnte man sagen. Die Sonntagsidylle – der Tag mit Marie und Freunden am Strand – zeigt noch einmal deutlich Meursaults stilles Glück und seine Genügsamkeit mit dem, was er hat. Der Tag gibt auch Ausblicke in eine Zukunft, die Meursaults Zukunft hätte sein können, wenn… ja wenn er eben nicht Meursault wäre:

„Ich habe ihm [Masson] gesagt, wie hübsch ich sein Haus finde. Er hat mir erzählt, dass er hier den Samstag, den Sonntag und alle freien Tage verbringe. ‚Meine Frau und ich verstehen uns gut', hat er hinzugefügt. Gerade in diesem Moment lachte seine Frau mit Marie. Zum ersten Mal vielleicht habe ich wirklich gedacht, dass ich heiraten würde."

Kurz darauf am Strand: „Marie hat mich gerüttelt und mir gesagt, dass Masson wieder hochgegangen sei, wir müssten essen. Ich bin sofort aufgestanden, weil ich Hunger hatte, aber Marie hat mir gesagt, dass ich sie seit dem Morgen noch nicht geküsst habe. Das stimmte, und dabei hatte ich Lust dazu. ‚Komm ins Wasser', hat sie gesagt. Wir sind gerannt, um uns in die ersten kleinen Wellen zu werfen. Wir haben ein paar Schwimmzüge gemacht, und sie hat sich an mich geschmiegt. Ich habe ihre Beine um meine gespürt und ich habe sie begehrt.

Als wir zurückkamen, hat Masson uns schon gerufen. Ich habe gesagt, dass ich sehr hungrig sei, und er hat sogleich seiner Frau erklärt, dass ich ihm gefalle. Das Weißbrot war gut, und ich habe meinen Teil Fisch verschlungen. Danach gab es Fleisch und Pommes Frites. Wir haben alle gegessen ohne zu reden. Masson hat viel Wein getrunken und mir ständig eingeschenkt. Beim Kaffee war mein Kopf etwas schwer, und ich habe viel geraucht. Masson, Raymond und ich haben ins Auge gefasst, den Monat August zusammen am Strand zu verbringen, mit geteilten Kosten."

Meursault hat alles, was man braucht: eine Freundin, die er heiraten will, Freunde, mit denen er seine Urlaubszeit am Meer verbringen kann, außerdem ein geregeltes Leben mit festem Job und Wohnsitz. Hier jedoch endet die Idylle. Nach dem Essen gehen die Männer zum Verdauungsspaziergang an den Strand und sehen nach einer Weile von weitem zwei Araber auf sich zu kommen, von denen Raymond den einen als den Bruder seiner Ex-Geliebten erkennt. Ab da wird alles anders werden, und mir fällt auf, dass ich mich genau auf der Hälfte des Buches befinde. Camus hat den Höhepunkt im Roman mit Bedacht komponiert. An dieser Stelle höre ich für heute auf, das Kapitel ist zu lang, und ich will den wichtigen Moment des Mordes ausgeruht angehen.

Es ist kurz vor halb zwölf. Ich schaue kurz runter zum Café, aber Schulz hat die Genehmigung offensichtlich noch nicht bekommen. Vielleicht sitzt er gerade beim Hygieneamt auf einem Plastikklappstuhl, mit einer zweistelligen Wartenummer in der Hand.

Ich sehe noch kurz nach den Mails, bevor ich den Computer herunterfahre. Hannah hat geschrieben, dass wir uns wie immer am Samstag treffen könnten. Sie schlägt vor, mich um zwölf abzuholen und dann zu schauen, und ich antworte ihr kurz mit „ok, freu mich. bea." Ich lösche den ganzen Werbemüll raus, dann bleibt noch eine Nachricht von Christiane, die sagt, dass sie neulich nicht zu Hause gewesen sei, aber ob ich nicht am nächsten Dienstagabend zu ihr kommen wolle. Sie würde was Nettes kochen. Ich schreibe ihr das gleiche zurück wie an Hannah. Zwei schöne Termine für die nächsten Tage, das ist gut. Erst zum Schluss öffne ich die Mail vom Verlag, wie immer mit pochendem Herzen. Die Spannbreite der Verlagsmails ist groß, und nicht immer verbirgt sich in ihnen etwas Schönes. Heute ist es eine Mail von meiner Betreuerin: Sie fragt an, ob ich bereit sei, nun als nächstes „Paludes" von André Gide zu übersetzen. Mein Herz macht einen Hüpfer. Das Buch habe ich Ihnen schon seit Jahren immer wieder zur Übersetzung empfohlen, ich finde es einfach genial. Und jetzt endlich die Einwilligung! Ich antworte, dass ich zurzeit an einem Projekt arbeite, das noch zwei bis drei Wochen in Anspruch nehmen werde. Danach würde ich mich sofort an die Arbeit machen.

Gut gelaunt schalte ich den Computer aus und trage den Dienstagstermin in meinen Kalender ein. Christiane hat zwei Jahre in Urumchi gewohnt und zaubert jedes Mal ein ganzes Buffet an asiatischen Köstlichkeiten her, wenn ich komme. Beim Gedanken an chinesisches Essen läuft mir das Wasser im Mund zusammen. Ich habe Hunger. Kurz entschlossen laufe ich rüber zum China-Imbiss und bestelle Eierblumensuppe und gebratenen Tofu in Mango-Curry-Soße. Die Sonne ist raus gekommen, aber der Imbiss liegt um diese Uhrzeit im Schatten. Trotzdem genieße ich es, nach der Schreibtischarbeit draußen zu sitzen. Ich trinke Jasmintee und rauche. Dann kommt die duftende Suppe, und ich beginne, langsam zu löffeln. Es tut gut, wenn das leichte Ziehen im Magen nachlässt. Von drinnen höre ich das Zischen des Woks und die Rufe der Bedienung. Ab und zu fährt eine Straßenbahn vorbei.

Mit den ersten Löffeln warmer Suppe im Bauch fühle ich mich rundum zufrieden. Ich denke zurück an Meursaults stilles Glück am Strand. Vielleicht hat es sich so ähnlich angefühlt, eine reine, leichte Zufriedenheit aus Stille und kleinen Freuden, einem guten Essen, einer frischen Brise und angenehmer Gesellschaft. Und Marie. Ich schlucke kurz, weil mir bewusst wird, dass einer der entscheidenden Zufriedenheits-Faktoren in meinem Leben fehlt. Aber ich bin heute nicht in der Stimmung, mir davon die Laune verderben zu lassen. Mir fällt ein Zitat aus dem „Steppenwolf" ein, das ich schon als

Sechzehnjährige auswendig gelernt und mir in der schleichenden Langeweile der Schulstunden immer wieder vorgesagt habe:

„Einsamkeit ist Unabhängigkeit, ich hatte sie mir gewünscht und erworben in langen Jahren. Sie war kalt, o ja, sie war aber auch still, wunderbar still und groß wie der kalte stille Raum, in dem die Sterne sich drehen."

Ich weiß nicht, ob Hesse gut daran getan hat, seinen Weltschmerz für jeden zugänglich in dieser unglaublich verführerischen Sprache zu Papier zu bringen. Er hat damit genau den wunden Punkt seiner jugendlichen Leser getroffen und ihnen den Weltschmerz erst richtig eingeimpft. Ob man die furchtbare Einsamkeit der Jugend mit der Suche nach Liebe und Wärme verbringt oder sie nach Zarathustra-Art durch Hingabe an den Schmerz sublimiert, das hängt auch von der Lektüre solcher Bücher ab. Welcher Jugendliche gefällt sich nicht in der Rolle des Märtyrers und Steppenwolfes? Vielleicht hat Hesse nicht geahnt, wie viel Macht seine Bücher entfalten würden, und dass tatsächlich seinetwegen etliche empfindsame Seelen den unwiderruflichen Weg in die Einsamkeit und Unabhängigkeit gehen würden. Auf diesem Weg gibt es kaum ein Zurück, das schreibt Hesse selbst im „Tractat vom Steppenwolf": Harry Haller wird sich bewusst, dass seine Freiheit Tod ist, dass die Welt ihn nun auf unheimliche Weise in Ruhe lässt, und dass die Menschen ihn nichts mehr angehen. Er erstickt in Beziehungslosigkeit und Vereinsamung. Alleinsein und Unabhängigkeit sind zu seinem Los geworden, zu seiner Verurteilung. Zwar erfährt er von anderen noch Sympathie und Freundlichkeit, aber nahe an ihn heran kommt niemand mehr. Sein Leben zu teilen ist niemand gewillt oder fähig.

Ich spüre eine Welle der Nostalgie in mir aufsteigen, während ich an mein früheres Leben denke, an die Zeit, in der Hesse und Nietzsche mich überallhin begleiteten. Wie wäre mein Leben wohl verlaufen, wenn ich den „Steppenwolf",

„Demian" und den „Zarathustra" nicht gelesen hätte? Wenn keine großen Köpfe mit ihrer Zaubersprache mich verführt hätten, den Weg der Einsamkeit zu erkunden? Hätte ich die Wärme und Liebe im Leben dann schneller gefunden? Und hätte ich dennoch nach Erkenntnis und Bewusstheit gestrebt, auch wenn mich kein Unglück dazu gezwungen hätte?

Vielleicht ist es nun einfach ein anderer Weg. Es ist immer noch möglich, seinem Schicksal zu entrinnen, auch wenn man die Einsamkeit über Jahre kultiviert hat und in ihr heimisch geworden ist. Die Sehnsucht wird mit der Zeit größer. Und man kann lernen, sich selbst zu durchschauen und wirklich eigene, freie Entscheidungen zu treffen. In diesem Moment, in meiner leisen mittäglichen Zufriedenheit, die ein paar Stunden konzentrierter Arbeit und einem guten warmen Essen im Magen entspringt, fühle ich ganz deutlich, dass es so ist.

Nach dem Essen habe ich Lust auf Kaffee in der Sonne. Ich gehe noch mal zurück bis zur Ecke, aber bei Schulz sind immer noch die Rollläden unten. Deshalb drehe ich um und laufe Richtung Kollwitzplatz. Da ich meistens zu Schulz gehe, wenn ich nicht zu Hause Kaffee trinken will, kenne ich mich mit den verschiedenen Lokalen hier nicht aus. Jedes Mal, wenn ich durch die Straßen des Kollwitzviertels schlendere, scheint es mir, als hätten schon wieder zig neue Cafés aufgemacht. Oder vielleicht haben sich nur ihre Namen und Besitzer geändert.

Ich suche mir ein kleines Café in der Sonne aus und bestelle Milchkaffee und Orangensaft. Beim Rauchen und Verdauen überlege ich, was ich mit dem Nachmittag anfangen könnte. Mir fällt ein, dass ich schon lange nicht mehr bei Gerd im Antiquariat war. In der Sonne ist es sehr warm, ich muss die dicke Fliesjacke ausziehen. Ich lege die Beine auf einen zweiten Stuhl, nippe gelegentlich an meinem Kaffee und genieße die Mittagsruhe in der Sonne. Ich schließe die Augen. Vom Park her dringt Vogelgezwitscher zu mir, dann die

Stimmen spielender Kinder. Zwei Tische neben mir telefoniert eine Frau leise mit ihrem Freund oder Liebhaber, hinter mir knistert jemand mit einer Zeitung. Mir fällt ein, dass heute die neue Wochenzeitung kommt. Ich sollte auf dem Rückweg daran denken, am Kiosk vorbeizugehen. Ich lausche auf die Autos und Straßenbahnen, die auf der Hauptstraße in einiger Entfernung vorbeifahren. Großstadtgeräusche haben mir schon immer eine gewisse Sicherheit gegeben, vielleicht weil sie Anonymität und offene Möglichkeiten versprechen, Fluchtmöglichkeiten jedweder Art. Man kann in die Straßenbahn steigen und in einen anderen Stadtteil fahren, oder mit der S-Bahn raus aufs Land. Vielleicht liegt es aber auch nur daran, dass ich in der Großstadt aufgewachsen bin. Ich fühle mich in keiner anderen Stadt so sicher und geborgen wie in Berlin. Wie verschieden und fremd ich mich auch unter anderen Menschen fühlen mag, die Stadt ist mir nah und vertraut und gut.

Meine Gedanken kehren erneut zu Gerds Antiquariat zurück, und ich frage mich, warum ich gerade jetzt an ihn denke. Vielleicht wegen der Erinnerung an meine Hesse-Zeit, in der ich die Buchläden im Kiez regelmäßig nach billigen Taschenbuchausgaben durchkämmte. Aber Gerd ist eigentlich kein großer Hesse-Fan. Er hat eine für einen Antiquar ungewöhnliche Schwäche für amerikanische Thriller und alle Arten von Kochbüchern. Meine Gedanken schweifen weiter, während ich drinnen bezahle und in Richtung Kulturbrauerei laufe. Erst als ich schon über die Danziger rüber bin und das Antiquariat von weitem sehen kann, schlage ich mir mit der flachen Hand gegen die Stirn. Natürlich! Gerd hat noch meine „Paludes"-Ausgabe, die ich nun für die Übersetzung brauchen werde! Es muss mindestens ein Jahr her sein, dass ich sie ihm geborgt habe.

Draußen vor dem Laden sind die Fensterbretter mit Bücherkisten vollgestellt. Gerd telefoniert gerade. Ich winke ihm kurz zu und gehe wieder raus, um die Kisten mit den

Neuzugängen durchzustöbern. Ein China-Handbuch hat mich gerade gefesselt, als Gerd rauskommt und mich umarmt. Er stellt fest, dass wir uns eine Weile nicht gesehen haben und fragt, was ich so gemacht habe. Ich erzähle ihm von Camus und dass ich als nächstes „Paludes" übersetzen dürfe und das Buch zurückbräuchte. Gerd beglückwünscht mich, denn wir teilen die Begeisterung für die französischen Existentialisten. Er sagt „warte mal" und rennt rein in den Laden. Kurz später kommt er mit meiner abgegriffenen „Paludes"-Ausgabe und einer Übersetzung des „Fremden" wieder. Ich schaue kurz rein, sage ihm dann aber, dass ich das Buch ja nur für mich übersetze, und dass es mir vor allem darum gehe, Meursault in *meine* Sprache mitzunehmen und zu schauen, ob ich ihn bzw. meine Faszination für ihn dann besser verstünde. Gerd sagt, er hätte noch gar nicht gewusst, dass mich das Buch so beeindruckt hat. Ich verspreche ihm, dass wir gern darüber reden können wenn ich mit der Übersetzung fertig bin. Er nickt und fragt, ob ich Kaffee wolle.

Wir holen zwei Stühle raus, links von der Eingangstür gibt es noch ein Fleckchen Sonne. Gerd lässt sich seufzend auf den Stuhl fallen und beginnt, seine Pfeife zu stopfen. Er sieht müde aus, und ich frage ihn, ob er Stress hat. „Paul geht's nicht gut", sagt er. „Er ist positiv."

Ich muss schlucken und lege Gerd eine Hand auf die Schulter. Ich frage ihn, seit wann sie das wüssten und ob er den Test auch gemacht habe. Bei Paul stehe es schon seit ein paar Wochen fest, sagt er. Er selbst sei zum Glück nicht infiziert.

Wir rauchen eine Weile schweigend. Ich überlege, ob ich ihn mehr darüber fragen kann. Ich kenne niemanden, der Aids hat. Schließlich frage ich doch, wie sich das äußert und wie der Krankheitsverlauf ist, und Gerd erklärt mir alles. Seine Stimme klingt unendlich traurig. Aber mir fällt nichts ein, womit ich ihn wirklich trösten könnte. Im schlimmsten Fall hätten sie nicht mehr viel länger als ein halbes Jahr zusammen. Gerd sagt, am Anfang sei er nur unheimlich wütend gewesen, weniger auf den Seitensprung als darauf, dass Paul offensichtlich so betrunken gewesen war, dass er nicht mehr an Verhütung gedacht hatte. Ein Fehler, eine gedankenlose Nacht, und man setze sein ganzes verfluchtes Leben aufs Spiel.

Wir sitzen noch eine ganze Weile so da ohne groß zu reden. Gerd muss ab und zu rein, um einen Kunden zu beraten, und ich versuche mir vorzustellen, wie es sein mag, wenn man plötzlich viel weniger Zeit übrig hat als angenommen, und vielleicht auch nur noch sehr wenig. Vielleicht würde man sein Leben so verändern, dass man sich mehr Zeit für die wichtigen Dinge nimmt. Freunde und Familie treffen, tun, was man schon immer mal tun wollte. Und ich nehme an, dass man die Welt und die Menschen mit anderen Augen betrachten, sie eher als wertvoll und schön erkennen würde. Vielleicht hätte man mehr Verständnis und Mitleid für andere. Aber vielleicht würde sich auch eine unbändige Wut entwickeln gegen alle, die nicht infiziert sind. Wie bei jeder Krankheit.

Ich denke an die DA. In Selbsthilfegruppen fallen solche Muster besonders auf. Und es ist gut so, weil man sich gegenseitig ausbremsen kann, wenn irgendwer seinen Hass auf die „Gesunden" zur Schau stellt. Natürlich fühlen wir alle so in den Momenten, in denen uns eine depressive Verstimmung im Griff hat. Ich kenne diese Tage gut, in denen ich außer mir und von einer seltsamen Aggressivität befallen durch die Straßen irre und keinem Menschen ins Gesicht sehen kann, weil er lächelt oder zufrieden aussieht. Die schlechten Tage, an denen der Wolf in mir tobt, die Zähne fletscht und nach Blut und Rache dürstet. Sogar auf die Autoren des „Steppenwolfes" und des „Zarathustras" bin ich an diesen Tagen wütend, weil sie in ihrem Sublimierungswahn das Elend zu verhöhnen scheinen. Nie habe ich an einem dieser dunklen Tage etwas Produktives oder Wertvolles zustande gebracht. Nur

Hass und Selbstzweifel, schwüles Selbstmitleid und puren, zerstörerischen Selbsthass. Wie muss es erst sein, wenn man weiß, dass man sterben muss, während alle anderen weiterleben? Wer kann sich in solchen Momenten schon eingestehen, dass jedes Leben gleich viel wert ist? Meursault könnte es. Aber es ist unmenschlich, das zu können. Im Angesicht der mir vor Augen liegenden Tragik in Gerds und Pauls Leben wird mein Hass auf Meursault noch größer. Während Gerd drinnen eine Kundin bedient, hole ich mein kleines weißes Heftchen aus der Hosentasche und schreibe die Situation in eine neue Zeile. Die letzte Spalte bekommt nach einigem Zögern eine neun. Es ist gut, solch ein kluges Heft bei sich zu haben: Da eine hohe Übereinstimmung in der letzten Spalte prinzipiell gut ist, muss auch Mitgefühl für Leidende und Hass auf Unmenschlichkeit gut sein.

Später gehen wir rein, und Gerd zeigt mir noch ein paar Bücher, die mich interessieren könnten. Am Ende kaufe ich das China-Handbuch für Christiane und einen Roman von René Frégni, den Gerd mir empfohlen hat. Es gehe darin um eine Schreibwerkstatt in einem Männergefängnis in Marseille, vielleicht eine gute Ergänzung zu Meursaults Gefängnisaufenthalt. „Où se perdent les hommes" heißt es: „Wo die Männer sich verlieren".

Ich umarme Gerd zum Abschied und bestelle schöne Grüße an Paul, obwohl ich ihn nur flüchtig kenne. Gerd sagt, ich könne ja mal abends bei ihnen vorbeikommen. Immerhin sollte ich Paul noch richtig kennen lernen, bevor es vielleicht zu spät wäre. Er setzt ein schiefes Grinsen auf, und ich winke ihm noch mal zu.

Die Sonne scheint immer noch, und die Menschen auf der Straße und in den Cafés sind fröhlich. Aber mein Kopf und meine Beine sind schwer und schläfrig. Ich kann mich über die Sonne nicht mehr freuen. Ich habe mal gelesen, dass die erhöhte Einfühlungskraft eine Stärke von Hochsensiblen sei.

Aber ist es nicht eher eine Schwäche, die Last anderer mit zu tragen, wenn man ihnen damit doch nicht helfen kann?

Schon an der Ecke sehe ich, dass Schulz geöffnet hat, bin aber nicht in der Stimmung für ein Gespräch und schleiche mich am Café vorbei nach Hause. Ich würde am liebsten in mein Bett fallen und schlafen, aber dazu ist es noch zu früh. Ich zwinge mich dazu, etwas Vernünftiges zu tun und wenigstens den Abwaschberg zu beseitigen, der sich seit zwei Tagen in der Spüle türmt. Danach hole ich den Rest Salat aus dem Kühlschrank und esse dazu getoastetes Schwarzbrot mit Butter.

Nach dem Essen koche ich mir noch einen Kaffee und merke, dass ich die Zeitung vergessen habe. Da die Wochenzeitung an meinem Kiosk manchmal schon am Freitag ausverkauft ist, raffe ich mich doch noch mal auf und gehe runter. Schulz ist zum Glück drinnen beschäftigt. Ich grüße den dicken Verkäufer im Kiosk, der, als er mich sieht, schon eine Zeitung rausholt. Ich frage nach seinem Bein, und er kommt mit verzogenem Gesicht und auch ein bisschen stolz mit einem blauen Gipsbein hinter der Theke hervorgehumpelt. Ich erzähle ihm, wie seine Tochter als professionelle Verkäuferin durchgehen wollte, und er lacht. Dann reden wir kurz über das schöne Wetter, und ich kaufe gleich noch Zigarettenfilter und eine Flasche Bier für später. Manchmal rettet mich solch eine kurze freundliche Begegnung vor dem Abrutschen in die Traurigkeit.

Zu Hause werfe ich gleich einen Blick in die neue Fernsehzeitung. Ich habe Glück: Im Ersten kommt ein Film mit Corinna Harfouch, die ich sehr mag. Also noch bis zu den Nachrichten Zeitung lesen und dann ab vor die Flimmerkiste. Das hört sich nach einem guten Abendprogramm für heute an.

Ich mache es mir mit dem Kaffee, der dicken Wochenzeitung und einer Tafel meiner Lieblingsschokolade in der Küche gemütlich. Dann schreibe ich in mein Tagebuch:

Donnerstag, 12. September:
1.) in mein Heft eingetragen
2.) Gerd im Antiquariat besucht
3.) An den Steppenwolf gedacht

XIII

Erster Teil, Fortsetzung des sechsten Kapitels: Die Begegnung am Strand. Meursault, Raymond und Masson treffen auf die zwei Araber. Es gibt eine Schlägerei, und Raymond wird vom Bruder seiner Geliebten mit einem Messer verletzt. Danach flüchten die Araber, und Masson bringt Raymond zum Arzt. Als sie wiederkommen, will Raymond sofort wieder an den Strand, er ist wütend. Meursault begleitet ihn. Am Ende des Strandes treffen sie die beiden Araber wieder, die ganz entspannt im Sand liegen und sie ruhig mustern. Einer von ihnen spielt auf einer Flöte. Raymond holt seinen Revolver hervor und überlegt, den Bruder seiner Geliebten zu erschießen, aber Meursault meint, er solle lieber von Mann zu Mann mit ihm kämpfen, und Raymond gibt ihm den Revolver, für den Fall, dass der zweite Araber eingreifen sollte. Doch dann kommt es anders:

„Als Raymond mir seinen Revolver gegeben hat, ist die Sonne darüber geglitten. Dennoch haben wir uns immer noch nicht bewegt, als ob sich alles um uns herum verschlossen habe. Wir haben uns angeschaut, ohne die Augen abzuwenden, und alles ist stehen geblieben, hier, zwischen dem Meer, dem Sand und der Sonne, der zweifachen Stille der Flöte und des Wassers. Ich habe in diesem Moment gedacht, dass man schießen könnte oder auch nicht. Doch plötzlich sind die Araber rückwärts hinter die Felsen geglitten. Raymond und ich sind dann umgedreht. Ihm schien es besser zu gehen, und er sprach vom Bus zurück."

Dieser Moment, in dem die Zeit stehen bleibt, in dem die Bewegungen und Geräusche innehalten und die Situation wie in einem Schaubild glasklar zu Tage tritt, in dem alles, das Gewollte wie auch das Ungewollte, mit einem Mal möglich und nachvollziehbar wird, dieser Moment ist das Negativ, die Grundlage für die spätere Situation, in der ein Schuss fallen

und sich alles ändern wird. Hätte es diesen Moment nicht gegeben, in dem schon einmal alles auf der Kippe stand, in dem
der Schuss hätte fallen können, es aber nicht tat, dann wäre
vielleicht alles anders geworden, oder der Moment des Mordes hätte zumindest eine andere Legitimation bekommen, die
des Überraschenden, Zufälligen, Versehentlichen, die man
dem Autor so nicht abnimmt. Meursault denkt in diesem Moment, dass man schießen könne oder auch nicht. Muss er später schießen, weil er es in diesem Moment nicht tut? Warum
denkt er überhaupt darüber nach zu schießen, obwohl es gar
keinen Kampf gibt? Es ist, als würde er im Vakuum des
Schaubildes, in der flirrenden Sonnenhitze, in der Stille vor
dem Schuss, einfach alle Möglichkeiten des Handelns abwä-
gen. Beides, Schießen, Nichtschießen, scheint im Lauf der
Dinge gleichermaßen seine Berechtigung zu haben. Ein
Meursault kennt womöglich gar keine klare Entscheidung
zwischen Gut und Böse.

Als sie wieder bei der Strandhütte angekommen sind,
fühlt Meursault sich unfähig, mit den anderen hinein zu gehen
und den Frauen zu begegnen. Schon vorher, als Raymond und
Masson beim Arzt waren, musste er „den Frauen" die Situation erklären. Der Leser versteht ohne Umschweife, dass Marie und Massons Frau diese Männerangelegenheit nicht verstehen können. Das Buch ist von 1942, Frauen sind Frauen
und Männer sind Männer. Ich weiß, dass mich das beim Lesen nicht irritiert hat, obwohl sich mein Magen jetzt beim Gedanken an den Machismo der Frauendarstellung zusammenkrampft. Aber der Leser ist in diesem Moment ganz bei
Meursault, auch die Leserin. Man will, dass er seinen Weg
weiter verfolgt und ist froh darüber, dass er den Frauen in dieser ernsten Angelegenheit aus dem Weg geht. Sie würden ihn
nur aufhalten. Meursault geht wieder an den Strand und läuft
los.

Im Nachhinein frage ich mich, warum Meursault nicht
loslassen konnte wie Raymond, obwohl ihn die Angelegen-

heit gar nicht selbst betraf. Warum kann er die Sache in diesem Moment nicht ad acta legen und hineingehen zu Marie, die sicher auf ihn wartet und sich Sorgen macht? Es scheint der Moment des Vakuums zu sein, der ihn verfolgt, die Leere und gleichzeitige Fülle an Möglichkeiten, die vielleicht, so denke ich jetzt, der Leere und der möglichen Fülle in Meursaults Innern entspricht. Vielleicht will er diesen Moment instinktiv wiederfinden und sehen, ob er anders ausgehen könnte. Ob er schießen würde.

Obwohl Meursault vorgibt, die Angelegenheit als erledigt zu betrachten, geht er noch einmal bis zu den Felsen am Ende des Strandes und ist überrascht, den Bruder von Raymonds Exfreundin dort wieder vorzufinden. Man nimmt ihm die ehrliche Überraschung ab, und dennoch erscheint sie mir nun unecht. Schon zweimal waren die Männer am Strand auf die Araber getroffen, warum sollte es nun, beim dritten Mal, anders sein?

Ein wichtiger Mitspieler in dieser entscheidenden Passage ist die Sonne. Für Meursault ist sie ein Gegenspieler, der ihn schon auf dem Weg zum eigentlichen, wenn auch unerwarteten Konflikt hart und kampfbereit werden lässt:

„Es war dasselbe rote Blenden des Strandes. Auf dem Sand keuchte das Meer im schnellen, erstickten Atem seiner kleinen Wellen. Ich lief langsam auf die Felsen zu und spürte, wie meine Stirn unter der Sonne anschwoll. Diese gesammelte Hitze stemmte sich gegen mich und stellte sich meinem Vorankommen entgegen. Und jedes Mal, wenn ich ihren starken, heißen Atem auf meinem Gesicht spürte, biss ich die Zähne zusammen, ballte die Fäuste in meinen Hosentaschen und spannte meinen ganzen Körper an, um über die Sonne und die undurchsichtige Trunkenheit, die sie über mich verschüttete, zu siegen. Bei jedem Schwert aus Licht, das vom Sand, von einer weiß gewordenen Muschel oder einer Glasscherbe hochsprang, knirschten meine Kiefer. Ich bin lange so gelaufen."

Das ist die Ausgangssituation: Meursaults stiller Kampf gegen die Sonne. Und die Hoffnung auf Erfrischung an einer Quelle, die hinter den Felsen liegt. Doch dort liegt auch der Araber.

„Das Geräusch der Wellen war noch träger, noch gleich bleibender als am Mittag. Es war dieselbe Sonne, dasselbe Licht auf demselben Sand, der sich bis hierher erstreckte. Schon seit zwei Stunden ging der Tag nicht mehr voran, seit zwei Stunden hatte er Anker geworfen in einem Meer aus kochendem Metall. Am Horizont ist ein kleiner Dampfer vorbeigefahren, ich habe den schwarzen Fleck nur am Rande meines Blickfeldes erahnt, weil ich nicht aufgehört hatte, den Araber anzusehen."

Meursault will umdrehen und all dem ein Ende bereiten. Aber die Sonne in seinem Rücken und das Verlangen nach der erfrischenden Quelle halten ihn davon ab. Während er noch steht und abwartet, bemerkt er, dass es die gleiche unerbittliche Sonne ist wie damals bei dem nicht enden wollenden Marsch zum Friedhof von Marengo, als seine Mutter beerdigt wurde. Der Tag der Beerdigung schwingt mit, und mit ihm der Tod. Meursault tritt einen Schritt vor, und der Araber zieht sein Messer. In diesem Moment rinnt ihm Schweiß in die Augen, und der dichte ‚Vorhang aus Tränen und Salz' vermischt sich mit dem Blitzen der Messerschneide in der Sonne:

„In diesem Moment hat alles gewankt. Das Meer hat einen dicken, glühenden Atem verbreitet. Es schien mir, als öffne sich der Himmel in seiner ganzen Weite, um Feuer regnen zu lassen. Mein ganzes Wesen hat sich angespannt, und ich habe meine Hand um den Revolver geklammert. Der Abzug hat nachgegeben, ich habe die glatte Rundung des Griffes gespürt, und da, in dem zugleich kurzen und ohrenbetäubenden Lärm, hat alles angefangen. Ich habe den Schweiß und die Sonne abgeschüttelt. Ich habe begriffen, dass ich das Gleichgewicht des Tages zerstört hatte, die außergewöhnliche Stille eines Strandes, an dem ich glücklich gewesen war. Da habe ich noch vier Mal geschossen, auf einen leblosen Körper, in den die Kugeln sich eingruben ohne dass man es ihm ansah. Und das waren wie vier kurze Schläge, mit denen ich an die Pforte des Unglücks klopfte."

Hier endet der erste Teil.

Mein ganzer Körper ist angespannt. Das Gleichgewicht des Tages wurde zerstört, und auch Meursaults Leben. Das Unglück hat ihn, den unberührbaren Fremden, übermannt. Dort habe alles angefangen, sagt Meursault, aber was eigentlich genau? Das Unglück? Das Chaos? Das Leben? Meursault schüttelt Sonne und Schweiß ab wie ein Hund, der sich nach einem Machtkampf die Anspannung vom Körper schüttelt. Eine typische Übersprungshandlung. Gleichzeitig frage ich mich, ob nicht der Schuss selbst die eigentliche Übersprungshandlung war, der Versuch, einen inneren Konflikt zu lösen, der bei der Konfrontation am Strand mitgeschwungen war. Unerbittliche Hitze. Wie am Tag der Beerdigung. Ist der Schuss Meursaults lang unterdrückter Ausdruck seiner Trauer, seine Art, den Tod der Mutter endlich zu begreifen?

Ich versuche, die Anspannung von meinen Gliedern abzuschütteln und öffne die Balkontür so weit es geht. Bei genauem Lesen und Übersetzen des letzten Absatzes sieht der Mord wirklich wie ein Zufall aus. Der Abzug hat unter Meursaults verkrampfter Hand versehentlich nachgegeben. Aber selbst wenn es so war – und ich habe es bisher nie als Zufall empfunden – selbst dann rechtfertigt nichts die vier Schüsse, die folgen. Auch das Gericht wird sich darauf berufen. Und Meursault wird keine Antwort wissen, außer der, dass alles Zufall gewesen sei. Mit diesen vier Schüssen hat er sein Schicksal besiegelt. Jemand, der auf einen toten Menschen schießt, kann genauso wenig unschuldig sein wie jemand, der neben seiner toten Mutter Kaffee trinkt.

Ich atme die frische Luft ein und drehe mir eine Zigarette. Der Moment am Strand scheint mir zu zeigen, dass mit

Meursault etwas nicht stimmt. Dass seine Gleichgültigkeit nicht reine Zufriedenheit ist. Vier Schüsse auf einen Toten als Übersprungshandlung, aus Verzweiflung über einen versehentlichen Mord? Vier Schüsse als traurige Einsicht, dass man das Gleichgewicht des Tages und seines Lebens zerstört hat? Schüsse auf einen Toten als wütender Schmerzensschrei einer in der Sonne geschwollenen Stirn? Durchaus vorstellbar. Aber ein Mord aus der stillen Trauer eines Sohnes heraus?

Ich überlege, warum ich plötzlich versuche, Meursault schuldig zu sprechen, obwohl ich doch eigentlich Mitleid mit ihm hatte und ihn als Gleichgesinnten verstand. Vielleicht will ich mich von der Tat distanzieren. Oder von ihm? Es ist mehr ein Gefühl in der Magengrube: Irgendetwas stimmt nicht mit Meursault. Und vielleicht stimmt dieses Etwas auch mit mir nicht. Könnte ich mir vorstellen, in dieser Situation gewesen zu sein und genauso gehandelt zu haben? Womöglich will ich mich distanzieren von der Angst, dass es so wäre. Von dem unberechenbaren Monster in mir. Von der Tat, die womöglich auch meine hätte sein können, wenn ich unter einer anderen Sonne leben würde.

Unten tritt Schulz mit einem Glas Kaffe aus der Tür. Er sieht zu mir hoch, grinst und zeigt mit dem Daumen nach oben. Ich mache das gleiche Zeichen und zwinge mich zurückzulächeln. Ich fühle mich vollkommen fremd, als wäre ich gerade einer fernen Welt entsprungen. Und so ist es ja auch. Seit gestern, seit dem Besuch bei Gerd, und seit Meursault das Gleichgewicht des Tages zerstört hat, sitzt mir der Tod im Genick. Ich verstehe plötzlich nicht mehr, warum Schulz mir einfach so zulächelt. Ich finde das abstoßend. Ich gehe rein und mache mir etwas zu essen, weil mein Magen knurrt. Appetit habe ich nicht.

Beim Gemüseschneiden merke ich, dass sich die Gedanken in meinem Kopf im Kreis drehen, und dass die sinistere Stimmung mich vollkommen eingenommen hat. Ich versuche, mich auf das Hier und Jetzt zu konzentrieren, auf die Beschaffenheit des Messergriffs unter meinen Fingern, auf die Form und den Geruch der Mohrrübenscheiben auf dem Brett. Es fällt mir schwer. Meine Gedanken schalten sich immer wieder ein, ohne dass ich genau benennen könnte, was sie sagen. Ein undurchdringliches Gemurmel über Sonne und Mord, Hitze, Schweiß und Durst erfüllt meinen Kopf. Ich werde mich nach dem Essen hinlegen. Schlafen hilft mir meist zur Klärung der Gedanken. Vieles geschieht im Traum, und man wacht als anderer Mensch wieder auf: Auch wenn die Erinnerung an die düsteren Gedanken kurz nach dem Aufwachen zurückkehrt – die damit verbundenen Gefühle schlafen weiter, in einem unbewussten Teil der Seele, der nicht so einfach zu begehen ist.

Nach dem Essens hole ich mein weißes Heftchen heraus. Beim schreiben fällt mir auf, dass heute Freitag der dreizehnte ist. Ich versuche, diese Information als Zufall zu werten. Immerhin ist in der Realität heute nichts Schlimmes passiert. Ich schreibe auf:

‖ Freitag, 13. 09. | Unwohlsein, Niedergeschlagenheit, Gedankenkreisen | (Situation:) Nachdenken über Meursaults Mord | (vermutete Reaktion anderer:) interessiert, befremdet | (Übereinstimmung:) 2 ‖

Danach lege ich mich sofort ins Bett. Ich bin kaum eingeschlafen, als ich vom Klingeln des Telefons geweckt werde. Es ist Hannah, ihre Stimme klingt aufgeregt und besorgt. Sie sagt, der Notarzt sei gerade da gewesen, es werde nicht mehr lange dauern. Mama liege im Sterben. Und sie wolle mich sehen.

Zweiter Teil

I

Das Haus im Süderbrokweg hat sich nicht groß verändert, seit ich zum letzten Mal hier war. Das muss an die zwanzig Jahre her sein. Es kommt mir kleiner vor als damals, obwohl ich seit meinem achtzehnten Lebensjahr bestimmt nicht mehr gewachsen bin. Vielleicht ist es die Erinnerung, die Dinge kleiner macht, nicht die Körpergröße des Betrachters.

Hannah und Bernd haben das Haus vor ein paar Jahren neu streichen lassen, wieder in dem gleichen hellen Apfelgrün, in dem jedes Gebäude schon nach kurzer Zeit unter Straßendreck und Staub den Eindruck eines verwitterten alten Hexenhäuschens annimmt. Ich erinnere mich, wie Hannah damals alle Hebel in Bewegung gesetzt hat, um noch ein paar Eimer von der Ostfarbe aufzutreiben. Sie wollte Mama eine Freude machen, und als sie mich nach meiner Meinung fragte, war ich natürlich aus Prinzip dagegen. Aber ihre Bemühungen haben sich gelohnt: So ungefähr hat das Haus auch ausgesehen, als wir Kinder waren.

Ich lehne mein Fahrrad an den alten Holzzaun und trete durch das Tor, an dessen oberste Strebe fünf große, bunte Holzbuchstaben genagelt sind: LEMKE. Im Garten steht ein neuer Carport aus Holz, den Bernd gebaut hat, darunter Hannahs roter Kombi und mehrere Fahrräder. Die Hecken sind über die Jahre dichter und breiter geworden, man kann sich nicht mehr zwischen Zaun und Hecke verstecken, wie wir es als Kinder oft getan haben. Einmal hatte uns die alte Nachbarin, Frau Werner, verpetzt, indem sie Mama heimlich per Telefon angerufen hat, während sie aus ihrem Küchenfenster seelenruhig die bunten Bommelmützen im Auge behielt, die unter unserem Gekicher hinter dem Zaun auf und ab wippten. Ich muss lächeln. Ich nehme mir vor, Hannah später nach Frau Werner zu fragen. Sie muss schon damals steinalt gewesen sein.

Der Garten sieht verglichen mit meiner Erinnerung ziemlich verwildert aus. Bei Opa war immer alles perfekt gepflegt gewesen, der Rasen kurz, mit geraden Kanten zu den Beeten hin, die Apfelbäume und Hecken akkurat beschnitten, alle gleichhoch und oben harmonisch abgerundet. Auch die Beete waren stets unkrautfrei und übersichtlich gestaltet. Wenn wir beim Ballspielen in das Rosenbeet stapften oder Fange hinter den Brombeerhecken spielten, gab es Ärger. Ich merke, dass mir der verwilderte Garten mit seinen zottigen Hecken und unkrautgrünen Beeten viel besser gefällt. Die Apfelbäume recken sich befreit in die Höhe, ohne Angst vor der jährlichen Baumschneideaktion, bei der Opa immer zu Hochtouren aufgelaufen ist. Jetzt fragt niemand mehr danach, ob die Äpfel in diesem Jahr kleiner oder weniger zahlreich, madig oder fleckig sind. Der Garten fühlt sich zufriedener an.

Ich atme ein paar Mal tief durch und versuche, die Nervosität abzuschütteln. Ich bin froh, diese Gnadenfrist zu haben und mich im Stillen mit Haus und Garten versöhnen zu können. Wie alte Bekannte, die sich aus einem fadenscheinigen Grund zwei Jahrzehnte lang nicht gesehen haben. Mir wird erst jetzt bewusst, wie groß meine Angst vor diesem Wiedersehen durch das jahrelange Aufschieben geworden ist. Erstaunlich, dass ich mich so ruhig fühle. Obwohl mein Magen sich zu einem harten Knäuel eingerollt hat und meine Hände leicht zittern, fühle ich eine tiefe Verbundenheit mit diesem Ort, der mich in die ferne, vor Erinnerung leuchtende Zeit meiner Kindheit zurückversetzt. Außerdem sieht er mittlerweile so sehr nach Hannah aus, dass ich ihn einfach gern haben muss. Mir fallen plötzlich die unzähligen Details auf, die von Hannahs und Bernds Anwesenheit hier künden: der rote amerikanische Blechbriefkasten; das schief gebaute Vogelhäuschen aus buntem Holz, das auf einem langen Besenstiel im Vorgarten steckt; die noch neue Fußmatte mit dem kotzenden Ottifanten. Und vor allem das Fehlen von

Gardinen in den Fenstern, durch die man einen Wald voller Grünpflanzen und warme Familiengemütlichkeit erahnt.

Ich atme ein letztes Mal tief durch und klingle an der Tür. „Ich mach auf!", höre ich eine Mädchenstimme von drinnen rufen, bevor die Tür sich mit einem Schwung öffnet und Anika mir um den Hals fällt. Natürlich ist sie seit unserem letzten Treffen gewachsen, aber ich verkneife es mir, ihr das zu sagen. Sie müsste jetzt in die vierte Klasse gehen und trägt mit Stolz eine lilafarbene Brille, mit der sie sich offensichtlich erwachsener fühlt. Ich sage ihr, wie gut mir die Brille gefällt, und zwinkere Hannah zu, die in der Küchentür steht und mich anlächelt. Sie sieht angespannt aus. Erst hier, in dem nach Krankheit und Desinfektionsmittel riechenden Flur, wird mir bewusst, wie sehr die ganze Familie in den letzten Monaten unter Mamas Pflegezustand gelitten haben muss. Ich werde in dieser eingeschlossenen Atmosphäre begrüßt wie ein frischer Lufthauch aus einer fremden, fernen Welt. Dabei wollte ich doch gar nicht hier sein. Ich schwanke hin und her zwischen der Übelkeit, die der Krankengeruch in meinem bereits aufgewühlten Magen verursacht, und der Bewunderung für die tapferen Bewohner dieses Hauses, auf die jetzt ein echter Verlust zukommt. Reiß dich zusammen, sage ich mir.

Hannah stellt erstmal den Wasserkocher an, und ich setze mich an den Küchentisch. Sie sagt, Mama schlafe gerade, der Arzt habe ihr ein Schmerzmittel verabreicht. Bernd sei noch im Büro, er werde wohl vor dem Abend nicht wegkommen. Ich spüre Hannahs Erleichterung über meine Gegenwart. Sie hat Angst. Angst vor dem Tod in ihrem Haus, und Angst auch vor der Verantwortung und den nötigen Schritten. Sie scheint meine Gedanken zu lesen, oder sie kann die Anspannung nicht mehr halten, jetzt, wo ich da bin. Tränen steigen ihr die Augen, und ich nehme sie in den Arm. Anika guckt etwas befangen weg und verzieht sich dann mit einer Handvoll Kekse in ihr Zimmer. Ich halte Hannah einfach nur fest. Es gibt nichts Tröstliches zu sagen, ich stehe ihrer Angst vor dem Tod genauso hilflos gegenüber wie gestern bei Gerd. Trotzdem merke ich, dass sich in mir eine Änderung vollzieht: Meine eigene Nervosität weicht echtem Mitgefühl, und mein Widerstand gegen mein Hiersein beginnt langsam zu bröckeln.

Hannah löst sich mit einem entschuldigenden Blick aus der Umarmung und kramt ein Taschentuch aus ihrer roten Fliesjacke hervor. Während sie Kaffee in zwei große Shaundas-Schaf-Becher füllt und ihn aufgießt, sehe ich mich um. In der Küche erinnert kaum noch etwas an früher. Die alten DDR-Einbauschränke wurden durch praktische Ikeamöbel ersetzt. Die Küche ist in Holzfarben gehalten, mit Ausnahme des riesigen roten Kühlschranks, der mit einem Wirrwarr aus Magneten, Postkarten und sonstigen Zetteln überfrachtet ist. Ich erkenne auch die verschnörkelte dunkelbraune Jugendstilkommode von Oma wieder, die während meiner Kindheit auf dem Dachboden geschlummert hat. Dorthin habe ich mich gelegentlich verzogen, wenn sich die Erwachsenen stritten und Hannah ihre Tür nicht aufmachen wollte. Auf dem Boden war es dunkel, staubig und gemütlich. Es gab ein altes Sofa, das mit einem großen Laken abgedeckt war und auf dem man es sich bequem machen konnte. Ich setzte dann meine grimmigste Miene auf, überkreuzte die Arme wie ein Erwachsener, dem etwas nicht passt, und lauschte auf die Geräusche aus dem Haus. Gleich neben der Luke stand Omas Kommode mit ihren vielen Schrammen, die von früheren Erlebnissen und zahlreichen Umzügen erzählten. In ihren Schubladen versteckte ich meine Schätze: Süßigkeiten, Abziehbilder, meine Lieblingsindianer aus Hartgummi – und das Photo von Papa, auf dem er mich vor dem Bärenzwinger auf dem Arm trägt.

Ich erzähle Hannah von meiner Freundschaft mit der Kommode, um sie abzulenken und das ernste Gespräch über Mama noch etwas hinauszuschieben, aber ich merke, dass sie mit den Gedanken ganz woanders ist. Sie steht auf, stellt einen Keksteller und die zwei Kaffeebecher auf den Küchentisch und holt eine Milchflasche aus dem Kühlschrank. Es ist kaum eine Woche her, dass wir uns am Spreeufer getroffen haben, aber Hannah sieht merklich gealtert aus. Mir wird noch mulmiger zumute. Ich fühle mich neben ihr wie ein undankbares Gör, das sein Leben mit einem unnötigen Groll auf jemanden verbracht hat, den es kaum kennt. In Hannahs geröteten Augen spiegelt sich eine Zuneigung und Traurigkeit, die zu dem Mama-Monster in meiner Vorstellung einfach nicht passen will. Mir wird klar, dass ich nicht die Höhle eines Löwen betreten werde, sondern das Krankenzimmer einer sterbenden Frau – einer Frau, die ich einst kannte, aber nun längst schon nicht mehr kenne. Vielleicht war meine jahrelange Wut ganz und gar sinnlos. Vielleicht erfüllte sie keinen anderen Zweck als den, mein Ego in seiner eingebildeten Opferrolle zu befriedigen und zu bestärken. In Gedanken sehe ich das runde Gesicht meiner Therapeutin vor mir, die mir leise zuzunicken scheint.

Hannah schließt die Küchentür und stellt einen Ascher auf den Tisch. In Krisenzeiten darf in der Küche geraucht werden, sagt sie mit einem schiefen Lächeln, und ich bin froh darüber, obwohl ich bisher kein Bedürfnis danach verspürt habe. Zusammen rauchen verbindet irgendwie. Und es kann helfen, Spannungen abzubauen, zumindest, wenn man es zu diesem Zweck ritualisiert hat wie Hannah und ich. Wir rauchen und schauen aus dem Fenster. Hannah geht zum Radio und stellt leise einen Klassiksender an, dreht ihn dann aber gleich wieder aus. Bei der zweiten Zigarette fängt sie an zu reden. Mir wird bewusst, dass ich bei unseren Treffen in den letzen Jahren nie nach Mama gefragt und auch jegliches Gespräch über sie abgeblockt habe. Vielleicht spürt Hannah, dass ich jetzt dazu bereit bin, oder es ist ihr egal. Es geht gerade nicht um mich. Hannah fängt ganz von vorn an mit der Krankengeschichte, bei dem Tag, an dem Mama während eines Konzertes ein so starkes Zittern in den Händen bekam, dass sie nicht weiterspielen konnte. Dann erzählt sie von ihrer langen Odyssee der Arztbesuche, Krankenhausaufenthalte und Kuren, und schließlich von ihrem Anruf und der flehentlichen Bitte, ob sie nicht zurück „nach Hause" kommen könne. Bei diesem Satz schnürt es mir die Kehle zu.

Dann bekomme ich eine detaillierte Beschreibung von Mamas Krankheitsgeschichte in den letzten Jahren, die sie bei Hannah und Bernd verbracht hat. Hannah erzählt ganz nüchtern, mit leiser, fester Stimme und gesenktem Blick, und mir schießen bei ihrer Erzählung die Tränen in die Augen. Am Ende schaut sie vorsichtig auf und sieht mich erstaunt an. Dann werden auch ihre Augen feucht und sie nimmt mich in den Arm. Nach einer Weile wird aus unseren Schluchzern ein Glucksen, dann ein immer übermütiger werdendes Lachen. Es ist ein Lachen der Erleichterung. Wir sind beide wieder hier, zu Hause. Endlich sind wir wieder richtige Schwestern, Hannah und ich.

Als wir uns aus der Umarmung gelöst haben, lächelt Hannah mich an und wischt sich die letzten Tränen aus dem Gesicht. Sie sieht erfrischt aus und verkündet schon fast in ihrer altgewohnten guten Laune, dass sie mir jetzt erstmal das Haus zeigen werde. Ich folge Hannah durch die Zimmer und freue mich über die fröhliche Einrichtung und ihren Stolz darüber. Das Haus ist innen kaum wiederzuerkennen. Die Wände sind in milden Blau-, Grün- und Gelbtönen gestrichen, und auch die Gardinen und Teppiche sind farbenfroh und heiter. Ein richtiges Familienhaus für glückliche Jahre mit den Kindern. Auf dem neu abgezogenen Holzfußboden und in den Regalen herrscht ein gesundes Chaos aus Büchern, Spielsachen, Sportgeräten und Musikinstrumenten, das die Räume belebt. Bernd hat im Erdgeschoss eine Wand eingerissen und so aus den zwei Räumen, die in unserer Kindheit Wohn- und Esszimmer bildeten, einen großen hellen Wohnraum erschaffen, der durch ein riesiges Panoramafenster und eine Glastür mit einer kleinen Terrasse hinterm Haus verbunden ist. Überall stehen große Palmen und andere Grünpflanzen, deren Namen ich nicht kenne. Erst der Anblick des braunen Bechsteinflügels, der die hintere linke Ecke des Wohnzimmers einnimmt, versetzt mir einen Stich, und ich bleibe unwillkürlich stehen. Reflexartig will ich mich wegdrehen und fliehen, reiße mich aber zusammen, als ich Hannahs neugierigem Blick begegne. Du warst doch bisher so tapfer, scheint der Blick zu sagen, und ich begreife, dass in diesem Moment noch einmal alles auf der Kippe steht, dass die Angst und die Erinnerungen mich zu überwältigen und all meine Gelöstheit zunichte zu machen drohen. Ich darf jetzt nicht vor dem Flügel davonlaufen.

Ich atme einmal extra laut ein, um die Spannung abzuschütteln, und mache eine theatralische Geste in Richtung Flügel, die mich selbst erstaunt. Dann lächle ich Hannah noch einmal zu und nähere mich behutsam dem Ungetüm, das still und friedlich in der Nachmittagssonne schläft und irgendeine Gemeinheit zu verdauen scheint, vielleicht immer noch die Reste der kleinen Bea, die es vor den Augen der Mutter verschlungen hat. Ich konnte einfach nie gegen das Ungetüm ankommen. Es war immer wichtiger als ich, und dafür habe ich es gehasst und gefürchtet. Dabei mochte ich die Klänge so gern, die sich unter Mamas Händen auf ihm formten.

Der Deckel des Monsters ist leicht angekippt, und in seinem Innern schimmert der goldene Resonanzboden mit seinen vielen glitzernden Saiten. Der Anblick hat eine seltsam beruhigende Wirkung auf mich. Vielleicht beweist er mir, dass das Ungetüm in seinem hohlen Bauch weder arme kleine Mädchen noch traurige Erinnerungen gefangen hält. Außerdem habe ich das Gefühl, das Innere des Flügels noch nie so gesehen zu haben. Vielleicht war ich damals einfach noch zu klein, um durch die Öffnung schauen zu können und habe, als ich dann groß genug dafür wurde, schon einen Bogen um ihn gemacht.

Mit pochendem Herzen nähere ich mich dem Drehhocker, demselben dunkelbraunen Hocker mit dem Korbgeflecht, der schon damals Mamas Spielbewegungen aufgenommen und im Rhythmus leise mitgequietscht hat. Früher glich der Hocker in meinen Augen einem Königinnenthron, den nur Eingeweihte besteigen durften. Einmal bin ich nachts, als ich nicht schlafen konnte, nach unten ins Wohnzimmer geschlichen und habe mich im Dunkeln auf den Thron gesetzt. Es war ein schönes Gefühl, als die Korbbespannung unter meinem Gewicht leicht nachgab. Einen Moment lang war ich von einem Glücksgefühl und einer Erhabenheit erfüllt, wie ich sie mir für Königinnen auf ihrem Thron vorstellte. Ich gehörte plötzlich dazu, zu dieser geheimnisvollen Welt der Musik, deren Königin meine Mutter war. Aber nach kurzem erwachte ich aus meiner Illusion, und das schöne Gefühl schlug in Entsetzen um. Dabei hatte Mama mir nie verboten, diesen Hocker zu benutzen. Ich rannte schnell nach oben in mein Bett und fürchtete mich vor dem Donnerwetter am Morgen, wenn die Königin ihren Thron besudelt und entehrt finden würde. Erst am Ende des folgenden Tages begriff ich, dass meine Sünde wie durch ein Wunder unentdeckt geblieben war, und konnte wieder beruhigt einschlafen.

Beim Gedanken an die dunkle Episode meiner „Thronbesudlung" muss ich schmunzeln und erzähle Hannah die Geschichte. Dann klappe ich vorsichtig den Klavierdeckel auf und nehme mit spitzen Fingern den dunkelroten Filz hoch. Die vergilbten Elfenbeintasten funkeln mir entgegen wie die Zähne in einem großen Haifischmaul, das mich nachsichtig und etwas schadenfroh angrinst. „Blöde Bestie", murmele ich halb ängstlich, halb schmunzelnd. Hannah redet mir von hinten Mut zu: „Los, hau mal richtig in die Tasten. Das hilft bestimmt!" Aber es geht nicht.

„Später vielleicht", murmele ich und lege behutsam den Filz zurück auf die Haifischzähne, bevor ich den Klavierdeckel schließe. Ich streiche mir etwas verlegen den schwarzen

Kapuzenpulli glatt, den ich für den heutigen Besuch vorsichtshalber ausgewählt habe, und entferne mich immer noch vorsichtig vom Ungetüm. Hannah lacht und sagt „Na komm schon!" Dann führt sie mich weiter durchs Haus.

Erst im Flur wird Mamas Krankheit wieder wirklich greifbar. Der Chemikaliengeruch kriecht wie ein unsichtbarer Schleier aus Unglück und Verhängnis vom oberen Stockwerk her die Treppe herunter. Ich rümpfe reflexartig die Nase, und Hannah wirft mir einen wissenden Blick zu. Mir wird wieder etwas flau im Magen bei der Vorstellung, was mich dort oben erwarten mag, aber Hannah führt mich erstmal die Treppe hinunter.

Das Kellergeschoss haben Hannah und Bernd komplett ausgebaut, so dass es dort jetzt zwei kleine Zimmer gibt, außerdem den Heizungsraum, in dem sich die üblichen Kellergerätschaften, Waschmaschine und Wäscheständer, außerdem jede Menge Kompottgläser befinden. Hannah und Bernd haben ihr Schlafzimmer in den Keller verlegt, um Mama oben, neben den Zimmern der Kinder, Platz zu machen. Das Schlafzimmer liegt in dunkler Kühle – und in heillosem Chaos. Mit seinem schmalen Kellerfenster, das auf Schulterhöhe liegt und von außen zusätzlich von einem Ginsterbusch verdeckt wird, gleicht es einer dunklen Höhle. Hannah gewährt mir nur einen kurzen Blick in die Intimität ihrer Schlafkoje, in der sich Anziehsachen, Bettzeug und Bücher zu eigenartigen Haufen aufgetürmt haben. Es ist eine sehr fremde Gemütlichkeit, die einem Außenstehenden eher unangenehme Einblicke in die Zweisamkeit anderer Menschen gewährt. Hannah murmelt nur leise „Ist nicht aufgeräumt…", bevor sie die Tür schnell wieder zuzieht und mich in das verbleibende Zimmer gegenüber führt, das sie mir offenbar mit größerer Genugtuung und einigem Stolz präsentiert. Nachdem sie die Tür geöffnet und eine schummrige Stehlampe angeschaltet hat, weiß ich auch, warum.

Es ist ein Raum der Stille. Die Dunkelheit der Kellerlage bekommt hier einen ganz anderen Ausdruck als in der benachbarten Schlafhöhle. Sie bildet die Voraussetzung für die Stille, den schwarzen Hintergrund, vor dem sich der Zauber der Ruhe und der Beleuchtung erst entfalten kann. Der Raum ist mit dicken Teppichen, Kissen und Decken ausgelegt, die zum Ruhen und Träumen einladen. An den Wänden gibt es zahlreiche Holzborde, auf denen Kerzen, bunte Teelichter und Räucherutensilien stehen, aber auch Bücher, Tarotkarten und verschiedenste Gegenstände von persönlichem oder kultischem Wert. Erst bei näherem Betrachten bemerke ich, dass hier offensichtlich jedes Familienmitglied einen Stammplatz bezogen hat, denn die farbliche Zusammenstellung der Kissen und Decken und vor allem die Art der Gegenstände auf den Borden lässt unmissverständliche Eigenarten und Vorlieben ihrer Benutzer erkennen.

Ich bin beeindruckt. Hannah hat den Raum nun mit Hilfe einer kleinen Tischleuchte in sanftes rotes Licht getaucht und mir mit einer Kopfbewegung bedeutet, es mir irgendwo gemütlich zu machen. Ich lasse mich ohne nachzudenken in Hannahs Ruheecke fallen, die mich mit ihrer Vertrautheit anzieht. Zwischen den Kissen finde ich Oskar, Hannahs alten Teddy, den sie als Kind überall mit herumschleppte. Ich nehme ihn in den Arm und kuschle mich unter eine dicke Wolldecke, während Hannah mir ganz verliebt die verschiedenen Utensilien und Kleinigkeiten zeigt, die Bernd und die Kinder sich für ihren Raum der Stille zusammengesucht haben. Wie in Trance höre ich ihren Worten zu, lächle mit ihr und freue mich über ihren Stolz und die Liebe zu ihrer Familie.

Mamas Ecke hätten sie vor einiger Zeit umdekoriert, sagt Hannah nach einer Weile, als Mama die Treppen nicht mehr laufen konnte und ihre Habseligkeiten bei sich im Zimmer haben wollte. Erst die Erwähnung von Mama erinnert mich wieder schmerzlich daran, wozu mein Besuch eigentlich vorgesehen ist. Ich würde zu gern einfach hier liegen bleiben, in der Wärme der Wolldecke und der Stille, jenseits von Krankheit und Schmerzen, Vergangenheit und Zukunft. Hannah spürt meine Angst vor der Begegnung. Wortlos legt sie sich in Bernds Ecke und zieht sich ebenfalls eine Decke bis ans Kinn über den Bauch. So liegen wir eine ganze Weile zusammen in der Stille.

II

Als ich das Zimmer mit laut pochendem Herzen betrete, schläft Mama noch, und etwas in mir entspannt sich. Hannah hatte gesagt, ich solle erstmal allein rauf gehen, sie würde ja doch nur stören. Sie schien erleichtert, als ich einwilligte.

Ich sehe zuerst nur Mamas Rücken, ein Stück weißes Nachthemd, das an den Schultern unter der Bettdecke hervorguckt, und eine Flut dunkelgrauer Haare auf dem Kopfkissen. Ich habe nicht das Bedürfnis, mich gleich bemerkbar zu machen oder um das Bett herum zu gehen, um Mamas Gesicht zu sehen. Stattdessen bleibe ich in der Tür stehen und lasse den Eindruck auf mich wirken: die hellgrün gestrichenen Tapeten, die weißen Vorhänge, die halb zugezogen sind und nur einen Teil der Herbstsonne ins Zimmer lassen, die wenigen Einrichtungsgegenstände mit Mamas verstreuten Habseligkeiten – Bücher, Tinnef, Anziehsachen – und schließlich all die medizinischen Utensilien, die den ersten Eindruck eines fröhlichen Kinderzimmers zunichte machen.

In Mamas Zimmer riecht es ähnlich wie im Flur, nur intensiver und strenger. Instinktiv tasten meine Augen den Raum nach den Gegenständen ab, die zu der unangenehmen Geruchsmischung aus Krankheit, Medikamenten, Hygienemitteln und menschlichen Ausdünstungen beitragen, einer Mischung, überlege ich, die sich wohl an allen Orten der Welt, in allen öffentlichen und privaten Krankenzimmern von Afrika bis Zamonien gleicht. Mein Blick fällt zuerst auf den Tropf mit dem Vakuumbeutel, in dem von einer durchsichtigen Flüssigkeit in regelmäßigem Abstand Blasen aufsteigen. Der Schlauch des Beutels verschwindet unter Mamas Bettdecke. Auf einem flachen Regal, das als Nachttischchen dient, stehen weitere Medikamente, ein Desinfektionsspray, ein halbvolles Teeglas neben einer blauen Bürgelerkanne und ein kleiner Teller mit denselben Hannah-Keksen, die es unten in der Küche gab. Die Bettpfanne steht auf dem Fußboden und lugt unter dem Bett hervor. Daneben ein Eimer, der offensichtlich Lappen und Reinigungsmittel enthält.

Hinter all den unangenehmen Krankengerüchen befindet sich ein weiterer, der mich mehr schaudern lässt als alle anderen. Es dauert eine Weile, bis ich mir dessen bewusst werde, und auch dann ist es schwierig, ihn herauszufiltern und zu beschreiben. Süßlich irgendwie, aber auch herb. Kalter Schweiß. Und alt gewordene Haut. Trotzdem ist es nicht der Geruch einer alten, kranken Frau. Nicht nur. Darunter verbirgt sich Mamas Geruch, dieser vertraute, geliebte und verhasste Geruch, der mir jetzt eine Gänsehaut bereitet. Mamas Geruch trifft mich wie ein Stich ins Herz, und ich fühle mich plötzlich unendlich traurig. Was von der bisher so tapferen Bea übrig bleibt, ist ein schwaches kleines Mädchen, das sich wimmernd unter die warme Bettdecke verkriechen möchte, um der Kälte in ihrem Herzen zu entfliehen. Mamas Duft, das ist wie ein eisiger Hauch aus Stein, so heiß ersehnt und geliebt – und so unerreichbar fern und kalt.

Ich stehe noch immer reglos in der Tür. Ich merke, dass ich leicht zittere vor Kälte, aber ich widerstehe dem Drang, mich auf den Boden sinken zu lassen und mich zu einem warmen Knäuel zusammenzurollen. Meine Kehle ist wie zugeschnürt. Ich finde nicht die Kraft, mein weißes Heft hervorzuholen. Stattdessen bleibe ich einfach dort stehen und versuche, die Situation bewusst wahrzunehmen, den Geruch, Mamas Anblick, die Kälte und den Kloß in meinem Hals. Das Gefühl von Schwäche und grenzenloser Traurigkeit wird intensiver, aber ich schaffe es, mich ein Stück weit davon zu entfernen und es von außen zu betrachten. Nach einer Weile werde ich ruhiger, und das Zittern hört auf. Die innere Kälte bleibt. Und der Geruch.

Ich überlege einen Moment, ob etwas dagegen sprechen könnte, frische Luft rein zu lassen. Ich gehe durchs Zimmer und kippe durch die Gardine hindurch ein Fenster an. Als ich mich umdrehe, sehe ich plötzlich direkt in Mamas Gesicht. Sie liegt auf der Seite und schnarcht fast unmerklich. Ich habe Mühe, sie zu erkennen. Das Gesicht aus meiner Kindheit ist entstellt von Alter und Krankheit. Und vom Schlaf. Ich glaube, ich habe Mama nie schlafen sehen. Sie war kein Mensch der schlief. In meiner Erinnerung ist sie immer wach, voller Energie und Tatendrang. Sie übt oder unterrichtet, diskutiert und telefoniert, verlässt das Haus oder kommt zurück. Sie war immer in Bewegung, ob sie bei uns war oder ihre wichtigen Aktivitäten außer Haus wahrnahm. Meist war sie zur Schlafenszeit schon gegangen und am Morgen vor allen anderen wach. Mir war als Kind nie in den Sinn gekommen, sie könnte zwischendurch geschlafen haben.

Mamas Gesicht ist blass und aufgeschwemmt. Ihre feinen Züge sind unter der gelblich aufgedunsenen Gesichtsmasse kaum noch zu erkennen. Hannah hatte mich vorgewarnt, das käme von den Medikamenten. Die Person, die vor mir im Bett liegt, sieht wie eine traurige, gealterte Frau aus, die es aufgegeben hat, sich für die Welt hübsch zu machen. Mir scheint, ich sähe eine alte Bekannte nach Jahren zum ersten Mal ohne ihr gewohntes Make-up, ohne Lippenstift und Rouge, dabei weiß ich, dass das nicht stimmt. Mama hat sich früher nie geschminkt. Sie war eine vollkommen natürliche Schönheit mit gesunden roten Wangen und Lippen, die einen Kontrast zu ihren dunklen Haaren bildeten – ähnlich wie Hannah jetzt. Die Krankheit hat ihren Wangen das Rot geraubt und das Alter ihren Haaren das Schwarz. Es ist einem dunkel glänzenden Grauton gewichen, der ihr Gesicht umspült wie eine fremdartige Perücke aus fauligem Stroh. Wie sie dort liegt, tut sie mir leid. Die Gestalt in dem Krankenbett ist keine, der man ernsthaft böse sein könnte. Wenn sie eine Strafe verdient hat, denke ich, dann hat das Leben zur Genüge dafür gesorgt.

Ich bin erleichtert, weil mit dieser Erkenntnis auch der restliche Druck von mir abfällt. Ich setze mich auf den Holzstuhl, der an Mamas Bett steht und unter meinem Gewicht erschrocken aufknarzt. Ich habe Glück – Mama wacht nicht auf. Eigentlich sollte ich mir das wünschen, immerhin bin ich hier, um mit ihr zu reden. Aber das hat Zeit, rede ich mir ein. Natürlich habe ich Angst davor. Die mitleiderregende, schlafende Gestalt unter der Decke könnte sich in eine gemeine Hexe oder ein bissiges Raubtier verwandeln. Ich verharre kerzengerade und ohne einen Finger zu krümmen auf dem harten Stuhl – wie ein verängstigtes Kind, das im Wartezimmer des Zahnarztes sitzt und insgeheim hofft, diese Wartezeit möge nie vorübergehen.

Ich habe Lust zu rauchen, traue es mich aber nicht vor Mama. Natürlich muss ich an Meursault denken, der diese Frage für sich anders beantwortet hat. Würde ich es tun, wenn Mama schon tot wäre? Ich weiß es nicht. Mama ist nicht tot, die Tür zum Zahnarztzimmer kann jederzeit aufgehen, und der Rauch könnte sie provozieren. Schlafende Mütter soll man nicht wecken.

Ich sitze lange einfach so da und beobachte Mamas ruhigen Atemrhythmus, dem sich mein Körper mit der Zeit unwillkürlich anpasst. Die Gestalt im Bett wird mir immer vertrauter, die Zeichen der Krankheit verschwinden in meinen Augen, und irgendwann kommt wie von selbst das Wort über meine Lippen, ‚Mama', erst fragend und kaum vernehmbar, dann kräftiger, überzeugter in der Absicht, sie aufzuwecken. Doch sie schläft tief und fest. Meine Stimme kommt nicht gegen das Schlafmittel an, und die Absicht fällt von mir ab. Einen todkranken Menschen aus tiefem Schlaf zu wecken ist nicht gerade der ideale Beginn eines Wiedersehen. Schließlich stehe ich auf und gehe wieder nach unten.

Hannah versucht, mich zum Bleiben zu überreden, wenigstens bis Bernd kommt, ich könne doch mit ihnen Abendbrot essen. Aber ich fühle mich plötzlich schrecklich erschöpft und möchte nach Hause. Wir verabreden, dass ich morgen gegen elf kommen werde, nach dem Frühstück sei in der Regel Mamas beste Tageszeit. Eine genaue Prognose

„wie lange es noch dauert" gibt es nicht, sagt Hannah. Ein paar Tage, maximal ein paar Wochen, hat der Arzt gesagt. Aber Mama werde von Tag zu Tag weniger ansprechbar sein, auch wegen der starken Medikamente. Wer weiß, wie gut sie uns überhaupt noch wahrnehmen könne.

Ich sehe Tränen in Hannahs Augen aufsteigen und nehme sie schnell nochmal in den Arm. Jetzt, nachdem ich Mamas sterbenden Körper gesehen habe, kann ich besser mit ihr mitfühlen. Hannahs Schmerz berührt mich in diesem Moment genauso tief wie der Schmerz des verletzten kleinen Mädchens in meinem Innern, und das ist bestimmt ein gutes Zeichen. Vielleicht sollte ich es nachher zu den „Worauf ich stolz sein kann"-Einträgen in mein Tagebuch schreiben.

Als ich aus dem Haus trete, wundere ich mich, dass es noch hell ist. Es kommt mir vor, als hätte ich Stunden um Stunden in meinem Elternhaus verbracht, aber ein Blick auf die Uhr sagt mir, dass es erst halb fünf ist. Ich muss die ganze Zeit über so angespannt gewesen sein, dass ich kaum etwas von der Außenwelt mitbekommen habe. Vollkommenes Unbewusstsein. Nachdem ich die Gartentür hinter mir geschlossen habe, bleibe ich einen Moment neben meinem Fahrrad stehen, schließe die Augen und atme ein paar Mal langsam ein und aus. Ich versuche, mich ganz auf den Atem zu konzentrieren, darauf, wie meine Bauchdecke sich hebt und senkt, wie die warme Luft durch Nase, Kehle und Brust strömt und die Bewegung nach dem Ausatmen kurz innehält um dann von Neuem einzusetzen. Es riecht nach Borke und Gras.

Als ich die Augen öffne, bin ich bewusster und geöffnet. Die Gedanken, die mich in den letzten Stunden vereinnahmt hatten, sind für einen Moment verschwunden, und der mächtige Stamm der Fichte, an der mein Fahrrad lehnt, der Holzzaun mit seiner abblätternden grünen Farbschicht und das verblichene Grau meines alten Hollandrades lächeln mir in ihrer stillen Gegenwärtigkeit leise zu. Für kurze Zeit bin ich erwacht aus den Gedanken und Empfindungen, aus der Zeit mit ihren Erinnerungen und Befürchtungen und dem vernebelten Blick des Verstandes. Alles bekommt einen geheimnisvollen Glanz.

Glücklich über diesen Moment der Bewusstheit steige ich auf mein Fahrrad. Die frische Luft tut gut, das Gefühl von Lebendigkeit bleibt, und ich schaffe es immer wieder, die sich einschleichenden Gedanken wegzudrängen und die Gegenwärtigkeit der Welt und die Stille in meinem Innern zu empfinden. Am Friedrichshain mache ich einen Umweg und radle durch den Park. An diesem klaren Spätsommerabend sind viele Menschen mit Kindern, Grill und Picknickdecke unterwegs. Ich kann der Versuchung nicht widerstehen, mich ins Gras zu legen und für einen Moment die Augen zu schließen. Ich lausche auf die Stimmen im Park und die Verkehrsgeräusche aus dem Hintergrund und spüre meine Müdigkeit, die Schwerkraft und das Pieken der Grashalme in meinem Nacken. Trotzdem bin ich hellwach. In der Ferne rauscht eine Straßenbahn vorbei, doch ich erlebe sie hautnah, als hätte sich mein Bewusstsein bis dorthin ausgedehnt. Ich muss an die berühmten Worte des Zen-Meisters denken, der mit einem Schüler im Wald unterwegs war. Der Schüler fragt, wo der Zugang zum Zen zu suchen sei, und der Meister antwortet: „Hörst du das Murmeln des Baches?" Der Schüler beginnt angestrengt zu lauschen, bis er endlich den Bach vernimmt, dessen leises Murmeln ihm bis dahin nicht aufgefallen war. Als er schließlich bejaht, sagt der Meister: „Tritt von dorther ins Zen ein." Das war für den Schüler das erste Satori, der erste spontane Erleuchtungsmoment. Er hatte sein Bewusstsein bis zum fernen Murmeln des Baches ausgeweitet, und danach ging er zum ersten Mal mit geöffneten Augen und Ohren durch den Wald und staunte über alles.

Allmählich wird es kälter, die Sonne verschwindet hinter den Bäumen und ich beginne zu frösteln. Ich steige auf mein Rad und fahre das restliche Stück bis nach Hause. Beim

Asiaten auf der Greifswalder kaufe ich noch Gemüse und Bier. Ich überlege kurz, bei Schulz reinzuschauen, lasse es dann aber. Ich habe keine Lust, über Mama zu reden. Es gibt ja auch eigentlich nichts zu erzählen.

Vor meinem Haus steht ein Umzugswagen, und ich muss mir einen Weg durch den Flur bahnen, der vollgestellt ist mit bunten Möbeln und Kisten. Auf dem kurzen Stück bis zur Treppe kommen mir mehrere gut gelaunte Träger entgegen, offensichtlich Studenten.

Oben angelangt wärme ich das restliche Mittagessen auf und verstaue Gemüse und Bier im Kühlschrank. Die Müdigkeit kommt zurück. Ich überlege, noch einen Kaffee zu trinken, entscheide mich dann aber doch für Bier. Ich werde heut eh nichts Vernünftiges mehr auf die Reihe kriegen. Ich lasse mich mit der Flasche in der Hand auf einen Küchenstuhl fallen und schaue aus dem Fenster. Vor Erschöpfung sinke ich in mich zusammen und muss mich mühsam aufraffen, als es in der Pfanne zu knistern beginnt. Kann ein Ausflug in die Vergangenheit so anstrengend sein?

Mir fällt auf, dass ich seit dem Kaffeetrinken mit Hannah nicht geraucht habe. Das werde ich nach dem Essen nachholen. Ich fülle das Risotto in eine Schüssel, hole ein paar Stäbchen aus der Buffetschublade und lasse mich wieder auf den Stuhl fallen. Das flaue Gefühl im Magen verschwindet langsam beim Essen, aber meine Gedanken wandern immer wieder zurück zu Hannah, zu unserem veränderten Elternhaus im Süderbrokweg und zu der aufgedunsenen Gestalt im Krankenbett. Ich lasse es gut sein. Ich habe nicht mehr die Kraft, mich aus allen Gedanken zu befreien. Zwischen Zucchinistücken und Bierschlucken taucht immer wieder Mamas schlafendes Gesicht auf, dann Hannahs verheulte Augen oder die dunkle Gemütlichkeit im Raum der Stille. Ich greife zu meinem Tagebuch, das noch auf dem Küchentisch liegt, und schreibe:

Freitag, der Dreizehnte:
1.) den 1. Teil Camus zu Ende übersetzt
2.) im Süderbrokweg und bei Mama gewesen
3.) Satori im Friedrichshain

Erst jetzt fällt mir auf, dass heute Freitag, also DA-Tag ist. Über der Aufregung mit Mama habe ich es vollkommen vergessen. Ich schreibe noch eine SMS an Jens, weil ich weiß, dass er sich sonst Sorgen macht.

Ich nehme das Bier und meinen Tabak und gehe auf den Balkon. Der Umzugswagen steht noch immer vor der Tür, aber das Kommen und Gehen hat aufgehört. Dann sehe ich, dass die Umzugsmannschaft vor dem Café sitzt und gutgelaunt Bier trinkt. Was gibt es Schöneres als ein kühles Bierchen nach getaner Arbeit. Ich fühle mich den Leuten verbunden, auch wenn ich nur bei Mama am Bett gesessen habe statt Möbel zu schleppen. Schulz kommt mit einer Flasche Bier in der Hand raus und stellt sich in den Türrahmen. Wahrscheinlich ist es kurz vor sieben, offizieller Ladenschluss. Schulz trinkt nie während der Arbeitszeit, er sagt immer, das sei das erste Gebot, wenn man in der Gastronomie arbeite. Sonst würde aus dem gelegentlichen Bierchen schnell eine Gewohnheit.

Ich pfeife kurz und proste Schulz zu. Er bedeutet mir mit einer Handbewegung, runter zu kommen, aber ich schüttle nur müde den Kopf und imitiere ein Gähnen. Ich freue mich auf mein Bett und auf ein paar Seiten Jules Verne.

III

Zweiter Teil, erstes Kapitel: Meursault ist im Gefängnis und wird von verschiedenen Leuten befragt. Er möchte seinerseits wissen, ob es absolut nötig sei, einen Anwalt zu haben, da ihm sein Fall sehr einfach erscheine. Meursault ist ruhig und gefasst wie immer. Er hat einen Menschen getötet und wird dafür die Konsequenzen tragen müssen. Das ist einfach. Er kann nicht verstehen, wozu es noch einen Prozess geben muss und warum er sich verteidigen sollte. In dieser Hinsicht ist Meursault hundertprozentig loyal, genau wie in allen anderen Dingen eigentlich. Er wird seinen Anwalt, der mit einigem Eifer versucht, sein Leben zu retten, mit seiner Wahrheitstreue noch zur Verzweiflung bringen.

Als der Anwalt zu Meursault in die Zelle kommt, geht es gleich um den Tag der Beerdigung in Marengo, nicht um den des Mordes. Es besteht für niemanden ein Zweifel daran, dass diese beiden zeitnah beieinander liegenden Ereignisse miteinander verknüpft sind. Es ist interessant, wie Meursault auf die Anschuldigung reagiert, er habe am Tag der Beerdigung Gefühllosigkeit gezeigt:

„Ich habe geantwortet, dass ich ein wenig die Gewohnheit verloren habe, mich zu befragen, und dass es mir schwer falle, ihm Auskunft zu geben. Sicher, ich mochte Mama gern, aber das heißt noch nichts. Jeder vernünftige Mensch hat mehr oder weniger den Tod derjenigen, die er liebt, herbeigewünscht. Hier hat mich der Anwalt unterbrochen, er schien sehr erregt. Ich musste ihm versprechen, das weder vor dem Publikum noch vor dem Untersuchungsrichter zu sagen. Dennoch habe ich ihm erklärt, es liege in meiner Natur, dass meine körperlichen Bedürfnisse oft meine Gefühle störten. An dem Tag, an dem ich Mama beerdigt habe, war ich sehr müde und schläfrig, so dass ich nicht richtig mitbekommen habe, was geschah. Alles, was ich mit Sicherheit sagen konnte, ist, dass ich es vorgezogen hätte, wenn Mama nicht gestorben wäre."

Meursaults Gefühllosigkeit am Tag der Beerdigung wird ihm zum Verhängnis werden, aber für ihn spielt das keine Rolle. Er ist der einzige, der keinen Zusammenhang zwischen dem Tod seiner Mutter und dem Mord am Strand sieht. Ich frage mich, wer eigentlich Recht hat. Auch mir schien es ja einleuchtend, Meursaults Tat als Übersprungshandlung anzusehen. Andererseits wirkt Meursault dermaßen kalt und unberührt vom Tod seiner Mutter, dass man ihm eine solch heftige Reaktion wie einen Mord kaum zutraut. Sie müsste aus sehr weiter Tiefe kommen, aus einem brodelnden Innern unterdrückter Gefühle, die in Meursaults normalem Leben nie bis an die Oberfläche drangen. Ist es das, was nicht stimmt mit Meursault?

Der Anwalt ist nach dem ersten Treffen bestürzt über Meursaults Äußerungen. Wie soll man auch jemanden verteidigen, der schuldig sein möchte?

„Er [der Anwalt] ist mit verärgerter Miene gegangen. Ich hätte ihn gern zurückgehalten, ihm gesagt, dass ich seine Sympathie haben möchte, nicht um besser verteidigt zu werden, sondern, wenn man das sagen kann, ganz natürlich. Vor allem sah ich, dass ich ihm Unbehagen bereitete. Er verstand mich nicht und nahm es mir etwas übel. Ich spürte das Verlangen, ihm zu sagen, dass ich genauso bin wie alle. Aber im Grunde genommen war all das nicht sehr nützlich und ich habe aus Trägheit darauf verzichtet."

Auch der Untersuchungsrichter versteht Meursault nicht, obwohl er sich für seinen Fall interessiert und nachvollziehen möchte, was in ihm vorgegangen ist. Auch sein Verständnis hat Grenzen, an denen Meursaults Emotionslosigkeit abprallt. Wenigstens Reue sollte dieser zeigen, Verzweiflung über seine Tat, irgendeine Reaktion auf das Unsägliche, das durch ihn geschehen ist. Doch Meursault schweigt. Er hat keine Antwort auf die Frage, warum er noch viermal auf den

Leichnam geschossen hat. Er glaubt nicht an Gott oder daran, dass Jesus für ihn gelitten hat. Er zeigt weder Bedauern für seine Tat noch Mitleid mit dem toten Araber. Das einzige, das ihn stört, ist, dass er nun ein Krimineller sein soll. Das passt nicht in sein Selbstbild. Man spürt endlich, dass auch Meursault sich selbst nicht versteht, dass er sich selbst im Moment des Mordes entglitten ist, in der Hitze, dem Schweiß und der blendenden Sonne. Aber Meursault versucht gar nicht erst, den Moment zu verstehen. Er nimmt das, was geschehen ist, als gegeben hin, ohne daran herumzudeuten oder sich herauswinden zu wollen. Wie der weise Mönch in der Überlieferung, der auf jede falsche Anschuldigung einfach mit „Mag sein" antwortet und sich den Konsequenzen der Tat, die er nicht begangen hat, hingibt, ohne sich gegen das Unrecht zu wehren. Dem Weisen kann man kein Unrecht tun. Er hat kein Ego mehr, das sich verletzt fühlen könnte. Doch Meursault ist kein Weiser. Und er hat die Tat ja tatsächlich begangen. In seinem Verhalten, dem vollkommenen Eingeständnis und der Hingabe an das, was ist, scheint tiefe Weisheit und Lebensbejahung zu stecken. Aber sie entspringt keinem inneren Frieden. Aus innerem Frieden kann kein Mord entstehen. In Wahrheit, so scheint es mir, nimmt Meursault seine Tat nicht wirklich gelassen hin. Er schiebt sie weg und möchte auch später nicht darüber reden.

Es ist schon fast halb elf, als ich mit dem Kapitel fertig bin. Ich muss los zu Mama. Ich nehme einen letzten Schluck Kaffee und schalte den Laptop aus. Ein gelungenes Stück Übersetung ist meist eine gute Grundlage für einen stabilen Tag – vielleicht eine Reaktion auf die gesellschaftlichen Zwänge in meinem Kopf. Wer nicht arbeitet, ist nichts wert. Wahrscheinlich entspringt das Gefühl, durch Arbeit Erfüllung zu finden, aber auch einem tiefen menschlichen Bedürfnis nach Selbstbestätigung. Es ist wohltuend zu sehen, dass man etwas geschafft hat. Ich bin froh darüber, weil mir die bevorstehende Begegnung mit Mama im Zustand der

Zufriedenheit weniger Angst macht. Vielleicht schwingt auch das gestrige Satori noch mit – ich fühle mich wohl in meiner Haut und ausgeglichen.

Draußen regnet es, und ich beschließe zu laufen statt das Rad zu nehmen, auch wenn ich dann etwas später ankomme. Ich laufe gern bei Regen durch die Stadt in meinem gelben Friesenmantel, auf den die Tropfen leise plattern. In den Pfützen werden die Häuser zu seltsamen dunklen Spiegelbildern verzerrt. Die Autos verstrahlen gelbliches Scheinwerferlicht wie im Dunkel der Nacht. Alles glitzert. Sträucher und Äste werden zu Stillleben, auf denen große Tropfen im Zeitlupentempo der Schwerkraft abperlen. Es ist die leise Magie des Wassers und der Dunkelheit des von Wolken verhüllten Himmels.

Am Arnswalder Platz kommt schwanzwedelnd ein Hund auf mich zu gelaufen, während sein Frauchen vergeblich versucht, ihn abzurufen. Er ist mittelgroß, schwarz-weiß-gescheckt und ziemlich struppig. Als er bei mir angekommen ist, sehe ich, dass er stahlblaue Augen hat. Ich bleibe ruhig stehen und lasse ihn schnuppern, während ich zu seinem Frauchen schaue, die eine entschuldigende Geste mit den Händen macht. Ich antworte mit einem Lächeln und gehe dann weiter geradeaus, in ihre Richtung, während der Hund sich an meine Fersen heftet und wie selbstverständlich hinter mir her trottet. Obwohl ich eigentlich keinen starken Draht zu Tieren habe, wundert mich das heute nicht. Es fühlt sich natürlich und richtig an, der Hund spürt meine Ausgeglichenheit. Die Frau kommt uns entgegen und schaut etwas verwundert auf ihren Hund, der jetzt schwanzwedelnd neben mir herläuft und ihr entgegenschaut.

Die Frau ist mittelgroß und etwas füllig, und ihre runden Wangen sind vom Spaziergang im Regen gerötet. Sie trägt eine schwarze Regenpelerine, unter deren Kapuze dunkelrote Haare hervorschimmern. Um ihren Hals hängt eine lederne

Hundeleine. Trotz der Regenkälte trägt sie nur Sandalen an den nackten Füßen.

Bei ihr angekommen frage ich, ob sie keine kalten Füße habe. Ihre Antwort darauf ist ein glockiges Lachen, das eine tiefe, angenehme Stimme verrät. Ohne auf meine Frage zu antworten bemerkt sie, dass ihre Hündin anscheinend eine neue Freundin gefunden habe. Ich schaue runter zu der Hündin, die noch immer schwanzwedelnd neben uns steht und von der einen zur anderen schaut. Das sieht so niedlich aus, dass ich mich unwillkürlich herunterbeuge um sie zu streicheln. Ich erfahre, dass die Hündin Laska heißt, und überlege, warum mir der Name so bekannt vorkommt. Laska lässt sich genießerisch von mir unter dem Kinn kraulen, wo sie nicht ganz so nass ist wie am Rest ihres Körpers. Trotzdem ist meine Hand am Ende voller nasser Hundehaare, die ich ohne mit der Wimper zu zucken an meiner Jeans abwische. Die Frau will etwas Entschuldigendes sagen, lässt es dann aber. Ich sehe in ihren Augen, dass sie mich gern in ein Gespräch verwickeln würde, dass die Anziehungskraft, die meine Ruhe auf ihren Hund ausübt, auch auf sie wirkt. Bei diesem Gedanken wird mir mulmig zumute, und ich merke, wie meine Ausgeglichenheit zu bröckeln beginnt. Ich sage ihr, dass ich los muss und lächle noch einmal zum Abschied. Sie wünscht mir einen schönen Tag, dann dreht sie sich um und geht langsam weiter. Aus dem Augenwinkel sehe ich noch, wie die Hündin Laska eine Weile verwundert stehen bleibt und zu mir schaut. Dann dreht auch sie sich um und trottet ihrem Frauchen hinterher.

Als ich in den Süderbrokweg einbiege, sehe ich schon von weitem Bernds große, hagere Gestalt, die sich im Garten zu schaffen macht. Er steckt in einem grünen Ganzkörperanzug aus Plastik, der ihn offensichtlich vorm Regen schützen soll. Die Kapuze ist so weit zugezogen, dass man kaum sein Gesicht sehen kann. Ich rufe „Hallo, Marsmensch", und

Bernd schaut von seiner Apfelkiste auf. Seine Wangen sind gerötet, und er grinst breit, als er mich erkennt. „Hallo, Gelbzwerg", antwortet er. Wir lachen, dann falle ich ihm um den Hals. Wir haben uns lange nicht gesehen. Bernd ist dabei, Falläpfel einzusammeln und die fauligen auszusortieren. Trotz des Regens ist er bei bester Laune. Ich bleibe eine Weile bei ihm und nutze die Zeit, um vor der Begegnung mit Mama noch eine Zigarette zu rauchen. Ich spüre, wie die Angst zurückkommt.

Während ich mit klammen Fingern etwas umständlich meine Zigarette drehe, erzählt Bernd von seiner Firma. Es läuft gut. „Bernds Wolkenkuckucksheime" sind bei den Berlinern beliebt: Baumhäuser nach individuellen Wünschen, vor allem für Privatleute, die ihren Kindern eine Freude machen oder sich ihren eigenen Kindheitstraum verwirklichen wollen, aber auch für alternative Kindergärten, Schulen oder Jugendherbergen. Bernd erzählt ganz begeistert, dass er gerade den Auftrag für den Bau eines „Baumhotels" bekommen hat. Auf einem riesigen Grundstück in Teltow möchte ein Unternehmer sein Hotel durch Baumappartements erweitern. Insgesamt sollen zehn individuelle Baumhäuser entstehen, zwischen zwanzig und vierzig Quadratmeter groß und über mehrere Etagen reichend. Ein Baumwipfelpfad mit Hängebrücken soll die Häuser untereinander und mit der Hotelterrasse verbinden, damit sich die Gäste bequem gegenseitig besuchen und in den Speisesaal gelangen können. Bernd sagt, er sei gerade noch in der Planungsphase, aber da käme eine Menge Arbeit auf ihn zu. Die Bauphase solle dann im Frühjahr beginnen, da werde er noch ein paar Leute einstellen müssen, damit sie die Häuser über den Sommer fertig bekämen.

Ich beglückwünsche ihn zu dem Auftrag und frage eher aus Geck, ob er hier im Garten auch schon ein Baumhaus gebaut habe. Ich war zwar noch nicht hinter dem Haus, kann mir aber bei bestem Willen kein Baumhaus in Opas gepflegtem

Obstgarten vorstellen. Bernd schaut mich nur mit großen Augen an. Dann wirft er wortlos die Äpfel aus seinen Händen in eine Kiste, nimmt mich bei der Hand und führt mich um den Carport herum. Kurz bevor der Blick auf die Wiese hinterm Haus frei wird, sagt er „Augen zu!". Er führt mich langsam weiter, und ich versuche, mich daran zu erinnern, wie die große Wiese früher ausgesehen hat, und wo dort was für Bäume standen. Es gab ein langes Spalier aus Obstbäumen, links Kirschen und Pflaumen, rechts Birnen und Kornäpfel. Die kleinen Bäume mit ihren großen Kronen sind denkbar ungeeignet für ein Baumhaus. Doch dann fällt mir noch die mächtige Tanne ein, die das Grundstück früher nach hinten hin begrenzte. Sie stand genau mittig hinter den Obstbäumen und war schon damals riesig. Allerdings, so denke ich, sind Nadelbäume sehr biegsam und haben keine starken Nebenäste. Wahrscheinlich eignen sie sich überhaupt nicht für den Bau eines Baumhauses.

Bevor ich mit meinen Überlegungen am Ende bin, sagt Bernd „Jetzt kannst Du aufmachen".

Der Anblick ist beeindruckend. Wir stehen am Anfang des Obstbaumspaliers und schauen geradezu auf die große Tanne. Ich weiß nicht, ob sie in den Jahren noch so sehr gewachsen ist, oder ob sie mir deshalb größer vorkommt, weil ich erwartet hatte, dass sie auf mich als Erwachsene kleiner wirken müsste, wie auch das Haus und der restliche Garten. Die Tanne ist riesig. Der Stamm misst unten bestimmt einen Meter Durchmesser, die Höhe ist schwer zu schätzen, dreißig Meter vielleicht, oder vierzig? Über die untere Hälfte des Baumes erstreckt sich ein zierlicher dreistöckiger Baumpavillon, dessen Etagen mit einer schmalen Wendeltreppe verbunden sind. Ich muss sofort an die Baumpfade im Lothlórien der Herr-der-Ringe-Verfilmung denken. Der Pavillon scheint regelrecht am Stamm zu kleben, er passt sich perfekt der Form des Baumes an. Zwischen den drei runden Etagen wachsen die Äste ungehindert weiter. Das untere Stockwerk wird von dicken Balken getragen, die von den Enden der etwa fünf Meter breiten Plattform schräg nach unten führen und einen guten Meter über dem Boden in einem Eisenring zusammentreffen, der am Stamm befestigt ist. Bernd erklärt mir, dass dieser Ring der einzige wirkliche Fixpunkt am Baum sei. Alle anderen Verbindungen müssten flexibel sein, damit der Baum sich bewegen und wachsen könne. Auch der Ring würde jedes Jahr neu eingestellt. Ein richtiges Gebäude mit Fenstern und Tür gibt es nur auf den ersten beiden Etagen. Die obere Plattform misst nur noch etwa zwei Meter Durchmesser und ist von unten nicht einzusehen. Ich habe große Lust, das Haus zu besichtigen, und Bernd ist ganz wild darauf, mir alles genau zu zeigen, aber ich winke ab. Es ist schon weit nach elf, ich muss erstmal zu Mama.

Bernd geht wieder zurück an die Äpfel und zwinkert mir noch einmal ermutigend zu, als ich ins Haus trete und mit einem letzten bangen Blick zurück die Tür hinter mir schließe.

Hannah umarmt mich im Flur nur kurz, nimmt mir das Regencape ab und sagt gleich: „Sie ist wach. Ich hab ihr gesagt, dass Du kommst." Sie wirft mir einen festen Blick zu, der wohl soviel wie „Du schaffst das" bedeuten soll, dann dreht sie sich weg in Richtung Küche und überlässt mich meinem Schicksal. Ich schaue die Treppe hinauf und spüre, wie mich eine Welle der Angst durchflutet, ein nervöses Kribbeln, das sich vom Kehlkopf bis zur Magengrube erstreckt. Alles in mir wird plötzlich steif. Mir wird leicht übel, als mir klar wird, dass es diesmal kein Zurück gibt. Unwillkürlich drehe ich den Kopf weg, und mein Blick fällt auf die Kellertreppe. Das Verlangen, nach unten in die Dunkelheit zu gehen und mich im Raum der Stille fern von allen anderen Menschen unter ein paar Decken zu verkriechen, ist fast übermächtig.

Als Kompromiss schließe ich wenigstens die Augen, lege meine kalten Finger fest um das glatt lackierte Treppengeländer und atme ein paar Mal ganz langsam aus und ein. Ich versuche, mich wieder auf das Gefühl der Angst in meinem

Körper zu konzentrieren und es einfach da sein zu lassen. Durch Widerstand wird es nur größer und kraftvoller, das hat mir meine Therapeutin oft genug hergebetet. Auch wenn man sich durch Widerstand („Ich will das nicht! Ich werd mich doch nicht wegen der alten Schachtel aufregen, sie ist es doch, die mir wehgetan hat") erstmal gestärkt fühlt – jeder Widerstand ist unterschwellig getarnte Schwäche. Hannah hat mir mal etwas Ähnliches am Geist des Budo (der Kampfkunst) erklärt: Widerstand gegen einen Angriff macht einen hart und steif, sagte sie, und dann wird man einfach überrannt. Nur wer weich ist und die Energie des gegnerischen Angriffs aufnimmt, kann sie umlenken und gegen den Angreifer richten. Nur wer seine eigenen Gefühle erkennt und annimmt, kann die negative Energie in positive umwandeln. Ich versuche, den Schmerz zu umarmen, ohne dass sich das Denken einschaltet und die Stimme in meinem Kopf ihren Unmut über das negative Gefühl äußert. Langsam gewöhne ich mich an das Kribbeln in meinem Körper. Es ist da, ja, aber ich bin auch noch da. Die Angst kann mich nicht überrennen.

Ich öffne die Augen und gehe mit entschlossenen Schritten die Treppe hinauf. Wenn man keine Angst vor der Angst hat, kann einem nicht mehr viel passieren. Ich spüre, wie die Ausgeglichenheit von heute morgen ein Stück weit zurückkommt. Ich muss an die Hündin Laska denken und an den sehnsüchtigen Blick in den Augen ihres Frauchens. In meiner Erinnerung bin ich stark und souverän. Dann wird mir klar, dass ich vor dem Interesse der Frau genauso davongerannt bin wie ich es jetzt vor der Angst tun wollte. Es hilft nicht, sich deswegen zu ärgern. Aber vor meiner sterbenden Mutter werde ich nicht davonrennen, egal, was passiert.

Mamas Tür ist weit geöffnet. Ich klopfe nur kurz an den Türrahmen und trete ein.

„Bea", sagt sie sehr leise, aber sichtlich erfreut.

Im Wachzustand sieht Mama gar nicht aus wie eine aufgeschwemmte und ungeschminkte alte Frau. Ihre stahlblauen

Augen haben über die Jahre nichts von ihrer Farbe eingebüßt, und es scheint mir, als habe ich Mamas Augen noch nie so strahlen sehen. Sie wirken glasklar, vollkommen offen und unverschleiert, als ob man durch sie hindurch direkt bis auf den Grund ihrer Seele schauen könnte. In diesen Augen und in der Seele, die hinter ihnen liegt, gibt es keinen Gram und keinen Vorwurf, nicht einmal Kummer oder Traurigkeit kann ich erkennen. Mamas Augen erinnern mich an einen stillen, klaren Bergsee, den kein Windhauch berühren, kein Regen trüben kann, und dessen Wasser den Blick in weite Tiefen frei gibt. Der Anblick überrascht mich. Mit fast allem, so scheint es mir jetzt, habe ich vor der Begegnung mit Mama gerechnet, nur nicht mit dem Bild einer durch die Krankheit und den herannahenden Tod geläuterten Frau.

Ich trete zu ihr und setze mich wieder auf den knarrenden Holzstuhl neben dem Bett. Sie hat Mühe, den Kopf zu drehen, aber ihre Augen folgen meinen Bewegungen und leuchten mich weiterhin an. Mama lächelt. Ihr froher Blick ist unendlich befreiend, und ich merke, wie das Kribbeln in meinem Körper langsam einer seltsamen Behaglichkeit Platz macht. Ich treffe einfach eine alte Bekannte wieder, die ich lange nicht gesehen und etwas vermisst habe. Mit dieser Vertrautheit habe ich nicht gerechnet. So wohltuend sie auch ist, macht sie mir gleichzeitig etwas bange, weil ich das Gefühl habe, mich in ihr zu verlieren. Wo ist all der Kummer, der Schmerz und der Groll, die sich in den letzten zwanzig Jahren in mir aufgestaut hatten? Waren sie nur ein körperloses Spukgespinst, das nun im Anblick der Wirklichkeit in sich zusammenfällt? Und wo ist die leise Genugtuung geblieben, die ich so oft daraus gezogen habe, als Kind gelitten zu haben und nun mit meiner Traurigkeit, der Einsamkeit und meinem Hass auf die Welt im Recht zu sein? Wo ist die Wut geblieben?

Das Ego in meinem Innern sträubt sich. Ich merke, wie es gegen das friedliche Gefühl der Vertrautheit und Erleichterung ankämpft, während die verschiedenen Gefühle und

Erinnerungen in mir hochsteigen. Als mir Tränen in die Augen steigen, kann ich nicht sagen, ob es Wiedersehensfreude ist oder die Traurigkeit des vernachlässigten kleinen Mädchens, die ihre Genugtuung auch nach zwanzig Jahren nicht bekommt.

Vielleicht erahnt Mama den Kampf in meinem Innern, oder sie ist einfach zu erschöpft und von dem Wiedersehen überwältigt, um etwas zu sagen. Ich bin froh, dass sie mir die Zeit lässt, mich zu sammeln. Sie schaut mich immer noch mit ihrem stillen, frohen Blick an, und ich merke, wie der Frieden in meinem Innern langsam die Oberhand gewinnt. Ich möchte nicht gegen ihn ankämpfen. Ich fühle mich plötzlich müde und ausgelaugt und lasse mich tiefer in den Stuhl sinken. Erst als ich vollkommen ruhig und ergeben bin, beginnt Mama, leise und sehr langsam zu sprechen. Sie macht viele Pausen, und man merkt, wie viel Kraft es sie kostet.

IV

Als Mama spricht, klingt ihre Stimme ungewohnt alt und brüchig. Auch ihre Sprache klingt in meinen Ohren antiquiert. Ich kann mich nicht daran erinnern, dass sie sich früher so gewählt ausgedrückt hätte. Es klingt eher, als habe sie die Sätze schon sehr oft in ihrem Kopf hin- und hergewälzt, umformuliert und auswendig gelernt. Zwischen zwei Sätzen nimmt sie einen tiefen Atemzug, um genug Luft für den folgenden zu haben. Ab und zu wird sie von einem furchtbaren Husten geschüttelt.

Mama sagt, sie hätte all die Jahre lang gehofft, ich würde sie besuchen kommen. Hannah habe ihr nach jedem Treffen von mir und meinem Leben erzählt. Sie habe ihr auf dem Stadtplan gezeigt, wo ich wohne, wo ich zur Therapie ging und wo wir uns jeweils getroffen hatten. Hannah habe ihr auch meine Übersetzungen besorgt, und sie habe alle gelesen. Auch die schwierigen Texte, fügt sie mit einem Lächeln hinzu. Sie habe ja Zeit gehabt.

Mama schließt kurz die Augen, um neue Kraft zu schöpfen. Die Anstrengung steht ihr ins Gesicht geschrieben. Ich beobachte schweigend, wie sich ihr Brustkorb unter der Bettdecke hebt und senkt, wie der Atem unter einiger Anstrengung seinen Weg durch die Nase bis hin zu den erschöpften Lungen findet und schließlich erleichtert wieder ausströmt. Ich fühle mich beschämt von ihren Worten. Die ganze Zeit über war sie in Gedanken ganz nah bei mir. Sie, die Kranke, hat viel Zeit aufgewendet, um möglichst viel über mich zu erfahren. Ich dagegen wollte nie etwas von ihr wissen, obwohl es mir ein Leichtes gewesen wäre, Hannah danach zu fragen oder auf einen Besuch vorbeizukommen.

Nach einer Weile entspannen sich Mamas Züge sichtbar, und das Lächeln kehrt auf ihre Lippen zurück. Sie öffnet die Augen und streckt eine zittrige Hand zu dem Wasserglas aus, das auf dem Nachttisch steht. Ich reiche es ihr, und sie nimmt dankbar ein paar Schlucke der kühlen Flüssigkeit.

Erst jetzt merke ich, dass auch meine Kehle ganz trocken ist. Ich muss an einige meiner Therapiestunden zurückdenken, in denen ich vor Durst kaum noch sprechen konnte. Ich erinnere mich nicht daran, welches Thema in diesen Sitzungen behandelt wurde. Nur daran, dass meine Therapeutin mir ungefragt ein Glas Wasser hinstellte, bevor ich noch Zeit hatte, darum zu bitten. Manche Erinnerungen und Emotionen scheinen sich von Flüssigkeit zu ernähren. Sie trocknen den Körper von innen her aus. Andere dagegen scheiden eine Unmenge an Unrat aus, der als Tränen weggespült werden muss. So sehe ich es zumindest in diesem Moment: Emotionen als mikroskopisch kleine Tierchen, die in unserem Innern hausen. In meiner Vorstellung haben sie die Gestalt winziger, haariger Monster, obwohl sie von Natur aus ganz sicher nichts Monströses an sich haben. Erst unser Blick auf sie macht sie zu ungeliebten Monstern oder romantischen Schmetterlingen im Bauch. Vielleicht sollten wir den stoppelbärtigen Schmerzmonstern freundlicher begegnen und den Schmetterlingen die rosarote Brille abnehmen. Sie so akzeptieren wie sie sind, ohne Faschingsverkleidung, Schubladen oder sonstigen Firlefanz. Nüchtern betrachtet sind sie einfach verschiedene Gefühle, die da sind und auch wieder gehen, die eine trockene Kehle verursachen oder einen Tränenstrom auslösen. Aber natürlich ist das leichter gesagt als getan.

Ich nehme mir ein Glas von dem Tablett, das auf dem Fensterbrett steht, und gieße Wasser aus der großen Kristallkaraffe hinein. Hannah hat vorgesorgt. Auf dem runden Holztablett steht auch ein Teller mit Keksen und ein Schüsselchen mit Konfekt. Ich überlege kurz, Mama etwas davon anzubieten, aber der süßliche Geruch lässt erneut leichte Übelkeit in mir aufsteigen. Ich nehme an, dass es Mamas Magen nicht besser geht als meinem. Stattdessen frage ich sie, ob ich ein Fenster öffnen dürfe.

Es hat aufgehört zu regnen. Die Luft ist immer noch feucht und schwer und voller aufregender Düfte. Das Fenster geht nach hinten raus, auf den Obstgarten und das Baumhaus. Ich muss schmunzeln, als ich es sehe, auch weil es mir gestern durch die geschlossenen Vorhänge gar nicht aufgefallen war. Neben dem schweren Duft des Regens meine ich einen leichten Hauch von Tannennadeln und reifen Äpfeln auszumachen. Ich bleibe eine Weile ans offene Fenster gelehnt stehen und atme tief ein und aus. Ich überlege kurz, am Fenster eine Zigarette zu rauchen, merke dann aber, dass ich keine Lust dazu habe. Mein Magen sträubt sich schon beim Gedanken an den Tabakqualm. Stattdessen trinke ich das große Wasserglas in einem Zug aus und setze mich wieder auf den Stuhl. Das Fenster lasse ich halb offen, obwohl es mich in der kühlen Luft bald frösteln wird. Immerhin besser als die Geruchsmischung aus Krankheit und Konfekt.

Als Mama weiter spricht, liegt Entschlossenheit in ihrer Stimme. Sie wird sich diese Gelegenheit nicht entgehen lassen. Sie wird sich weder von Emotionen noch von einer trockenen Kehle aufhalten lassen. Ich spüre erneut ihre unglaubliche, leuchtende Präsenz, die durch die Entschlossenheit noch deutlicher wird. Mama ist vollkommen auf mich und auf das, was sie mir sagen möchte, fokussiert. Auch ich werde ruhiger und schenke dem Schmerzmonster in mir weniger Aufmerksamkeit.

Mama sagt, sie habe nie aufgehört, an mich zu denken. Sie wusste, eines Tages würde ich kommen. Ihre Stimme bleibt fest bei der Anspielung auf ihren eigenen Tod, ihr Blick gerade und abgeklärt. Erst jetzt wird mir wirklich klar, dass es sie sehr bald schon nicht mehr geben wird. Alles, was sie in diesem Leben gewesen ist, Musikerin, Ehefrau, Mutter und noch anderes, wovon ich gar nichts weiß, wird vollständig ausgelöscht werden.

Mamas Worte dringen aus klarer Tiefe zu mir hervor, ohne persönliche Emotionen und doch voller Wärme und

Liebe. Sie sagt, sie sei nun sehr schwach, und all die Worte in ihrem Herzen könnten nicht mehr erlöst werden. Aber das sei gut so, zu viele Worte zerstörten nur den Sinn. Sie sagt, sie sei schon früher nie gut darin gewesen, die richtigen Worte zu finden. Wenn sie es noch könnte, würde sie mir stattdessen eine Weise auf dem Klavier vorspielen. Musik sei für sie schon immer die klarere Sprache gewesen, die direkt in die Herzen dringe. Ohne die Unvollkommenheit der Worte und ohne Missverständnisse.

Es sei so viel Zeit vergangen, sagt sie. Sie möchte nicht über Schuld sprechen oder über all die Fehler, die sie gemacht habe. Sie werde sich nicht rechtfertigen, dazu blieben ihr weder Kraft noch Zeit. Aber ein paar Dinge wolle sie mir noch sagen.

Als Papa starb, war ich erst zwei Jahre alt. Mama sagt, es sei für mich schwer genug gewesen. Ich hätte ihn vergöttert, da konnte ich noch kaum laufen und sprechen. Und auch er habe eine besonders tiefe Bindung zu mir gehabt. Er habe meine Fröhlichkeit mit ins Grab genommen, so schien es ihr. Nichts, was sie mir bieten konnte, sei gut genug gewesen. Sie habe ihn nicht ersetzen können. Irgendwann habe sie es aufgegeben. Sie habe mit ansehen müssen, wie der Spalt zwischen uns immer größer wurde. Es sei nicht leicht für sie gewesen, das zu akzeptieren. Aber schon sehr früh sei deutlich geworden, dass jeder Annäherungsversuch ihrerseits meine Abwehr nur verstärken würde. Also habe sie mich sein lassen. Mama sagt, sie wisse nicht, ob ich sie für Papas Tod verantwortlich machte. Es spiele auch keine Rolle mehr. Papa sei glücklich gewesen als er starb, mit unserer großen Familie, dem Haus und seiner Malerei. Sein Tod habe das Gleichgewicht im Haus zerstört.

Bei Mamas letzten Worten muss ich an Meursaults Mord denken, der das Gleichgewicht des Tages zerstört hat. Aber es ist nur ein flüchtiger Gedanke, bevor ich den Widerhall meiner eigenen Vergangenheit in mir wahrnehme. Es ist seltsam, an das Kind, das man einst war, erinnert zu werden. Man versucht instinktiv, die riesige Kluft zwischen beiden ‚Ichs' – dem fremden kindlichen und dem jetzigen gereiften – im Geist irgendwie zu überbrücken. Dabei, so denke ich nun, gibt es vielleicht gar keine Brücke. Wenn es einerseits eine Art zeitloses Sein und andererseits die Welt der Formen gibt, wie es in meinem Meditationsbuch beschrieben wird, dann sind meine beiden Ichs, ja, all die tausenden von zeitlichen Ichs, die sich zu einer scheinbaren Identität von „mir" verbunden haben, in Wirklichkeit ganz verschiedene Lebensformen. Sie sind nicht mehr und nicht weniger verbunden oder getrennt als zwei andere Formen, ein Mann und eine Frau vielleicht, ein Kind und ein Greis oder ein Stein und ein Vogel. Nur dass sie nicht nebeneinander bestehen, sondern nacheinander. Vielleicht gibt es also gar keinen heimlichen roten Faden, der mich, Bea, ausmacht, und der Konstanten aufweisen und schlüssig sein muss. Womöglich muss „ich" gar keinen Sinn machen. Es gibt sowohl die „andere" in meinen glücklichen Kindheitserinnerungen als auch mich, so wie ich heute bin. Es sind einfach verschiedenen Figuren im ewigen Spiel der Formen. Ich empfinde diese Vorstellung als unheimlich befreiend.

Mama trinkt mehrere Schlucke Wasser aus dem Glas, das sie noch immer in der Hand hält. Das Reden hat sie erschöpft, und sie hält lange inne. Sie schaut mich immer noch an, und mir wird klar, dass sie mein gedankliches Abschweifen beobachtet hat. Ich komme mir plötzlich unhöflich ihr gegenüber vor. Ich überlege kurz, Mama von meinen Gedanken über Form und Sein zu erzählen, aber ich möchte sie nicht unterbrechen.

Mama öffnet mehrmals den Mund, um etwas zu sagen, lässt ihn dann aber doch jedes Mal wieder zufallen. Was gibt es so Schwieriges zu erzählen?

Durch das offene Fenster dringt das Gurren einer Taube bis zu mir, während die Stille länger wird. Schließlich seufzt

Mama einmal laut auf. Sie setzt ein entschuldigendes Lächeln auf und sagt, dass es keine richtige Formulierung gebe. In ihren Augen glitzern Tränen. Dann streckt sie eine zittrige Hand so gut es geht nach mir aus, und ich setze mich zu ihr auf den Bettrand. Mamas Finger krallen sich so fest in meinen Pulli, als wolle sie meinen Arm nie wieder loslassen. Als wolle sie *mich* nie wieder loslassen, nicht noch ein zweites Mal. Und in diesem Moment begreife ich, dass es nichts weiter zu sagen gibt.

Ich lege meine freie rechte Hand über Mamas knochige Finger und sehe zu, wie ein paar Tränen über ihre Wangen laufen. Auch ich spüre dieselbe Traurigkeit in mir: das Bedauern über die verlorene Zeit und über den Groll, der uns einander entfremdet hat. Aber in mir bleibt es ruhig und still. Vielleicht liegt es am Sonnenlicht, das hinter dem geöffneten Fenster die Wolken durchbricht, oder am zaghaften Zwitschern der Vögel, die nach dem Regen ihre Lebhaftigkeit wiedergefunden haben. Die Traurigkeit trifft in meinem Innern auf keinerlei Resonanz. Sie ist mir völlig gleichgültig, als hätte sie nichts mit mir zu tun. Ich fühle mich auf eine seltsame, befreiende Art fremd. Vielleicht ist es eine ähnliche Fremdheit wie die Meursaults: nicht so sehr die Abgetrenntheit von anderen Menschen und der Welt, sondern die Abgetrenntheit von sich selbst: das Gefühl, dass das eigene Leben einen nicht wirklich etwas angeht.

Plötzlich nehme ich Mama nur noch wie aus der Ferne war, durch einen durchsichtigen, wattigen Schleier, der mein Körper ist. Mein Kopf ist vollkommen leer, es gibt in ihm keine Gedanken oder Emotionen mehr. Es ist ein unwirkliches Gefühl, als wenn ich mich selbst verloren hätte, und trotzdem fühlt es sich großartig an. Ich bin nicht mehr Bea, nicht mehr einsam und nicht mehr traurig. Wo bisher mein Körper war, gibt es nur noch eine Art leuchtendes Energiefeld, das meine Gliedmaßen bewohnt. Auch Mama nehme ich jetzt anders wahr, als ob ich durch ihren Körper hindurchsehen würde bis zu dem strahlenden inneren Kern, dessen Licht schon die ganze Zeit durch ihre Augen schien. Plötzlich sind wir nicht mehr zwei, sondern eins, zwei Formen, verbunden in einem einzigen leuchtenden Bewusstseinsfeld. In diesem Moment gibt es für mich keinen Zweifel: Wir beide sind Teil eines formlosen, zeitlosen Seins. Und nur die Formen, die wir bewohnen, unterscheiden sich voneinander.

Während Mama sich schnäuzt und sich die Tränen abwischt, bleibe ich gefangen in diesem atemberaubenden Bewusstseinszustand. Erst später wird mir der Begriff „no mind" in den Sinn kommen, der in meinem Meditationsbuch regelmäßig für den Zustand der völligen geistigen Leere und der Freiheit von Gedanken und Gefühlen verwendet wird. In diesem Moment aber gibt es keine Worte oder Begrifflichkeiten in meinem Kopf. Innerlich halte ich den Atem an und hoffe, dass es möglichst lange anhalten möge.

Mama lächelt mich noch einmal an. Sie sieht jetzt sehr müde aus und scheint froh darüber zu sein, dass ich nicht vorhabe, mit ihr zu diskutieren oder ihr Vorwürfe zu machen. Sie fragt, ob ich morgen wiederkommen könne, und ich verspreche es ihr.

Ich küsse Mama zum Abschied auf die Wange und bleibe einen ganzen Moment lang zu ihr hinuntergebeugt, mit der Nase an ihrem Hals, der so vertraut riecht. Sie drückt ihr Gesicht fest an meines. Als ich mich wieder aufrichte, glänzen ihre Augen erneut, und ich sage ihr, dass ich noch so lange hier sitzen bleiben werde, bis sie eingeschlafen ist. Sie nickt kaum merklich und schließt dann erschöpft die Augen. Erst als ihr schwerer Atem zu einem leisen Schnarchen geworden ist, schließe ich vorsichtig das Fenster und gehe langsam die Treppe hinunter. Hannah und Bernd sind offensichtlich hinten im Garten, aber mir ist nicht nach weiterer Gesellschaft zumute. Ich nehme mir einen Zettel vom Block, der auf dem Kühlschrank liegt, und lege ihnen eine kurze Notiz auf den Küchentisch.

Auf dem Rückweg kommen die Gedanken langsam wieder. Ich versuche, den no-mind-Zustand noch möglichst lange aufrecht zu erhalten, indem ich mich auf die Umgebung konzentriere, auf die Formen und Farben der Häuser und Bäume, die Strukturen der Gehwegplatten und das Lichtspiel der Sonne, die sich immer weiter durch die Wolken kämpft. Aber das Denken holt mich mehr und mehr ein, und mit ihm kommt eine bleierne Schwere, die sich auf meine Schläfen und Augen legt.

Jetzt wünschte ich, ich wäre mit dem Rad gekommen. Die Sehnsucht nach der Ruhe meiner Wohnung und nach meinem kühlen Bett überwältigt mich, umso mehr, als sich die Straßen langsam mit Menschen füllen, die von der Verheißung eines sonnigen Samstagnachmittages nach draußen gezogen werden. Plötzlich fühle ich mich wieder allein und fremd unter den Menschen. Der Moment der „Erleuchtung" ist vorbei, und ich vermisse ihn schon jetzt schmerzlich, so wie man die Schwerelosigkeit einer trunkenen Sommernacht vermisst, wenn mit der gleißenden Hitze des neuen Tages auch der schmerzende Kopf und das schlechte Gewissen zum Leben erwachen.

Am Arnswalder Platz fällt mir dennoch auf, dass ich Ausschau nach der rothaarigen Frau und ihrer struppigen, blauäugigen Hündin halte. Warum habe ich die Frau eigentlich heute früh nicht nach ihrem Namen gefragt oder mich von ihr in ein Gespräch verwickeln lassen? Warum fällt einem so oft erst später ein, was man in einer Situation hätte sagen oder tun sollen?

Ich bin zu müde, um weiter darüber nachzudenken oder mich zu ärgern. Die Frau scheint nicht hier zu sein. Ich schleppe mich den restlichen Weg bis nach Hause und falle schließlich erleichtert in mein ruhiges, kühles Bett. In den Wirren des Einschlafens sehe ich Mama in einem lichtweißen Nachthemd mit der Hündin Laska zwischen Hannahs Obstbäumen entlang wandeln. Sie sieht glücklich und schwerelos aus, als würden ihre nackten Füße über das Gras schweben. Ich beobachte die Situation von Mamas Fenster aus, dessen Vorhänge sich im Wind wiegen. Mir gegenüber im Baumhaus sitzt die rothaarige Frau und lacht ihr glockiges Lachen. Sie wirft Mama einen Apfel zu. Dann schleudert sie weit in die Ferne einen zweiten Apfel, dem das schwarz-weiße Fellbündel sogleich hinterherjagt. Freudiges helles Bellen vermischt sich mit Vogelgezwitscher und dem fröhlichen Lachen der Glockenfrau. Mit diesen Klängen im Ohr schlafe ich erschöpft ein.

V

Zweiter Teil, zweites Kapitel: „Es gibt Dinge, über die ich nie gern gesprochen habe. Als ich ins Gefängnis kam, wusste ich nach ein paar Tagen, dass ich über diesen Teil meines Lebens nicht gern sprechen würde.

Später fand ich diese Abneigung nicht mehr wichtig. In Wirklichkeit war ich die ersten Tage nicht wirklich im Gefängnis: Ich wartete unbestimmt auf irgendein neues Ereignis. Erst nach dem ersten und einzigen Besuch von Marie hat alles angefangen. Von dem Tag an, als ich ihren Brief erhalten habe (sie sagte mir, dass man ihr nicht mehr zu kommen erlaube, da sie nicht meine Frau sei), von diesem Tag an habe ich gefühlt, dass ich in meiner Zelle zu Hause war und dass mein Leben dort anhielt."

Die Sätze kommen einem Geständnis gleich. Über eine Sache nicht reden oder nachdenken zu wollen heißt, sie unbewusst zu verdrängen, das habe ich bei meiner Therapeutin gelernt. Zu meiner Verwunderung war ihre Frage, wenn wir auf ein solches Schweigen trafen, nie ‚Warum ist das so?' oder ‚Was hat dazu geführt?' Sie wollte stattdessen wissen: ‚Wozu ist es gut?' An diese Frage musste ich mich erst gewöhnen. Am Anfang verstand ich nicht, was sie damit meinte. Wozu ist es gut, eine Sache oder einen Gedanken zu verdrängen? Ich verstand nicht, wie man den Sinn oder die Dynamik von etwas fassen soll, über das man nicht nachdenken möchte, das einem immer wieder entgleitet. Meine Therapeutin fand dann irgendein Beispiel als Antwort und ließ mich weitere ausdenken. Irgendwann begriff ich, dass es auf die Frage ‚Wozu ist es gut?' vor allem eine grundlegende Antwort gab: um Schmerzen zu vermeiden bzw. um sich zu schützen.

Was geschieht, ist also eigentlich kein Entgleiten der Sache oder des Gedankens an sich. Der Geist handelt aus einem

Überlebensimpuls heraus. Meine Therapeutin bat mich darum, der Sache, über die ich nicht reden wollte, für einen kleinen Moment meine Aufmerksamkeit zu schenken. Schon sich bewusst zu machen, dass man nicht über sie reden wollte, war im Grunde genommen genug. Danach ging es nur noch darum, der Empfindung im Körper nachzuspüren, in der Regel einem Kloßgefühl im Hals, Druck in der Brust oder ähnlichem. In meinem Meditationsbuch steht: „Gefühle sind die Reaktion des Körpers auf einen Gedanken". Wenn ich es schaffe, meine Gedanken und Gefühle eine Weile zu beobachten, merke ich, dass das stimmt. Die Gefühle kommen nie aus dem Nichts, auch wenn es mir erst so erscheint. Auch unbewusste, unterdrückte Gedanken lösen eine körperliche Reaktion, also ein Gefühl aus. Und genau jene Dinge, über die man nicht sprechen möchte, sind garantiert an starke Emotionen geknüpft. Auch deshalb möchte man wiederum nicht über sie sprechen. Es ist ein Teufelskreis aus negativen Gedanken und Gefühlen, der mit jeder bewussten Weigerung neu angestoßen wird. Weigerung ist Widerstand. Und wo Widerstand ist, gibt es keinen Raum, in dem sich die Dinge entfalten können. Aber auch Negativität muss sich auf ihre Art entfalten können: Sie braucht Raum, damit sie sich auflösen kann.

Ich überlege, warum mir Meursaults Äußerung, über diesen Teil seines Lebens nicht sprechen zu wollen, so seltsam vorkommt. Es scheint mir das erste Mal zu sein, dass Meursault solchen Widerstand zeigt, wenn auch wohlgemerkt nur für eine kurze Weile, da er seine Aussage im nächsten Abschnitt gleich wieder relativiert („Später fand ich diese Abneigung nicht mehr wichtig"). Aus dem Text wird nicht ersichtlich, wie lange Meursaults innerer Widerstand gedauert hat, und es ist auch nicht wichtig. Bedeutend scheint mir, dass dieser kurze Moment des Nicht-darüber-sprechen-Wollens mich auf die Spur zu Meursaults Geheimnis bringt: Meursault ist einer, der die Dinge nimmt, wie sie sind. Normalerweise.

Mir fällt die Anekdote des Zenmeisters ein, die in meinem Meditationsbuch zitiert wird: Kurz vor seinem Tod versammelt der Meister all seine Schüler um sich und fragt: „Soll ich Euch mein Geheimnis verraten?" Die Mönche, teils seit zwanzig oder dreißig Jahren von ebenjenem Meister unterwiesen, ohne bisher zur wahren Erleuchtung gelangt zu sein, bekommen große Augen und murmeln begeistert ihre Zustimmung. Als sich die Aufregung gelegt hat, bleibt der Meister noch einen Moment still, bevor er langsam und bedächtig die Worte spricht: „Ich habe nichts gegen das, was geschieht." Danach verbeugt er sich, steht auf und geht in die Berge davon, um zu sterben.

Trotzdem bleibe ich bei meiner Einschätzung, dass Meursault kein Erleuchteter sein kann. Er nimmt die Dinge des Lebens *hin*, eher als dass er sie annimmt. Wie ein Hund, der sich ohne zu murren in den Regen ergibt. Aber wie der Hund tut er es unbewusst, im Gegensatz zum Zen-Mönch, der durch jahrelange Übung und Meditation lernt, seine Gefühle vollkommen bewusst zu erleben, ihnen in der Tiefe seines Körpers nachzuspüren und am Ende alles, was ist, willkommen zu heißen.

Doch weiter im Text: Einmal noch verlässt Meursault seine ruhige Zelle mit Blick aufs Meer, um Marie zu sehen. Im Besuchsraum ist Gedränge und Lärm, denn die Gefangenen sind durch einen acht Meter großen Zwischenraum von den Besuchern getrennt und müssen sich gegenseitig anschreien, um sich zu verstehen. Es ist eine skurrile Situation, diese letzte Begegnung mit Marie, die vom Geschrei und den Gesprächen der anderen Gefangenen und Besuchern eingerahmt wird. Es ist nur ein letzter Aufschub, eine Gnadenfrist ohne Illusionen, ohne Romantik und ohne Hoffnung:

„Marie hat mir zugeschrien dass man hoffen müsse. Ich habe ‚Ja' gesagt. Gleichzeitig habe ich sie angeschaut, und ich hatte Lust, ihre Schulter unter ihrem Kleid zu drücken. Ich hatte Lust auf diesen feinen Stoff, und ich wusste nicht, was man außer ihm noch hoffen sollte. Aber sicher war es das, was Marie gemeint hatte, denn sie lächelte noch immer. Ich sah nichts mehr außer dem Strahlen ihrer Zähne und den kleinen Falten um ihre Augen. Sie hat wieder geschrien: ‚Du wirst rauskommen, und dann werden wir heiraten!' Ich habe geantwortet: ‚Glaubst du?', aber das war vor allem, um etwas zu sagen."

Meursault braucht nur ein paar Monate, um sich an die neue Situation zu gewöhnen. Gleichmütig wartet er auf die Besuche seines Anwalts und auf den täglichen Spaziergang. Auch im Gefängnis, beim Warten auf das Todesurteil, schafft er es zunächst, die Dinge so zu nehmen wie sie sind:

„Ich kam sehr gut mit meiner restlichen Zeit zurecht. Ich habe oft gedacht, dass ich, wenn man mich in einem trockenen Baumstamm hätte leben lassen, ohne andere Beschäftigung als der, die Oberfläche des Himmels über meinem Kopf zu betrachten, mich Stück für Stück daran gewöhnt hätte. Ich hätte auf das Vorbeifliegen der Vögel gewartet oder auf die Begegnungen der Wolken, so wie ich hier auf die seltsamen Krawatten meines Anwalts wartete, oder wie ich mich, in einer anderen Welt, bis zum Samstag geduldete, um Maries Körper zu drücken. Doch genau genommen war ich nicht in einem trockenen Baum. Es gab Unglücklichere als mich. Das war übrigens eine Ansicht von Mama, und sie wiederholte sie oft: dass man sich am Ende an alles gewöhnte."

Interessant, dass Meursault sich in diesem Zusammenhang an seine Mutter zurückerinnert. Er scheint ihr für die Erziehung zum Gleichmut dankbar zu sein. Hat sie also die Wurzeln seiner Fremdheit gelegt? Aus irgendeinem Grund muss ich an die Beerdigung denken, und vielleicht ist das nicht verwunderlich, da Meursaults Mutter nur als Verblichene im Buch vorkommt. Wenn sie, die Tote, den Gleichmut gesät hat, ist sie auf eine Art mitverantwortlich für Meursaults Verhalten bei der Beerdigung und für den Ausgang der Strandbegegnung mit dem Araber – genauso wie für seine unglaubliche Begabung, das Leben so zu nehmen, wie es ist. Aber wahrscheinlich ist das ungerecht. Ich kenne Meursaults Mutter ja gar nicht.

Die Erinnerung an die gestrige Begegnung mit Mama überflutet mich wie eine kalte Welle und lässt mich frösteln. Ist Mama mitverantwortlich für mein ‚Schicksal', dafür, dass das fröhliche kleine Mädchen zu einer traurigen erwachsenen Frau wurde? Bis gestern war ich davon felsenfest überzeugt gewesen. Aber seitdem hat sich vieles verändert. Sicher hat Mama einen Anteil daran, wie ich mich als Heranwachsende entwickelt habe, was für Vorlieben und Ängste in mir Wurzeln schlagen konnten und wie sich meine Persönlichkeit gefestigt hat. Aber seit gestern ist meine Verbitterung darüber verschwunden. Wie in Meursaults Erinnerung an seine Mutter ist heute bei mir eine Art Dankbarkeit dabei, Dankbarkeit dafür, dass die Dinge genau so und nicht anders geschehen sind. Dass ich meinen Weg erlitten habe und durch die Beschäftigung mit dem vergangenen Leid anfangen konnte, darüber hinauszugehen. In Gedanken sehe ich die verblichene kleine Steinfigur am Märchenbrunnen vor mir. Ohne den Sprung gegen die Wand kann man nicht von einem Frosch zum König werden. Und ohne großes Leid hat man keinen Grund, diesen Sprung zu wagen. Heute kann ich Meursaults Dankbarkeit verstehen. Und dennoch bin ich froh, dass Mama mich nicht zur Gleichgültigkeit erzogen hat, auch wenn es das Leben des „Fremden" in gewisser Hinsicht leichter machen mag.

Zu Beginn hat Meursault im Gefängnis dieselben Probleme wie alle anderen Gefangenen auch. Er vermisst die Frauen und seine Zigaretten. Aber das geht vorbei. Er kann die Entbehrungen annehmen, als er begreift, dass sie Teil seiner Bestrafung sind. Dass sie einen Sinn im Großen Ganzen haben.

Meursault tötet die Zeit, indem er beginnt, sich an die Dinge seines Lebens zu erinnern. Und indem er schläft. In seinen letzten Monaten im Gefängnis schläft er bis zu achtzehn Stunden. Wie ein Hund, denke ich gleich. Während Meursault tiefer in die Wirren des menschlichen Verstandes, in die Erinnerung eintaucht, wird er gleichzeitig noch mehr zu einem Tier, das den Großteil des Tages mit den Grundbedürfnissen seines Körpers beschäftigt ist: schlafen, essen, die „natürlichen Bedürfnisse befriedigen", wie Meursault sagt. Die Tage gleichen sich und kommen ihm lang und zugleich kurz vor. Irgendwann vernimmt er eine Stimme im Raum und wird sich bewusst, dass er seit Tagen schon laut spricht. So verbringt er die Zeit mit sich selbst, denkend, redend und schlafend.

Das Kapitel endet hier, und ich frage mich, was noch kommen mag. Ich habe es vergessen, aber vor mir liegen noch drei Kapitel, in denen Meursault im Gefängnis vor sich hin lebt und denkt. Ich bin gespannt auf morgen.

Schlagartig kommt die Erinnerung an mein eigenes Dasein zurück. Mein Berliner Leben erscheint mir unwirklich und fast lächerlich neben Meursaults existentialistischem Gefängnisdasein. Aber es ist nur ein Moment, bevor die gestrigen Erlebnisse mich wieder einholen und gefangen nehmen. Jedes Leben hat seine eigene Tragik, denke ich, und meine bewegt sich gerade irgendwo zwischen Kindheitsaufarbeitung mit Mama und dem üblichen Auf und Ab des täglichen Überlebenmüssens. Eigentlich reicht mir das vollkommen aus.

Ich schalte den Computer aus und trete raus auf den Balkon. Der Tag hat genauso sonnig begonnen wie der gestrige aufgehört hat, aber beim Gedanken an gestern bleibt ein schaler Nachgeschmack. Warum nur? Ich hatte ein wunderbares und entgegen aller Erwartungen harmonisches Wiedersehen mit Mama, ohne Zank und Vorwürfe, ohne Geständnisse oder Schuldzuweisungen. Und ich habe dadurch eine neue spirituelle Erfahrung gemacht, für die ich dankbar sein könnte. Die Erinnerung daran ist noch klar und stark, aber das eigentliche

Gefühl ist verschwunden. Ich spüre Negativität, Erschöpfung und Überdruss.

Ich merke, dass ich schon wieder völlig in Gedanken verloren bin und versuche, mich auf das Geschehen auf der Straße zu konzentrieren. Schulz ist drinnen beschäftigt. Die Tische vor dem Café sind bei dem schönen Wetter voll besetzt, und mir fällt ein, dass Sonntag ist. Brunchzeit. Schulz hat eine Box seiner Stereoanlage auf die Türschwelle gestellt, und die Straße wird von leiser Klaviermusik beschallt. Traurig irgendwie. Ich lege die angefangene Zigarette im Ascher ab, hole mir aus der Küche ein großes Glas Wasser und setze mich wieder auf den Balkon. Es muss doch einen Ursprung für die Negativität geben. Ich würde das schlechte Gefühl zumindest gern klar kriegen, bevor ich nachher wieder zu Mama gehe. Ich nehme die Zigarette wieder auf und inhaliere den Rauch tief ein.

Alles hat damit angefangen, dass ich gestern nach meiner Rückkehr aus dem Süderbrokweg ins Bett gefallen und sofort eingeschlafen bin. Vielleicht habe ich etwas Seltsames geträumt, ich habe keine Erinnerung daran. Gegen sechs Uhr abends bin ich von einem Geräusch aufgewacht, das mir fremd und zugleich sehr vertraut vorkam, einer Art Reiben und Knacken. Ich bin eine ganze Weile still liegen geblieben und habe darauf gelauscht, wann es wieder auftauchen würde. Als es nicht wiederkehrte, wurde mir klar, dass es kein äußeres Geräusch war, sondern eines aus meinem Innern, das mit dem Erwachen aufgehört hat. Dann kam die Erinnerung an vergangene Erwachen zurück, und mit ihr das Erkennen. Es war das Knirschen meiner eigenen Zähne.

Ist es möglich, dass man sich einen ganzen Abend versaut, nur weil man einmal mit knirschenden Zähnen aufgewacht ist? Ja. Als Mensch schon. Wir sind nicht wie die zwei Enten, die sich nach ihrem Streit einmal kräftig schütteln, um dann wieder wohlgemut ihrer Wege zu gehen. Da ist immer noch diese leise Stimme im Hinterkopf, die alle Geschehnisse dokumentiert, etikettiert, und aburteilt. Nichts ist für sie einfach nur da und jetzt. Alles ist gut oder schlecht, alles muss ursächlich in Vergangenem wurzeln, das unbedingt begriffen werden muss, und alles reicht folgenschwer in die Zukunft, so dass uns angst und bange wird. Ein Zähneknirschen im Schlaf kann einen beim Erwachen in einen Strom von Überlegungen und Vermutungen stürzen, die das bisschen nächtliche Anspannung über Stunden hinweg zu einer mannshohen Welle von Negativität anschwellen lassen. Plötzlich wird aus dem Symptom eine Ursache. Der Verstand macht aus einem Zähneknirschen im Traum ein Drama, das den ganzen nächsten Tag überdauern kann.

Ich drücke die Zigarette aus und strecke mich ausgiebig. Ich fühle mich etwas besser, nachdem ich den Mechanismus durchschaut habe. Es ist nicht mehr wichtig, mit welchen Gedanken und Beurteilungen mein Verstand die Negativität erklärt und aufgebauscht hat. Ich will nicht noch mehr Zeit daran verschwenden, dem nachzuforschen. Zeit und Verstand sind Komplizen, das steht auch in meinem Meditationsbuch. Ohne Verstand gibt es gar keine Zeit. Und ohne Zeit, nur im Jetzt, kann auch der Verstand nicht überleben.

Ich trinke das Glas Wasser aus und nehme es mit in die Küche. Erst jetzt merke ich, dass ich Hunger habe. Es ist schon fast um zwei, ich habe nach der schlechten Nacht endlos verschlafen. Ich öffne das Küchenfenster, um die warme Luft von draußen hineinzulassen. Die Anspannung in meinem Körper ist noch nicht verschwunden, aber ich kann mich schon wieder über die Sonnenstrahlen im Hof und das Gurren der Tauben freuen. Es sind die letzten warmen Tage. Bald kommt der Winter.

Ich erinnere mich an den Einkauf, zu dem ich mich gestern Abend gezwungen hatte. Am Ende habe ich doch nur ein Bier getrunken und bin miesepetrig wieder ins Bett gekrochen. Die restlichen Lebensmittel liegen noch immer in meinem Rucksack im Flur. Ich packe die Sachen aus und entscheide mich dann für einen schnellen Couscoussalat, denn ich will bald los zu Mama. Ich setze Wasser auf und beginne, Paprika und Gurke zu kleinen Würfeln zu schneiden. Meine Gedanken beginnen wieder, um sich selbst zu kreisen. Warum fällt einem eigentlich nicht auf, dass im Kopf eine fremde Stimme sitzt, die ständig alles kommentiert? Weil sie schon immer da war? Aber muss sie nicht irgendwann in der Kindheit neu dazugekommen sein, wenn sie erst mit der Denkfähigkeit einsetzt?

Als ich die Feta-Verpackung über der Spüle aufschneide, fällt mir ein, dass ich mir die Stimme in meinem Kopf als Kind sehr wohl zu erklären versucht habe. Na klar, ich habe sie mir als einen Erwachsenen vorgestellt, als eine Art Lehrer, der einer Schar anderer Kinder, die immer bei mir waren, die Welt erklärte. So war ich nie allein. Und der Lehrer war natürlich ich! Ich muss auf einmal laut auflachen. Kein Wunder, dass ich zu dem eingebildeten, besserwisserischen Mädchen wurde, das schon in der Grundschule Außenseiterin war. Schon damals habe ich mich vollkommen mit dem Verstand identifiziert und ihm eine eigene Geschichte erfunden. Ob das alle Kinder so machen? Ich nehme mir vor, Hannah später danach zu fragen. Sie war kein rechthaberisches Zickenmädchen, sondern ein ruhiges, freundliches Kind, das mit allen gut auskam. Was für eine Geschichte hat sie wohl für die Stimme in ihrem Kopf erfunden?

Ich gieße den Couscous auf und würze das Gemüse mit Salz, Kräutern und einem großen Schwaps Sesamöl. Einer Eingebung folgend hole ich eine Flasche meines australischen Lieblings-Cabernets aus dem Kühlschrank, und öffne sie mit einem Plopp. Ich halte meine Nase direkt über die Öffnung und schließe für einen Moment die Augen. Der Wein riecht wunderbar herb und zugleich süß, nach Holunder. Dann lasse ich die hellgelbe Flüssigkeit in das bauchige Weinglas perlen, trete in den Sonnenfleck am Fenster und nehme genüsslich einen großen Schluck.

VI

Am Arnswalder Platz fahre ich extra langsam, und tatsächlich sehe ich die Glockenfrau am anderen Ende des Platzes. Ich erkenne sie sogar von hinten. Sie trägt einen langen roten Rock, der bis zu mir herüberleuchtet, und unterhält sich mit einer anderen Hundebesitzerin, während die zwei Vierbeiner auf der Wiese herumtoben. Ich überlege, ob ich spontan sein und einen kleinen Umweg fahren sollte, um zu sehen, ob sie mich wiedererkennt. Aber bei diesem Gedanken fängt mein Herz laut und fast schmerzhaft zu pochen an, und der Wein hat meinen Kopf schwer gemacht. Negativität und Müdigkeit sind zurückgekehrt, und die Stimme in meinem Kopf ruft, dass das Schwachsinn sei, dass ich sie nur im Gespräch stören, und dass sie sich eh nicht an mich erinnern würde.

Ich fahre weiter und hänge meinen trüben Gedanken nach, bis ich im Süderbrokweg ankomme. Erst als ich das Fahrrad am Gartenzaun anschließe, wird mir der Ernst der Lage in diesem Haus bewusst, und ich schäme mich meiner kleinlichen Probleme und der grundlosen Negativität, mit der ich mal wieder die Welt verpeste. Manchmal hilft mir in solchen Fällen nur noch, anderes Leid zu sehen, das viel schlimmer und handfester ist als meines. Gleichzeitig fällt mir auf, dass ich mein weißes Heftchen nicht bei mir trage und es auch seit zwei Tagen nicht benutzt habe. Dabei wäre es gerade gestern und heute dringend nötig gewesen. Die Müdigkeit in meinem Kopf weitet sich zu einer tonnenschweren Trägheit aus, die sich mit dem schlechten Gewissen verbündet. Mir wird übel. Ich muss mich hinsetzen. Mein Verstand, derjenige von uns beiden, der noch immer fit und wohlgemut ist, drängt mich dazu, mich wenigstens bis zur Hausschwelle zu schleppen, damit die Nachbarn oder etwaige Passanten nicht blöde gucken. Also schließe ich das Tor hinter mir und lasse mich auf die Türschwelle fallen, mit dem Rücken zur Hauswand. Ich schließe die Augen und versuche, mich darüber zu freuen, dass mir der Apfelbaum hier Schatten spendet.

Es vergehen vielleicht fünf Minuten, bis Hannah aus der Tür tritt und sich eine Zigarette anzündet. Erst als sie einen ersten tiefen Zug genommen und den Rauch mit einem lauten Seufzer wieder ausgeatmet hat, sieht sie mich und erschrickt. Ich setze ein schiefes Lächeln auf, das etwa „Setz dich, mir geht's auch nicht besser" heißen könnte, und Hannah lässt sich neben mir auf die Türschwelle fallen. Sie bietet mir wortlos eine Zigarette an, aber ich winke ab, so verlockend die Idee, jetzt zu rauchen, mir auch erscheint. Mein Magen ist eindeutig dagegen. Wir starren eine Weile vor uns hin und Hannah seufzt bei jedem Ausatmen laut, was ich von ihr gar nicht kenne. Ich traue mich nicht zu fragen, sondern schiebe ihr nur nach einer Weile meine Hand unter den Arm und warte darauf, dass sie von sich aus etwas sagt. Ihre Anwesenheit tut mir gut. Und auch ihre Niedergeschlagenheit tut mir gut, so blöd das auch klingt. Meine eigene Negativität weicht einem warmen Mitgefühl für Hannah. Negativität und Mitgefühl können keine Komplizen werden, überlege ich. Negativität kommt vom Verstand und aus der Dimension der Zeit. Mitgefühl dagegen kommt vom Herzen und aus der Stille. Ich nehme an, damit wahres Mitgefühl aufkommen kann, muss der Verstand einen Moment lang aussetzen. Wenigstens für einen Zigarettenzug.

Hannah tritt die Kippe mit der Spitze ihrer Sandalen aus und behält sie in der Hand, um sie später drinnen zu entsorgen. Sie sagt, Mama gehe es sehr schlecht seit gestern Abend, vielleicht habe sie mein Besuch zu sehr aufgeregt. Sie wolle mir damit keine Vorwürfe machen, aber zumindest sei Mama nicht in der Lage für weitere Gespräche. Sie schlafe die ganze Zeit, habe auch außer ein paar Löffeln Gemüsebrühe, die sie ihr mit einem Teelöffel auf die Lippen geträufelt haben, nichts zu sich genommen und nicht mehr geredet. Aber ich könne natürlich trotzdem zu ihr gehen.

Hannah scheint darauf zu warten, dass ich ihr von unserem gestrigen Gespräch erzähle. Sie macht mir sehr wohl Vorwürfe, das höre ich an ihrem Tonfall. Und anscheinend nimmt sie an, dass auch mich das Gespräch sehr mitgenommen hat. Wie soll sie auch wissen, dass nicht das Wiedersehen mit Mama mich in die Weltuntergangsstimmung gestürzt hat, sondern ein harmloses Zähneknirschen. Ich will Hannah in ihrer Verfassung nicht mit meiner Theorie über die Überfunktionalität des menschlichen Verstandes beladen. Ich sage nur, dass das Treffen gestern eigentlich sehr schön und harmonisch gewesen sei, aber dass es Mama natürlich trotzdem angestrengt haben kann. Bei mir habe es anscheinend auch etwas bewegt, da ich vom Knirschen meiner eigenen Zähne aufgewacht sei. An dieser Stelle probiere ich es mit einem Grinsen, das Hannah tatsächlich erwidert. In diesem Moment sind wir uns darüber einig, dass das Leben eben nicht immer rosig ist, und dass man sich damit arrangieren muss. Sie drückt nochmal meine Hand und sagt: „Komm, lass uns reingehen, ich muss was trinken." Ich sehe Hannahs Lächeln, und mir ist sofort klar, was es bedeutet. Keine von uns sagt das Wort, aber Hannah weiß, dass auch ich Durst habe. Ich folge ihr ins Haus, in dem mich der Geruch von Krankheit und Medikamenten aufs Neue überwältigt.

Wir kippen in der Küche stehend jede ein großes Glas Wasser runter und müssen danach losprusten. So war es schon als wir klein waren. Wenn es im Haus Stress gab und wir beide nicht schlafen konnten, schlichen wir nachts in die Küche runter und tranken den halben Wasserhahn leer. Danach ging es uns besser, oder zumindest bildeten wir uns das ein. Wir nannten es Nachspülung. Später, als Hannah immer mehr ihre eigenen Wege ging und sich von Mamas Eskapaden und Kaprizen nicht mehr groß beeinflussen ließ, stand sie des Öfteren mit einem Tablett vor der Tür des Dachbodens, auf den ich mich verkrochen hatte, und klopfte leise an. Sie merkte immer, wenn es mir nicht gut ging. Sie rief dann nur mit sanfter Stimme „Bea, Nachspülung!" durch die Tür, und das duldete keinen Widerspruch. Nachspülung war Nachspülung. Hannah trank immer tapfer mit, auch wenn sie es nicht nötig hatte. Meistens wurde uns von all dem Wasser im Bauch so kalt, dass wir uns zusammen unter die Decken auf dem alten Dachbodensofa kuschelten. Hannah fing an, irgendeine Geschichte zu erfinden, und dann dauerte es nicht lange, bis ich meinen Kummer vergessen hatte und Hannah mit Fragen zu ihrer Geschichte löcherte. Mir fiel immer noch etwas ein, das ich wissen wollte. Es war wie ein Spiel, eine Herausforderung zum Fantasieren, die so lange andauerte, bis eine von uns „Nachspülung ist durch!" rief und wir mit einem Umweg übers Klo zurück in unsere Betten schlüpften. Manchmal durfte ich mit zu Hannah ins Bett.

Ich sage Hannah, dass ich jetzt lieber rauf gehen werde, und zwinkere ihr noch mal zu. Auf der Treppe sehe ich ihr hinterher, wie sie ins Wohnzimmer geht. Die Terrassentür steht weit offen und trägt Spätsommerdüfte herein. Die hellblauen Vorhänge wiegen sich leicht im Wind. Bernd und die Kinder scheinen im Garten zu sein, vielleicht sitzen sie im Baumhaus und spielen Karten. Auch für die Kinder ist es nicht leicht, eine Sterbende im Haus zu haben.

Sehnsüchtig schaue ich Hannah einen Moment lang nach, dann steige ich tapfer die Treppen hinauf, bis zu Mamas Zimmertür, die nur angelehnt ist. Der Geruch wird stärker, und ich versuche, ihn zu ignorieren. Als ich die Tür aufstoße, überrascht mich die Helligkeit im Zimmer. Irgendwie hatte ich mit einer düsteren Atmosphäre gerechnet, die der Stimmung im Haus und dem Krankengeruch mehr entspräche. Stattdessen trete ich in ein lichtdurchflutetes Zimmer, das mich freundlich willkommen heißt. Alle Vorhänge sind weit aufgezogen, und auf dem breiten Fensterbrett steht wie schon in den letzten Tagen ein Tablett mit Wasser und Keksen bereit. Diese kleinen Dinge, überlege ich, all die kleinen alltäglichen Rituale erleichtern nicht nur das Leben. Sie erleichtern auch das Sterben. Und das Loslassen.

Mama schläft tief und fest. Nur an dem leisen Rasseln, das ihren Brustkorb bei jedem Atemzug in Aufruhr versetzt, merkt man, dass es ihr nicht gut geht. Ansonsten sieht sie genauso friedlich aus wie vor zwei Tagen, nur dass sie heute auf dem Rücken liegt, sehr gerade und mittig im Bett, fast als ob sie jemand so hindrapiert hätte. Bei dieser Überlegung läuft mir ein Schauer über den Rücken. Sie ist nicht tot, sage ich mir, und niemand hat sie hindrapiert. Sie schläft nur. Ich sehe genau, wie sich ihr Brustkorb langsam und gleichmäßig hebt und senkt. Trotzdem hat sie etwas Christusähnliches, wie sie so reglos dort liegt, den von der silbernen Haarflut umgebenen Kopf tief in die Kissen gebettet. Es ist das friedliche Gesicht einer Märtyrerin, die mit ihrem aufopferungsvollen Leben abgeschlossen hat und den Tod willkommen heißt. So kommt es mir jedenfalls vor. Nur das aufgedunsene Gesicht passt nicht zu den Märtyrer- und Christusdarstellungen, die man von alten Gemälden kennt. Sie ist nicht schön, wie sie dort liegt. Das hätte wohl jeder Renaissancemaler korrigiert.

Das Schnarren einer Elster draußen lässt mich aus meinen Gedanken aufschrecken. Augenblicklich schäme ich mich für meine Überlegung. Ich gehe am Bett vorbei zum Fenster und öffne es weit. Hannahs gelber Rock leuchtet über die Wiese wie eine riesige Blüte. Sie sitzt mit Bernd und Anika auf einer Decke unterhalb des Baumhauses, bei Kaffee und rotem Kuchen, der sehr nach Erdbeeren aussieht. Anika gestikuliert mit den Armen, sie scheint gerade etwas zu erzählen. Von hier aus ist auch die oberste, kleine Plattform des Baumhauses zum Teil einzusehen. Es sieht so aus, als sei über ihr ein dickes Netz gespannt, eine Art runder Hängematte, die sich um den Baumstamm windet. Dort oben liegt jemand und liest. Obwohl ich es nicht genau erkennen kann, nehme ich an, dass es Tim ist. Ich habe ihn so lange nicht gesehen, dass gewiss auch er sich verändert hat. Aber ein Einsiedler war er schon früher, einer, der sich am liebsten mit einem guten Buch in eine Ecke verkrümelt. Ich muss schmunzeln. Nachher werde ich das Baumhaus erobern und Tim beim Lesen stören. Das hat ihn schon früher auf die Palme gebracht.

Ich drehe mich wieder zu Mama um und setze mich vorsichtig auf den knarrenden Stuhl. Erst jetzt sehe ich, dass auf dem Nachttisch ein aufgeschlagenes Buch liegt, auf das jemand eine Untertasse gestellt hat, damit es nicht zusammenklappt. Die Schrift darunter ist grün und kommt mir irgendwie bekannt vor. Das Buch liegt am äußersten Rand des Tischchens, zum Fenster hin. Es sieht nicht so aus, als ob es von Mama dorthin gelegt wurde. Eher, als ob jemand, der auf meinem jetzigen Platz vor dem Bett saß, ihr daraus vorgelesen und die Stelle dann für den nächsten Besuch festgehalten hätte.

Ich nehme die Untertasse hoch und stelle sie so leise es geht auf dem Fensterbrett ab, während ich mit der anderen Hand nach dem dicken Buch greife. Als ich es umgedreht habe, muss ich schmunzeln: Es ist „Die Unendliche Geschichte". Natürlich. Und ein klares Zeichen dafür, dass Tim der heimliche Vorleser war. Als er kleiner war, musste ich ihm oft daraus vorlesen. Dieses seltsame Buch mit den bunten Schriftfarben und den riesigen verschnörkelten Initialenzeichnungen hat ihn lange bevor er selbst die Schrift entziffern konnte fasziniert.

Da das Buch erst seit heute hier liegt, seit es Mama schlechter geht, frage ich mich, ob Tim ihr während des Schlafens vorgelesen hat oder nur in einem Moment der Wachheit. Schließlich liegt Mama nicht im Wachkoma. Andererseits, wer weiß, wie viel man von den äußeren Geschehnissen im Schlaf mitbekommt. Ihren Wecker bauen ja viele Menschen spielend in ihre Träume ein. Ich habe auch mal von jemandem gelesen, der geträumt hat, er sei im Eismeer stecken geblieben und schreie nun um sein Leben. Dabei war ihm beim Schlafen nur ein Fuß unter der warmen Bettdecke hervorgerutscht und kalt geworden. Den Rest der Geschichte, alles außer dem einen kalten Fuß, muss irgendetwas in ihm unbewusst dazugedichtet haben. Wieder muss ich an mein Zähneknirschen und an die Weltuntergangsstimmung denken, die mein Verstand sich aus diesem mickrigen Anlass zusammengereimt hat. Vielleicht ist es auch dem Träumer mit dem kalten Fuß so ergangen. Ich verdächtige den Verstand, keine Frage. Wahrscheinlich sind wir so sehr mit ihm identifiziert, dass er uns sogar im unschuldigen Zustand des Schlafens heimsucht, in dem wir doch eigentlich zur unterbewussten Quelle von Einfachheit, Stille und Frieden zurückkehren sollten, um aus ihm neue Kraft für den nächsten Tag zu schöpfen. So zumindest stelle ich es mir vor. Der Schlaf als Jungbrunnen, in dem die Anstrengungen des Denkens und des Zeitempfindens von uns abfallen.

Meine Gedanken führen mich zurück zu Mamas schlafender Gestalt und dem Buch in meinen Händen. Am Ende der Unendlichen Geschichte tritt Bastian ins Innere von AURYN ein, einem echten Jungbrunnen, der von den zwei sich gegenseitig in den Schwanz beißenden Schlangen begrenzt wird. Es ist eine Quelle der Reinigung und des Vergessens. Alles Übel, alle Schande und alles Leid, das Bastian sich selbst und anderen in Fantásien zugefügt hat, werden dort von ihm abgewaschen, genauso wie all die positiven Veränderungen, die er sich mit Hilfe von AURYN für sich selbst herbeigewünscht hatte. Als Bastian aus der Quelle steigt, empfindet er zum ersten Mal, dass er einfach so ist, wie er ist, und dass es nichts Besseres geben kann. Er möchte genau der sein, der er ist, mit all seinen Mängeln und Unzulänglichkeiten. An dieser Stelle des Buches habe ich jedes Mal geweint.

Ich denke nicht weiter nach. Ich schlage das Buch dort auf, wo noch immer mein Finger zwischen den Seiten klemmt, und beginne leise vorzulesen.

VII

Zweiter Teil, drittes Kapitel: der Gerichtsprozess. Meursault zeigt sich auch bei seinem Prozess nicht sonderlich besorgt. Aber die Verhandlung interessiert ihn, da er noch nie die Gelegenheit hatte, einem Gerichtsprozess beizuwohnen. Wenn ich ihn nicht schon über einhundertdreißig Seiten lang kennen würde, hätte ich sicher angenommen, er sei nach einem Jahr im Gefängnis vom Warten und Aus-dem-Fenster-Starren einfach zu dröge geworden, um es im Gerichtssaal mit der Angst zu kriegen. So aber weiß ich, dass es Meursaults Normalzustand entspricht, sich über nichts zu sorgen, auch nicht über seine eigene Verurteilung. Ich sehe wieder das Bild eines kleinen Tierchens vor mir, das mit großen neugierigen Augen die Welt beobachtet, in der es lebt. Meursault ist zu beneiden, irgendwie. Immer noch ändert sich meine Einschätzung über ihn ständig. Ich schwanke zwischen Mitleid und Neid, Abscheu und Bewunderung. Aber ein gutes Viertel des Buches liegt ja noch vor mir.

„Ich habe mich gesetzt und die Polizisten haben sich um mich herum aufgestellt. In diesem Moment habe ich eine Reihe Gesichter vor mir gesehen. Alle haben mich angesehen: Ich habe begriffen, dass es die Geschworenen waren. Aber ich konnte nicht sagen, was sie voneinander unterschied. Ich hatte nur einen Eindruck: Ich befand mich vor einer Sitzreihe in der Straßenbahn und all die anonymen Passagiere beobachteten den neu Zugestiegenen, um das Peinliche an ihm zu entdecken. Ich weiß sehr wohl, dass das eine alberne Idee war, da sie nicht nach dem Peinlichen suchten, sondern nach dem Kriminellen. Dennoch ist der Unterschied nicht groß, und das ist zumindest die Idee, die mir gekommen ist."

Die Passage erinnert mich an eine Situation ganz zu Anfang des Buches, als Meursault in der Leichenhalle von

Marengo den Freunden seiner Mutter gegenüber sitzt. Die Ähnlichkeit ist frappierend, auch wenn Meursault selbst die Parallele nicht zieht. Ich scrolle im Computer zurück zum Anfang und suche nach dieser Stelle in meiner Übersetzung. Die Alten erscheinen zur Totenwache:

„[...] Was mich an ihren Blicken erstaunte, war, dass ich ihre Augen nicht sehen konnte, sondern nur einen glanzlosen Schein inmitten eines Geflechts aus Falten. Als sie sich setzten, haben mich die meisten angeschaut und beschämt mit dem Kopf genickt, die Lippen von ihren zahnlosen Mündern verschluckt, ohne dass ich ersehen konnte, ob sie mich grüßten oder ob es sich um einen Tick handelte. Ich denke eher, dass sie mich grüßten. In diesem Moment habe ich bemerkt, dass sie mir alle mit wiegendem Kopf gegenüber saßen, um den Aufseher herum. Ich hatte einen Moment lang den lächerlichen Eindruck, dass sie da waren um mich zu richten."

Schon einmal also, vor dem eigentlichen Verbrechen, hat Meursault sich als Verbrecher gefühlt. Unterschwellig muss er sich für den Tod der Mutter verantwortlich gefühlt haben, oder muss zumindest empfunden haben, dass andere ihn so sehen würden. Hatte er doch ein schlechtes Gewissen, weil er sie vernachlässigt hatte? Weil er ihr ein schlechter Sohn gewesen war? Wieder erscheint es mir, als ob der vorangegangene Tod der Mutter die Entsprechung des späteren Mordes am Araber darstelle. Als ob Meursault seine eigene Mutter getötet hätte, im Nachhinein. Als ob er zu dem Verbrecher werden musste, der er in den Augen der Gesellschaft schon längst war. Ich bin nicht sicher, woher dieser Eindruck stammt, und vielleicht ist er ungerecht. Vielleicht bin ich auch nicht besser als die Untersuchungsrichter, die Meursault vorrangig wegen seiner Unbedachtheiten am Tag der Beerdigung moralisch verurteilen werden.

Trotzdem scheint mir der Zusammenhang zwischen den Alten, die wie Geschworene wirken, und den echten Geschworenen, die wie abschätzige Straßenbahnpassagiere wirken, eindeutig. Bei der ersten Passage in der Leichenhalle war es ein Spiel mit einem bedrückenden Vergleich gewesen, der jedoch nicht wirklich, also nicht gefährlich war. Es waren nur alte Leutchen, keine Geschworenen in einem Gerichtssaal. Dieses Mal ist die Situation wirklich, so bedrückend und gefährlich, dass sie durch den spielerischen Vergleich aufgelockert werden muss, der aus dem todernsten Blick der Geschworenen auf das Kriminelle einen spöttischen Blick auf das Peinliche macht. Die Geschworenen werden zu anonymen Passanten degradiert. Hat Meursault also doch Angst und wertet den Ernst der Lage durch einen harmlosen Vergleich unbewusst ab?

Einmal mehr suche ich nach Beweisen für Meursaults Menschlichkeit. Ich möchte, dass er ist wie alle, zumindest unterbewusst. Das sollte ich vielleicht endlich lassen. Meursault ist nicht wie alle, er ist ein Fremder, der die Welt mit fremden Augen sieht. Trotzdem frage ich mich, warum er die Ähnlichkeit zur Situation bei der Totenwache nicht sieht und stattdessen einen neuen Vergleich heranzieht. Die Alten als Geschworene und die Geschworenen als gebrechliche Altersheimbewohner – was hätte sich besser für einen degradierenden Vergleich geeignet?

Der Grund dafür, dass er unterbleibt, muss das Gefühl der Peinlichkeit sein – das ist das Tertium Comparationis, der Maßstab des Vergleichs. Meursault ist sensibel für die Peinlichkeit. Es ist ein sehr menschliches Gefühl, mehr noch als das Gefühl der Angst, das auch Tiere kennen. Beide Gefühle, Angst und Peinlichkeit, entspringen demselben Grundgefühl: dem des Mangels und der Unvollkommenheit. Wir fühlen uns nicht miteinander verbunden. Erst wenn jeder einzelne vollkommen mit seiner begrenzten kleinen Form, seinen Gedanken und Gefühlen, identifiziert ist, gibt es überhaupt „andere", „anderes", „Fremdes". Trennung erschafft Vergleich und Beurteilung. Die „anderen" sind womöglich besser, schöner, erfolgreicher, glücklicher als ich. Sie haben vielleicht

161

mehr Besitztümer, mehr Geld, mehr Freunde oder mehr Zeit. Das menschliche Ego hat ständig Angst. Vor Verlust und Versagen, und auch vor Scham und Peinlichkeiten. Das sogenannte Unbehagen in der Kultur unterscheidet sich im Grunde nur graduell, ob man sich nun in der Straßenbahn von Mitreisenden beäugt fühlt oder vor Gericht von den Geschworenen. Insofern, überlege ich mit zusammengebissenen Zähnen, hat Meursault doch wieder einmal Recht mit seinen Vergleichen.

Meursault fühlt sich seltsam fehl am Platz zwischen all den Menschen, die gekommen sind, um den Prozess, also vor allem ihn, den Mörder, zu sehen. Im normalen Leben interessieren sich die Menschen nicht groß für ihn, aber hier im Gerichtssaal, wo sich Journalisten und Polizisten wiedertreffen und scherzen wie in einem Club, ist Meursault zugleich Kaninchen auf dem Präsentierteller und außen vor. Ein Fremder. Fremd und allein, gefürchtet und beäugt. Wie das letzte Einhorn oder eher die furchtbare Harpie, halb Frau, halb Geier, die jemand in einen Käfig gesperrt hat, um sie den sensationslüsternen Leuten vorzuführen. Das Ungeheuer im Käfig muss vorher verzaubert oder verkleidet werden, damit die Menge der einfachen Leute es überhaupt als Ungeheuer erkennt. Auch Meursaults Ungeheuerlichkeit wird erst durch die Sträflingsbekleidung offenbar. Der Gerichtssaal ist wie ein Marktplatz mit seiner Menge der Schaulustigen, und die Gefängniszelle ist der Käfig des Monsters, das eingesperrt und letztlich getötet werden muss. In Meursaults Prozess geht es genau darum: das Ungeheuerliche herauszufinden, das Fremde, Kranke, Gefährliche. Die Geschworenen bemühen sich genauso wie ich, Meursault zu verstehen.

Irgendwann werden die Zeugen einer nach dem anderen aufgerufen und in ein Hinterzimmer geführt. Meursault sieht Raymond und Marie, den Wirt Masson, seinen alten Nachbarn Salamano und noch einige andere Bekannte, deren Anwesenheit ihm vorher nicht bewusst war. Dann beginnt die

Befragung. Interessant wird es, nachdem die Routinefragen nach Identität und Tathergang abgehandelt sind:

„Er [der Vorsitzende] hat mir gesagt, dass er nun einige für meinen Fall scheinbar belanglose Fragen behandeln müsse, die diesen aber womöglich ganz direkt beträfen. Ich begriff, dass er noch einmal über Mama reden würde und spürte gleichzeitig, wie lästig mir das war."

Es ist das zweite Mal, dass Meursault deutlich Widerstand zeigt. Nicht über den Mord sprechen wollen, nicht über Mama und die Beerdigung sprechen wollen – auch hinsichtlich seiner inneren Abwehr sind beide Ereignisse gleichwertig. Meursault muss erklären, warum er seine Mutter ins Heim gebracht hat. Er betont, dass weder seine Mutter noch er irgendetwas voneinander erwarteten, dass sie sich an ihr neues Leben gewöhnt hätten. Der Heimvorsteher sagt aus, dass Meursault am Tag der Beerdigung nicht geweint habe, dass er seine Mutter nicht noch einmal habe sehen wollen und sofort nach der Zeremonie wieder abgereist sei. Er weiß auch von einem Dritten zu berichten, dass Meursault das genaue Alter seiner Mutter nicht wisse.

Einen Moment lang herrscht Stille im Saal, eine Pause des Grauens, die für sich spricht. Ich stelle mir vor, wie sie dort sitzen, Staatsanwaltschaft, Geschworene und Publikum, eins und einig in ihrem Entsetzen und der Klarheit, soeben ein schlagendes Argument gehört zu haben. Wie soll man ernsthaft jemanden verteidigen, der das Alter seiner Mutter nicht kennt? Vielleicht ist der Fremde in seinem Käfig der einzige, der nicht begreift. Es sind die Kleinigkeiten, wegen derer er verurteilt wird. Seine Fremdheit wird gerichtet, nicht so sehr der Mord.

Der Staatsanwalt ist zufrieden und hat keine weiteren Fragen. Er ruft das mit so triumphierender Stimme aus, dass sogar Meursault getroffen ist: „Zum ersten Mal seit gut einigen Jahren hatte ich ein unsinniges Bedürfnis zu weinen, weil ich fühlte, wie sehr ich von all diesen Menschen gehasst wurde."

Scham, Traurigkeit, das Gefühl, nicht dazu zu gehören: Meursault empfindet seine Fremdheit in dieser zugespitzten Situation des Gerichtsprozesses sehr stark – womöglich zum ersten Mal. Vielleicht ist der Mord nötig gewesen um ihn aufzurütteln und zum Bewusstwerden zu zwingen. Könnte Meursault sich noch ändern? Dazu würde kaum noch Zeit bleiben, nur diese paar Wochen Gnadenfrist im Gefängnis, die seine Verurteilung von der Hinrichtung trennen. Vielleicht will er das aber auch gar nicht, sich ändern.

Das Kapitel ist wichtig und lang, und ich merke, dass ich mich heute nicht mehr konzentrieren kann. Ich gehe in die Küche und gieße mir ein großes Glas kalten Mangosaft ein. Auf dem Küchentisch liegt noch mein aufgeschlagenes Tagebuch. Da ich den gestrigen Abend mit dem restlichen Weißwein begossen habe, ist meine Erinnerung an den Tagebucheintrag sehr verschwommen. In unordentlichen Filzstift-Lettern steht dort geschrieben:

Sonntag, 15. September
   1.) Das Leben ist schön!
   2.) Mir geht's gut!
   3.) Ich werde keine unsinnigen Listen mehr führen!

Dahinter drei Sternchen, die wohl anzeigen sollen, dass dies das Ende der „Worauf ich heute stolz sein kann"-Einträge sein soll:

*   *
*

Die Erinnerung an das Geschriebene kommt zurück, noch nicht jedoch die Klarheit darüber, was zu soviel Optimismus geführt hat. Ich überlege. Ich war bei Mama. Ich habe ihr ungefähr eine Stunde lang aus der „unendlichen Geschichte" vorgelesen, ohne dass sie aufgewacht wäre. Von den vier ungleichen Gefährten im Haulewald ging die Reise zum Elfenbeinturm, zur todkranken kindlichen Kaiserin und zu Atréjus Berufung. Doch nicht die Wesen Phantásiens hatten mich am meisten gefesselt, sondern eine kurze, in rot gedruckte Passage aus der Menschenwelt, in der Bastian sich an den Tod seiner Mutter erinnert und an die Zeit danach, in der zwischen seinem Vater und ihm alles anders wurde. Der Vater ist durch seine Trauer abwesend geworden – und abweisend. Sein Sohn kann ihn nicht mehr erreichen und bekommt in der Anwesenheit seines Vaters mehr und mehr das Gefühl, gar nicht da zu sein. Der kleine Junge, dessen Mutter gestorben ist, fragt sich ganz hellsichtig, warum der Vater nicht genau wie er seine Traurigkeit überwinden kann um für ihn, seinen Sohn, da zu sein.

Ich war nicht so hellsichtig als Kind. Trotzdem spürte ich bei diesen Zeilen eine heimliche Resonanz tief in meinem Innern. Vielleicht lag es daran, dass ich meiner sterbenden Mutter gegenübersaß. Versuchte ich, ihr das abzunehmen, was sie selbst nicht mehr konnte und wollte: sich zu rechtfertigen für ihre Abwesenheit in einer Zeit, in der ich sie dringend gebraucht hätte? Was wusste ich schon von Mamas Trauer? Ich war erst zwei als Papa starb. Ich kannte ihn kaum, ich konnte ihn kaum vermissen. War es Mamas Traurigkeit, die ich nicht verstehen konnte? Hat sie die abwesende, abweisende Person aus ihr gemacht, die der kleinen Bea das Herz brach?

Nach dieser Stelle im Buch habe ich lange innegehalten, und ich bin mir sicher, dass Mama etwas gespürt hat, denn sie hat im Schlaf plötzlich ganz tief eingeatmet und beim Ausatmen laut geseufzt. Ich hatte Angst, sie geweckt zu haben, aber sie schlief weiter und ich dachte, dass man durch Stille wohl schwerlich jemanden wecken könnte. Dann habe ich weitergelesen.

Nach Atréjus Berufung, mit der das zweite Kapitel endet, hatte ich das Buch weggelegt und war mit zu den anderen in den Garten gegangen. Es gab noch kalten Kaffee und Erdbeerkuchen, und irgendwann bin ich aufs Baumhaus gestiegen, habe die beiden unteren Etagen besichtigt, die Bernd und Anika liebevoll mit bunten Tüchern und Trödel eingerichtet haben, und bin schließlich zu Tim hinaufgeklettert. Er sah viel älter aus als beim letzten Mal, auf Kinn und Wangen lässt er sich jetzt einen stoppligen Dreitagebart wachsen, der ihm ein sehr erwachsenes Aussehen verleiht. Aber das breite Grinsen ist noch immer dasselbe, und auch die Art, wie er mich spöttisch „Tante Bea" nennt. Ich habe mich zu ihm in die runde Hängematte gelegt, so dass wir mit den Füssen hakeln und uns anschauen konnten, wenn wir die Köpfe zur Seite neigten. Tim fragte, ob ich bei Oma gewesen sei, und ich habe ihm gesagt, dass ich ihr weiter vorgelesen habe. Er war einverstanden.

Ich nehme einen großen Schluck Mangosaft und öffne das Fenster, durch das milde Morgenluft in die Küche dringt. Ich glaube, es ist das Familiengefühl, das mich gestern in solch eine Hochstimmung versetzt hat. Mit Tim in der Hängematte zu schaukeln, während von unten die vertrauten Stimmen von Hannah, Bernd und Anika zu uns hoch drangen, die sich unterhielten oder laut „Uno!" riefen und lachten. Ich fühlte mich dazugehörig, und auch jetzt, beim Gedanken daran, fühle ich die wohlige Wärme in der Brust. Zugehörigkeit. Ein Gefühl, das ich nur selten habe, und das vieles leichter macht. Gestern in der Hängematte war sogar der Gedanke an Mama unbeschwert, fast froh. Im Süderbrokweg ist sie nicht das gefürchtete Mama-Monster aus meiner Erinnerung. Sie ist Oma, eine alte, gebrechliche und geliebte Oma, die bald sterben wird. Sie gehört zum Haus dazu wie es die Großmütter bei uns zu allen Zeiten getan haben. Die Familie genießt einen sonnigen Tag im Garten, während die alte Oma im Bett liegt und sich ausruht. Daran ist alles richtig. Und auch ich bin richtig dort. Ich bin Tante Bea, die der alten Oma vorliest, mit den Kindern im Baumhaus sitzt und abends mit den Eltern bei Wein und Erdnüssen auf der Terrasse versackt. Ich gehöre zur Familie. Das wird mir zum ersten Mal in solcher Klarheit bewusst, dass mir Tränen in die Augen steigen.

Ich nehme einen roten Filzstift zur Hand und umrande den gestrigen Tagebucheintrag mit einem dicken roten Kringel. Darunter setze ich noch meine Unterschrift: „Tante Bea". Lächelnd klappe ich das Tagebuch zu und wische mir mit einem Ärmel die Tränen aus den Augenwinkeln. Nachher werde ich wieder rüber fahren in den Süderbrokweg, zu meiner Familie. Aber erstmal habe ich einen Bärenhunger.

Dritter Teil

I

Mama ist seit meinem Besuch nicht mehr zu sich gekommen. Ich bin die letzte, die mit ihr gesprochen hat – nach fast zwanzig Jahren Funkstille ein einziges Gespräch, nach dem sie beschlossen hat, die Augen zu schließen und für immer zu schweigen.

Die letzten Tage sind vergangen wie im Rausch. Am Montagmittag, nach Hannahs verweintem Anruf, habe ich einen Rucksack gepackt und bin in den Süderbrokweg gezogen, wo ich mich auf der Wohnzimmercouch eingenistet habe. Hannah hatte mir den Raum der Stille als Bleibe vorgeschlagen, aber es war mir zu unheimlich, allein dort im Dunkeln, mit all den Tüchern, Buddhastatuen und dem Räucherstäbchengeruch. Dann doch lieber als Couchcamper mittendrin im Familienleben, zwischen dem ersten Kaffeegeklapper und der letzten Flasche Wein, neben der ich mich schließlich umdrehte und in Hannahs Schlafsack kuschelte.

Für eine Weile ist mein Leben dort im Süderbrokweg stehen geblieben, an Mamas Bett, das von Tag zu Tag mehr einem Totenlager glich, und aus dem es für sie kein Entrinnen mehr gab. Stunde um Stunde saßen wir dort, mal allein, mal zu zweit, meistens still und andächtig, um die Sterbende nicht zu stören und unseren Gedanken nachhängen zu können. Tim hat ihr weiter vorgelesen, ich konnte es nicht mehr. Ich konnte den Blick nicht mehr abwenden von Mamas bleichem Gesicht, das von Tag zu Tag größer und zugleich hohler zu werden schien, unecht wie die Maske in einem Wachsfigurenkabinett. Ich bildete es mir nicht nur ein: Das Leben zog sich aus Mamas Gesicht zurück, nach innen hin. Es war eher faszinierend als abstoßend. Mama wurde mir dadurch auf eine neue Art fremd, mit einer unwirklichen und grausamen

Fremdheit, der ich kaum genug Erinnerungen und Bilder ent-
gegenzusetzen hatte.

Wie viele Tage sind an ihrem Bett vergangen? Und wie
viele Worte sind dort gedacht worden, Worte, die noch gesagt
werden hätten können oder sollen? Ich hätte sie unmöglich
zählen können, in meinem Kopf brachen sie sich Bahn,
kämpften sich den Vorrang ab und quollen aus allen Gehirn-
windungen. Wenn Mama noch einmal zu Bewusstsein gekommen wäre, ich hätte sie womöglich mit Worten erstickt.
Nicht sie allein ist es, die so vieles mit ins Grab genommen
hat, Kostbarkeiten, von denen ich nie kosten wollte. Auch in
mir sind unendlich viele Worte gestorben. Oder sie leben anderswo weiter. Vielleicht konnte Mama sie lesen, während
ich Stunde um Stunde neben ihr saß und bange auf ihren rasselnden Atem lauschte. Vielleicht hat sie meine unausgespro-
chenen Worte mitgenommen, als die Zeit wieder einsetzte
und das Leben weitergehen sollte.

Die Zeit kam erst mit dem Tod zurück, mit dem Stück
Papier, das neben Mamas Namen das Datum ihres Ablebens
bescheinigte. Es war der zwanzigste September, ein Freitag,
genau eine Woche nach jenem Freitag, der der dreizehnte gewesen war und nichts Gutes verheißen hatte. Eine Arbeitswo-
che. Ich habe die Verabredung mit Christiane abgesagt und
bin wieder nicht zur DA gegangen. Schulz wird sich wun-
dern, wo ich abgeblieben bin. Wenn ich zu lange nicht vor-
beischaue, kommt er manchmal hier klingeln, um sich zu ver-
gewissern, dass es mich noch gibt. Ich habe auch Meursault
vernachlässigt, dessen Leben zur selben Zeit in einer Gefängniszelle mit Blick aufs Meer stehen geblieben ist. Er wartet
dort auf seinen eigenen Tod, nicht auf den eines anderen. Ich
frage mich, was schlimmer ist.

Heute ist Sonntag. Keiner von diesen fröhlichen Sonnta-
gen, an denen die Pärchen draußen bei Schulz in der Sonne
sitzen und brunchen. Es nieselt leicht aus einem schweig-sa-
men weiß-grauen Himmel, der den Ausgang des heutigen

Wetters noch im Unklaren lässt. Mir ist es gleich. Ich habe lange geschlafen, vielleicht zu lange, und die Schwere in meinem Kopf sagt mir, dass es kein erholsamer Schlaf gewesen ist. Das träge Grau draußen passt zu dem Gefühl in meinem Magen. Sobald ich mich den Gedanken hingebe, die mich bestürmen, sehe ich endlose Bilder von Mama vor mir. Dabei ist sie auf diesen Bildern schon fast nicht mehr als Mama zu erkennen, weder als die schöne und erfolgreiche Mutter, die ich zu hassen glaubte, noch als die sanfte, freundliche Oma, die ich vor ihrem Tod noch kurz kennenlernen durfte, und die womöglich auch meine Mutter hätte sein können, wenn ich sie gelassen hätte. Bei diesem Gedanken macht sich der Kloß in meinem Hals wieder schmerzhaft bemerkbar. Mein weißes Heftchen hat sich in den letzten Tagen mit Einträgen gefüllt, mit dem vielfarbigen Gekritzel fremder Kugelschreiber, Filz- oder Bleistifte. Der Punktestand in der letzten Spalte ist niedrig. Aber das Bedauern macht außerhalb dieser fünf Spalten keinen Sinn. Es macht mich nur traurig und wütend. Ich möchte dankbar sein für die Momente, die ich mit Mama hatte, auch für die Tage, die ich in unbestimmtem Warten an ihrem Bett verbracht habe.

Meursault wartet noch immer, und ich will zu ihm zurückkehren, auch wenn mir mein eigenes Leben im Moment greifbarer erscheint, wirklicher und vollkommen ausreichend. Ich finde es unhöflich, jemanden, der auf seinen Tod wartet, zu verlassen. Und ich weiß auch, dass ich zu meinem Alltag zurückfinden muss, um nicht krank zu werden.

Meursaults Fremdheit hat im Licht der letzten Tage einen völlig anderen Ausdruck angenommen. Das merke ich schon jetzt beim Gedanken an ihn. Er erscheint mir fremder denn je, so fremd vielleicht, wie er es von Anfang an hätte sein sollen. Auch an Mamas Bett habe ich an Meursault gedacht, und an seine Mutter. Ich kenne sie nur von Meursaults wenigen Ausführungen, und er hat beteuert, sie hätten sich nichts mehr zu sagen gehabt. Jetzt glaube ich ihm nicht mehr. Auch in

Meursault muss es eine Fülle ungesagter Worte geben, die im Angesicht der verpassten Chance heraufgespült wurden. Und auch in Meursaults Mutter. Was hätte sie ihm noch alles gesagt, wenn Zeit geblieben wäre und der Tod sich langsam angekündigt hätte? Hätte sie sich entschuldigen wollen für die gut gemeinten Ratschläge, die ihren Sohn zum Fremden werden ließen? Hätte sie ihn lauthals verflucht? Oder hätte sie einfach still seine Hand genommen und gehofft, dass etwas in ihm verstehen möge?

Vielleicht kann ich das Ausmaß von Meursaults Fremdheit erst jetzt richtig begreifen, nachdem ich um meine eigene Mutter getrauert habe. Ich habe an ihrem Bett geweint und kaum ein Auge zu bekommen in diesen Tagen, obwohl ich zwanzig Jahre lang geglaubt hatte, sie zu hassen. Ich habe ihren Tod mit angesehen, den Moment der Befreiung, in dem die rasselnden Geräusche, die bei jedem Atemzug aus ihrer Kehle drangen, endlich aufhörten und es wieder still und friedlich um sie wurde. Irgendetwas in ihr hat gekämpft. Vielleicht gegen den Tod. Aber vielleicht auch für ihn. Am Ende hat die Stille gesiegt. Mama sah erlöst aus und vollkommen im Frieden, genau so, wie ich sie bei unserer ersten und letzten bewussten Begegnung erlebt habe.

Ich war eine unbestimmte Weile an ihrem Bett sitzen geblieben, bevor ich den anderen Bescheid gab. Dieser Moment, so schien es, gehörte noch einmal uns beiden, und ich war dankbar dafür. Etwas Heiliges lag im Raum, eine tiefe Stille, in der Vergängliches und Unvergängliches sich trafen. Mama war tot. Ihr Körper lag leblos vor mir, wie eine stumme, bleiche Figur aus Wachs, die jemand zwischen die Laken gebettet hatte. Und dennoch spürte ich in diesen Minuten, in denen Mamas Seele entschwand und die jahrelange Verbindung mit ihrem Körper kappte, stärker denn je ihre Anwesenheit. Sie war zweifellos noch im Raum. Und die Gewissheit, dass sie und ich noch immer da waren, dass wir alle im Kern unseres Daseins miteinander verbunden und

173

unsterblich waren, übermannte mich wie eine Woge uner-
messlichen Glücks. Nichts war verloren. Und nichts würde
jemals verloren sein.

Jetzt denke ich zurück an Meursaults Mutter, die aufgebahrt in der Leichenhalle von Marengo lag. An dieser letzten
Begegnung war nichts Heiliges, eher etwas Bedrückendes:
die Sicht eines Fremden auf eine Tote. Und die Unvereinbar-
keit zwischen den Empfindungen des Fremden und den Erwartungen der anderen. „Die Hölle sind die anderen", dieser
Grundsatz des Existentialismus trifft auf Meursault genau zu.
Erst durch die Maßstäbe der Gesellschaft, die Blicke der Alten bei der Totenwache, die Fragen des Heimleiters und später des Richters, wird er zum Fremden. Jetzt setze auch ich
diese Maßstäbe an und denke, dass Meursault im Innern
schon längst schuldig war. Die Vorstellung, neben Mamas to-
tem Körper zu rauchen oder Kaffee zu trinken ist absurd.
Musste ich den Tod erst so nah erleben, um das Entsetzen im
Gerichtssaal teilen zu können? War ich nicht bisher immer
auf Meursaults Seite gewesen im Angesicht der gesellschaftlichen Maßstäbe, die man wohl Moral nennen könnte?

Vielleicht steigt der Grad der Entfremdung eines Menschen mit dem Abnehmen von Moralempfinden. Es ist eine
Frage von Verbundenheit, von fehlendem Zugehörigkeitsge-
fühl zu den in Klammern normalen Menschen, mit denen ich
mich in der letzten Spalte meines weißen Heftchens immer
vergleichen soll. Ich stelle es mir als eine Skala der Entfremdung vor, auf der ich Meursault und mich zu verorten versuche.

Wo genau unsere Balken zu setzen sind, ist schwer zu sagen. Würde der in Klammern normale Mensch ganz am Anfang der Skala stehen, oder eher irgendwo im ersten Viertel,
oder gar in der Mitte? Zweifellos stellt der Nullpunkt eine
Kontrollgruppe dar, die es in Wirklichkeit gar nicht gibt. Es
ist die eigene Angst, die sie erschafft, die Angst vor den

„anderen", die richtig sind und normal, vielleicht nicht immer glücklich, aber doch zugehörig zur Gesellschaft und ihren Normen, das heißt niemals allein. Es ist die Angst vor dem Ausgestoßensein und der Einsamkeit, die ich so gut kenne.

Meursault ist kein ängstlicher Mensch. Und wahrscheinlich fühlt er sich selbst gar nicht fremd. Aber all diejenigen, die sich eher am Anfang der Skala befinden, sehen seine Fremdheit klar und deutlich. Mit Bewusstheit hat das nichts zu tun. Meursault hat ein starkes Bewusstsein für sich selbst und seine Umwelt. Er schaut aus einer Art Vogelperspektive auf andere und auf sich selbst herab, auch auf seine Reaktionen, Gefühle und Stimmungen. Es scheint mir sogar, dass diese Bewusstheit, die in Meursaults Betrachtungen durchscheint, einen großen Teil seiner Faszination ausmacht. Aber Meursault hat nicht das Bedürfnis, sich zu vergleichen, deshalb kann er sich auch nicht fremd fühlen. Erst in dem Moment im Gerichtssaal, in dem er das Vergleichen der anderen und ihren Abscheu spürt, übermannt ihn eine plötzliche Traurigkeit. Sie ist mehr Instinkt als Egodünkel. Meursault fühlt sich von den anderen ausgegrenzt, er grenzt sich nicht selbst aus. Wer kann das schon von sich sagen.

Ich sitze immer noch in Gedanken vertieft am Schreibtisch, ohne den Computer angeschaltet zu haben. Ich bin noch nicht wieder angekommen in meinem Alltag von Arbeit, Ritualen und „echtem" Leben. Das Buch aufschlagen, mich zum Schreiben vorbeugen, konzentriert so dasitzen und übersetzen, wenigstens für eine Stunde. Die Vorstellung geht über meine Kräfte.

Ich schalte wenigstens den Computer an. Ein Schritt nach dem anderen. Um den Lähmungszustand zu durchbrechen, gehe ich in die Küche und koche mir noch einen Kaffee. Der Basilikumtopf auf meinem Fensterbrett lässt bedrohlich die Blätter hängen. Auch hier ist während meiner Abwesenheit die Zeit stehen geblieben. Ich fülle Wasser in die kleine Bürgelerkanne und gieße das Basilikum und die Yucca im

Wohnzimmer, die Hannah mir zu meinem Einzug geschenkt hat. Sie hat mit den Jahren eine stattliche Größe bekommen. Die Balkonblumen sind noch nass vom gestrigen Regen. Ich gieße den Kaffee auf und schnappe mir im Vorbeigehen die Packung Schokokekse vom Küchenbuffet. So gewappnet traue ich mich zurück an den geduldig auf mich wartenden Computer und schlage schon beim Hinsetzen mit der linken Hand das Buch auf.

Richtig, der Prozess. Ich hatte Meursault inmitten einer Welle von Traurigkeit verlassen, die ihn angesichts des Abscheus erfasste, den Richter, Geschworene und Publikum ihm entgegenbrachten. Aber es geht noch weiter. Als nächstes wird der Concierge des Altersheims verhört:

„Beim Hereinkommen hat der Concierge mich angeschaut und die Augen abgewendet. Er hat auf die Fragen geantwortet, die man ihm stellte. Er hat gesagt, ich hätte Mama nicht sehen wollen, ich hätte geraucht, geschlafen und Milchkaffee getrunken. Da habe ich etwas gespürt, das den gesamten Saal erfasste, und zum ersten Mal habe ich begriffen, dass ich schuldig war."

Das Schuldbewusstsein setzt nicht bei Meursaults eigenem Verhör oder beim Verlesen der Tat ein. Erst in diesem Moment spürt Meursault, dass seine eigentliche Schuld das Verhalten gegenüber seiner Mutter ist. Damit gibt er schließlich allen Recht. Es ist eine Frage der Moral. Mit seiner Fremdheit und seinem unbeteiligten Lebensstil ist Meursault wieder und wieder an der Gesellschaft schuldig geworden. Durch den Mord wurde er in flagranti erwischt, und nun werden all seine früheren Vergehen von hinten aufgerollt.

Auch die anderen werden befragt: der Wirt Céleste, der seinen Freund unbeholfen und rührend zu verteidigen sucht; Marie, die sich nervös und unglücklich in Worten windet und dann dennoch die Ereignisse am Tag ihres Kennenlernens – dem Tag nach der Beerdigung – zusammenfassen muss: das Badengehen, den Kinobesuch und den Anfang ihrer

Liebesbeziehung; schließlich Masson und der alte Salamano, deren verteidigenden Worten nach Maries Befragung kaum noch Gehör geschenkt wird; und zuletzt Raymond, von dem alle zu wissen glauben, dass er eigentlich Zuhälter ist, und der die Geschichte mit den Arabern, dem mit Meursaults Hilfe geschriebenen Brief und der Racheaktion wiedergibt. Am Ende steht Meursault als Komplize eines gemeinen Zuhälters da, und der Staatsanwalt bezeichnet ihn als „monstre moral", als moralisches Monster. Auch der Verteidiger kann nicht verhindern, dass alle im Saal eine eindeutige Verbindung zwischen Meursaults Verhältnis zu seiner Mutter und dem Mord am Araber sehen. Der Staatsanwalt fasst diese Erkenntnis zusammen:

„'Jawohl', rief er kräftig, ,ich klage diesen Mann an, seine Mutter mit dem Herzen eines Kriminellen beerdigt zu haben.' Diese Erklärung schien eine beträchtliche Wirkung auf das Publikum zu haben. Mein Anwalt hat mit den Schultern gezuckt und den Schweiß abgewischt, der seine Stirn bedeckte. Aber er wirkte selbst erschüttert, und ich habe begriffen, dass es nicht gut um mich stand."

Damit wird die Verhandlung geschlossen, und das Kapitel endet nach dem nicht enden wollenden Verdruss der Anklage versöhnlich, mit einer sehnsuchtsvollen Erinnerung an das Leben in Freiheit:

„Beim Hinausgehen aus dem Gerichtsgebäude zum Auto habe ich für einen kurzen Moment den Duft und die Farbe des Sommerabends wiedererkannt. Im Dunkel meines rollenden Gefängnisses habe ich Stück für Stück, wie aus der Tiefe meiner Müdigkeit, all die vertrauten Geräusche wiedergefunden, jene Geräusche einer geliebten Stadt und jene einer bestimmten Tageszeit, in der es vorkam, dass ich mich zufrieden fühlte."

Meursault verwandelt sich vom unmoralischen Kriminellen wieder in den bemitleidenswerten Fremden, der aus dieser seltsamen Welt, in der er es sich so gut es ging eingerichtet

177

hatte, nun endgültig ausgeschlossen wird. Ich fühle mich plötzlich niedergeschlagen und traurig. Meursault hat den Kampf um das Leben verloren, den wir alle jeden Tag wieder von Neuem beginnen. Ihm ist das schwer erkämpfte Gleichgewicht der Tage abhanden gekommen, obwohl es so stabil und Erfolg versprechend wirkte. Diese Niederlage ist auch für uns Übriggebliebene schwer, die wir weitergehen müssen und versuchen, nach vorn zu schauen.

Ich denke an Hannah und ihre Familie, die den Tod in ihrem Haus ertragen müssen. An Gerd und Paul, die eine bedrohliche Zukunft vor sich wissen und dennoch nicht zurück können. Und ich sehe auch Harald vor mir, sein einsames Leben in der Hütte, zwischen den wunderbaren Zeichnungen, die womöglich die einzige Zukunftsvision enthalten, die er hat. Meursault ist nicht allein. Und auch ich bin nicht allein. Wir sitzen alle im selben Boot, hin und her schwankend im Auf und Ab des Lebens, in dem nicht leicht ein Gleichgewicht zu finden ist. Und auch das ist eine Erkenntnis, die ich Meursaults Kampf und seiner Niederlage zu verdanken habe.

Ich trauere um Meursault und um seine Zufriedenheit, um die Gerüche des Sommerabends in Algier, die meiner Erinnerung von fernen Gerüchen an der französischen Atlantikküste entsprechen, und um alles Fremde in der Welt, das verurteilt, ausgeschlossen und getötet wird. Vielleicht muss es so sein, dass nicht alles nebeneinander bestehen kann. Das Recht des Stärkeren schaltet sich ein, oder das Recht der Vielen. Und natürlich haben sie Recht, wenn es um Mord geht und darum, Unschuldige zu beschützen. Was bleibt, ist die Traurigkeit. Und das Wissen um die tausend Möglichkeiten, von denen nur ein Bruchteil wirklich möglich ist.

II

Ich klappe das Buch für heute zu und schalte den Laptop aus. Plötzlich muss ich an die rothaarige Frau vom Arnswalder Platz denken. Auch das Bild von ihr ist mir in den letzten Tagen abhanden gekommen. Ich lehne mich auf dem Schreibtischstuhl zurück, schließe die Augen und lasse mich von den Bildern dieser Begegnung überfluten. Meine Stärke an jenem Morgen und die Bewunderung in ihren Augen, ihre nackten Füße im Regen, ihr glockiges Lachen und die blauen Augen ihrer Hündin, die mir ungefragt nachfolgte. Das regennasse Hundefell unter meiner Hand und der Gummigeruch meines gelben Friesenmantels. In meinem Bauch zieht sich etwas zusammen, um dann warm und freudig durch meine Kehle zu fließen. Ich sehne mich nach der Glockenfrau. Oder vielleicht ist es meine Stärke, das Gefühl uneingeschränkten Vertrauens, in das Leben, in die Zukunft, das ich vermisse. Wieder und wieder sehe ich in Gedanken den kurzen Moment vor mir, in dem sich unsere Blicke trafen, während wir beide über den Hund lächelten. In diesem Blick lag ein geheimes Verständnis, zumindest scheint es mir nun so. Ich habe das Gefühl, die Glockenfrau zu kennen und von ihr gekannt zu werden, dabei weiß ich nicht einmal ihren Namen.

Wenn ich meinem Meditationsbuch Glauben schenke, ist jede Verliebtheit nur ein Bewusstwerden der eigenen Schwäche. Der im Egoverstand gefangene Mensch, der sich von allen anderen getrennt fühlt und sich ängstigt, sucht unterbewusst nach einer Ergänzung, einem Partner, der ihn vervollkommnen und ihm so die Angst nehmen kann. Insofern wäre es kein Wunder, dass mich dieses Sehnen jetzt, nach den schwächenden Erlebnissen der letzten Tage trifft, auch wenn es scheinbar aus heiterem Himmel kommt. Das ist nur eine Redewendung. Der Himmel war nicht heiter, und ich bleibe innerlich aufgewühlt und geängstigt zurück. Am Anfang steht wieder die Angst, vor dem Alleinsein, vor dem Gefühl des Getrenntseins und der Entfremdung. Viele Liebende schließen sich in ihrer wohlbehüteten Zweisamkeit ein wie in einem kostbaren Kokon, ohne zu merken, dass sie dadurch die Getrenntheit nur verlagern. Vielleicht fühlen sie sich innerhalb dieses Kokons wirklich sicherer. Sie sind dort zumindest zusammen allein. Das tiefe Gefühl des Mangels kann für eine Weile verschwinden.

Die Schlussfolgerung würde lauten, dass man das Bedürfnis, sich an andere zu binden, nicht mehr bräuchte, wenn man erst durch Meditation und Bewusstwerdung die tiefe Verbundenheit aller Lebewesen und Dinge empfunden hätte. Egal ob allein, zu zweit oder in einer Gruppe – man fühlte sich schon ganz und vollkommen. Es dürfte für das eigene Gefühl von Glück keinerlei Unterschied machen, ob man sich an jemanden binden würde oder nicht, zurückgeliebt würde oder nicht, denn man würde nicht sein Selbstgefühl davon abhängig machen. Wirkliche Liebe, die auf dem Gefühl tiefer innerer Verbundenheit beruht, bräuchte keine Erwiderung, um sich ihrer selbst sicher zu sein. Wieder muss ich an Hesse denken, an einen Satz aus dem „Demian", den ich mit sechzehn in mein Tagebuch notiert und nie wieder vergessen habe: „Liebe muss nicht bitten, auch nicht fordern. Liebe muss die Kraft haben, in sich selbst zur Gewissheit zu kommen. Dann wird sie nicht mehr gezogen, sondern zieht."

Bedingungslose Liebe. Göttliche Liebe. Das hört sich alles logisch an – aber irgendwie auch sehr unmenschlich. Ich frage mich, ob es schlimm ist, schwach zu sein und sich zu einem Menschen hingezogen zu fühlen, von dem man denkt, dass er den eigenen Mangel womöglich ausgleichen könnte. Zumindest ist es gefährlich: dieses imaginäre Wir, das eine Person mit einschließt, die man plötzlich zu kennen glaubt, obwohl man in Wirklichkeit noch nichts von ihr weiß. Man kann sich wunderbar darin verlieren.

Was soll's! Der Sog der Bilder und des Glücks, der in meinem Kopf entstanden ist, gewinnt schließlich die Oberhand. Trotz des trüben Wetters ziehe ich vom Schreibtisch auf den Balkon um, mache es mir mit Kaffee und Orangensaft gemütlich und schwelge in meinen glücklichen Fantasien über die Wiederbegegnung mit der Glockenfrau, gemeinsamen Unternehmungen mit dem Hund, zufälligen Berührungen... bis die Sonne schon einen guten Teil ihres Abstieges geschafft hat und es Abend geworden ist. Warum nicht, sage ich mir. Warum nicht dies bisschen Glück nach all dem Leid, das ich in den letzten Tagen mit angesehen habe. Heute ist Sonntag, mein freier Tag. Süderbrokwegfreier Tag. Am Dienstag ist die Beerdigung, und erst danach wird sich das normale Leben nach und nach seinen Platz zurückerobern. Warum also nicht ein paar schöne Bilder zwischen all den kraftzehrenden Ereignissen, die mir im Rückblick genauso fantastisch vorkommen werden wie meine Sehnsüchte, obwohl sie es nicht sind. Erschöpft gibt sich meine Seele ihren Träumen hin wie ein erschlaffter Körper, der sich nach großer Anstrengung in die warme Badewanne gleiten lässt.

Irgendwann stehe ich doch auf und schlage, um meinen Entschluss, mit dem Kinderkram aufzuhören, zu bekräftigen einmal ordentlich mit der Faust auf den Balkontisch. Ich gehe in die Küche um mir etwas zu essen zu machen und lege Marla Glen dazu auf. Natürlich bringt das die Glockenfrau sofort zurück. Wir tanzen zu „To Get Up Again" ausgelassen durch die Küche, während ich nebenbei Teller raushole und ihr Gemüse aus dem Kühlschrank zuwerfe. Dann, bei den leisen Klängen von „Enough", während ich mich zum Gemüseschneiden ans Buffet zurückziehe, mit dem Rücken zu ihr, damit sie mein Erröten nicht sieht, höre ich plötzlich ihr glockiges Lachen dicht an meinem Ohr...

Das geht bis zum Ende der CD so weiter, bis Nudeln und Soße fertig sind, Marla Glen fast gleichzeitig Ruhe gibt, und ich mich allein essend an meinem Küchentisch wieder finde und ein weiteres Mal belustigt den Kopf schüttle. Dann wird die Stille länger, und langsam kommt die Realität bei mir an. Ich kenne die Glockenfrau gar nicht. Und wahrscheinlich wird sie nie auch nur einen Fuß in diese Küche setzen. Schweigend im Kopf esse ich weiter. Traurigkeit senkt sich über mich, aber es ist eine Traurigkeit, die durchaus etwas Starkes, Märtyrerhaftes an sich hat. Ich spüre das Gewicht unzähliger vergangener Hoffnungen und Traurigkeiten auf meinen schmalen Schultern ruhen. So ist das Leben nun mal, versuche ich mir zu sagen. Dann schiebe ich mir noch eine Gabel voll Nudeln in den Mund und konzentriere mich auf das Kauen, das immerhin eine überschaubare und schmerzfreie Tätigkeit ist.

Erst nachdem ich mich eine ganze Weile meiner Kaumeditation hingegeben habe, fällt mir wieder ein, dass Mama gestorben ist. Dann muss ich an Meursaults Tag mit Marie denken und muss schlucken. In Gedanken mit der Glockenfrau durch die Küche zu tanzen ist vielleicht auch nicht besser als ins Schwimmbad oder ins Kino zu gehen. Vielleicht ist auch das eine Art Übersprungshandlung. Warum sonst würde der Traum von Nähe und Geborgenheit gerade jetzt in mein Leben drängen. Mama ist gestorben. Die Sehnsucht des kleinen Mädchens ist in den letzten Tagen wieder aufgeflackert, aber gleichzeitig ist die Möglichkeit einer späten Erfüllung des Traumes durch Mama gestorben. Ich habe diese Aufgabe unbewusst an jemand anderen weitergegeben. Und womöglich hat auch Meursault Marie kennengelernt, weil er gerade seine Mutter beerdigt hatte.

Über den Trümmern meines Nudelgelages kommt die Ernüchterung, kalt aber nicht schmerzhaft. Die roten Schlieren auf dem Teller sind nur Tomatensoße. Ich stelle den Teller in die Spüle und gieße mir ein großes Glas Leitungswasser ein, das ich in einem Zug herunterkippe. Es gibt viel nachzuspülen in diesen Tagen. Obwohl meine Gedanken sich geklärt haben, fühlt mein Kopf sich immer noch verstopft und undurchsichtig an. Mir fällt auf, dass ich heute noch gar nicht draußen war. Der Nieselregen hat für eine Weile aufgehört, und ich nehme meine Regenjacke vom Haken und laufe los. Egal wohin, denke ich, nur nicht zum Arnswalder Platz. Schulz hat schon zugemacht, und ich nehme mir vor, ihn morgen mal zu besuchen, dann laufe ich weiter, schnellen Schrittes über den Kollwitzplatz bis zu den gelben Backsteintürmen der Kulturbrauerei, deren riesiges geöffnetes Metalltor mich anzieht wie ein Magnet.

Ich war lange nicht mehr hier. Der Typ vom Musikladen schließt gerade ab, und aus beiden Richtungen strömen Menschen in den Hof, die zu einem Konzert oder ins Kino wollen. Vom Grillstand schlägt mir würziger Bratwurstduft entgegen, aber ich bin satt und resistent. Trotzdem habe ich Lust, eine Weile hier zu bleiben und unter Leuten zu sein. Ich kaufe mir am Grillstand ein Bier und setze mich auf die Stufen, die zum Restaurant führen. Die Menschen um mich herum sind ausgelassen und fröhlich, aber ich fühle mich nicht fremd unter ihnen. Ich kann mir plötzlich vorstellen, zu ihnen zu gehören, die Stufe und das Bier mit jemandem zu teilen, der mit mir zusammen auf den Beginn der Kinovorstellung wartet. Ich schiebe das sofort auftauchende Bild der Glockenfrau weg und ersetze sie in Gedanken durch Christiane oder Hannah. Nein, nicht Hannah, denke ich dann. Nicht an meinem süderbrokwegfreien Tag. Lieber Gerd oder Schulz oder sogar Harald. In Gedanken zähle ich all die Menschen auf, mit denen ich gern meine Stufe teilen würde. Es sind nicht viele, aber auch nicht wenige. Und zu ihnen fühle ich einen eindeutigen Bezug. Freundschaft.

Während ich an meinem Bier nippe und mir eine Zigarette drehe, merke ich, wie sich bei diesem Gedanken ein wohlig warmes Gefühl in meinem Bauch ausbreitet. Ich nehme mir vor, Gerd und Christiane bald anzurufen, gleich nach der Beerdigung. Vielleicht haben mich die Tage bei Hannah sozialer gemacht. Vielleicht ist das Bedürfnis nach menschlicher Gemeinschaft eine Art Sucht, die stärker wird, wenn man sie kultiviert.

Ich fühle kurz nach meiner hinteren Hosentasche. Das weiße Heftchen ist da, und ich habe Lust, meine Empfindung dort zu verewigen, auch wenn sie nicht zerstörerisch ist. Ich borge mir am Grillstand einen Kuli und schreibe:

|| Sonntag, 22. 09. | freudiges Wärmegefühl im Bauch | (Situation:) unter Menschen in der Kulte, Gedanken an meine Freunde | (vermutete Reaktion anderer:) genauso | (Übereinstimmung:) 10! ||

Eigentlich war es ein erfolgreicher Tag, denke ich. Ich habe gut gearbeitet, mein Heft benutzt und an meine Freunde gedacht. Das wären vermutlich die drei Punkte, die ich in mein Tagebuch einschreiben würde. Dass ich den halben Abend in Gedanken an die Glockenfrau auf dem Balkon verbracht habe, würde nicht unter die Rubrik „Worauf ich heute stolz sein kann" fallen, wohl aber, dass ich die Verbindung zwischen dem Sehnen nach ihr und dem Verlust von Mama gesehen habe. Dann muss ich schmunzeln. Ich frage mich, wie lange es dauern wird, bis ich die allabendliche Etikettierung des Tagesgeschehens wieder aus meinem Kopf bekomme. Erstens, zweitens, drittens…

Warum eigentlich? Warum drei Dinge und nicht vier oder fünf? Und warum den Tag begrenzen auf das, was man gut gemacht hat? Das Leben ist so vielfältig und reich, und die ‚schlechten' Dinge gehören genauso dazu wie die ‚guten'. Was ist überhaupt gut und was schlecht? Ist es etwa nicht gut, dass ich in meiner Fantasie einen schönen Tag mit der Glockenfrau verbracht habe? Und was ist so toll daran, sich ein paar Stunden einer konzentrierten Arbeit zu widmen, anstatt ins Kino zu gehen oder mit Freunden zu brunchen? Das sind doch alles nur Kategorien, denke ich. Kategorien, die gut meinende Therapeuten für ihre Patienten aufstellen, um ihnen mehr Halt und Struktur im Leben zu geben. Doch jede Struktur ist letztlich ein schwarz-weiß-gemaltes Trugbild, das die Buntheit des wirklichen Lebens nicht zu fassen vermag. Erst wenn man die Fülle des Lebens tief in sich fühlt, die Gesamtheit sowohl negativer als auch positiver Energien, erst dann beginnt man, das Leben wirklich zu verstehen. Erst dann beginnt man, sich selbst zu verstehen. Denn es gibt kein Selbst außerhalb vom Leben. Wir sind Leben. Ich bin Leben. Und alle Schwingungen dieser Welt hallen in meinem Innern wider.

Mit diesen Gedanken trinke ich mein Bier aus und stehe auf. Während ich geduldig am Stand warte, bis ich dran bin, mein Glas und den Kuli abzugeben, überlege ich, dass es bestimmt ein gutes Zeichen ist, sich nach Jahren einer Empfehlung seiner Therapeutin zu widersetzen. Keine Etikettierungen und Listen mehr. Ich möchte diese Vereinfachung des wirren Lebens nicht mehr brauchen. Irgendwann werde ich auch das weiße Heftchen nicht mehr brauchen, weder für negative noch für positive Gefühlsregungen. Ich werde meine Gedanken und Gefühle nicht mehr in Schubladen stecken müssen, um sie zu ertragen. Und dann werde ich mich auch frei genug fühlen, um unbesonnen in den Tag hineinzuleben und den Plan über meinem Küchentisch zerreißen.

Mit einem Lächeln gebe ich mein Glas ab und schlendere weiter Richtung Kino, hin zum Ausgang, hinter dem die nächtlichen Straßen von Berlin auf mich warten. Ich spüre das Leben pulsieren, in meinen Adern und in dieser Stadt, in deren Rhythmus ich aufgewachsen bin. Zum ersten Mal seit langem wird mir bewusst, wie wohl ich mich hier fühle. Ich bin zu Hause. Ich bin nicht fremd in diesem Viertel, in dem ich jede Straße kenne, Freunde habe und eine gemütliche Wohnung. Das ist es doch, Zugehörigkeit. Ich gehöre dazu, denn ich lebe hier und schwinge mit im Puls der Stadt.

Am Ausgang überlege ich kurz, welchen Weg ich einschlagen soll. Es spielt keine Rolle. Wo man zu Hause ist, führen alle Wege heim: immer der Nase nach, kreuz und quer durch die nächtlichen Straßen, wie ein Hund, der den Duft seiner Fährte in sich trägt.

III

Zweiter Teil, viertes Kapitel: „Selbst auf einer Anklage-
bank ist es immer interessant, von sich sprechen zu hören."

Auch das vorletzte Kapitel des „Fremden" spielt im Gerichtssaal, wo die Abschlussplädoyers gehalten werden und
eine Entscheidung getroffen werden muss. Meursault wundert sich über die Tiraden der Anwälte, die ihn betreffen, ohne
dass er sich dazu äußern darf. Einmal mehr fühlt er sich über-
flüssig, denn obwohl er die Hauptfigur in diesem Prozess ist,
läuft alles ohne sein Zutun ab. Der Staatsanwalt hat alle Fakten sauber und ordentlich zu einem sinnvollen Ablauf zusammengefügt, der mit Hitze und Zufall nichts mehr zu tun hat.
Meursault wird als kriminelle Seele eingestuft, als intelligen-
ter Mörder, der seine Tat gründlich geplant hat und sie nicht
bereut. Keine mildernden Umstände heißt das.

Meursault ist weniger über die Verfälschung der Fakten
erstaunt als über die Hingabe, mit der ihn der Staatsanwalt
zum Kriminellen degradiert. Zumindest in Gedanken versucht er, sich zu rechtfertigen und dem Anwalt seinen Charakter zu erklären:

„Sicher, ich konnte nicht umhin zu erkennen, dass er
Recht hatte. Ich bereute meine Tat nicht sehr. Aber soviel
Hartnäckigkeit überraschte mich. Ich hätte gern versucht, ihm
brüderlich, fast mit Zuneigung zu erklären, dass ich nie etwas
wirklich habe bereuen können. Ich war immer eingenommen
von dem, was gleich geschehen würde, vom Heute oder vom
Morgen."

Es ist wie ich vermutet habe, Meursault lebt im Hier und
Jetzt, ein wenig noch in der Zukunft, aber kaum in der Ver-
gangenheit. Deshalb ist er so wenig verletzlich und egois-
tisch. Er durchlebt die Bedürfnisse und Empfindungen des
Moments, ohne sie in Zusammenhang mit einem falschen
Selbstbild und dessen Vergangenheit zu bringen, in deren

Kontext die Dinge erst problematisch würden. Erst wenn das Ego mit im Spiel ist, würde mein Meditationsbuch dazu sagen, werden Dinge, die an sich nichts Persönliches haben, zu persönlichen Problemen: das Wetter, der Verkehrsstau oder die Rücksichtslosigkeit anderer Menschen. Und dann ärgert man sich darüber. Meursault tut das nicht, oder er tut es sehr selten. Das gehört mit zu seiner Fremdheit, die dem normalen menschlichen Egozustand völlig widerstrebt. Jemand, der sich nicht ärgert, sich nicht begeistert und nicht bereut, wirkt wie ein Fremdkörper in der Gesellschaft. Mir kommt das Bild von einem Verband Krebszellen in den Sinn, die ihren Wirt und damit auch sich selbst unaufhaltsam zerstören. Meursault ist wie eine einzelne Zelle, die in diesem zerstörerischen Spiel einfach nicht mitmacht. Sicher ist auch er infiziert vom Egogeist, aber seine Infektion mit dem menschlichen Wahnsinn ist so leicht, dass er kein Bedürfnis empfindet, ihn weiter voranzutreiben. So ist seine Veranlagung, und man könnte meinen, er habe Glück gehabt damit. Wäre da nicht die Sache mit dem Mord, ein eindeutiger Auswuchs menschlichen Wahnsinns. Wie ist es dazu gekommen? Ist die Krebszelle mutiert? Oder hat wirklich ein Zufall sie explodieren lassen?

Meine Gedanken schweifen kurz zu Gerd und Paul, obwohl ich nicht weiß, ob Aidszellen genauso verfahren. Eine einzige meuternde Aidszelle könnte womöglich lebensrettend sein. Kann man kranke Zellen mit Gesundheit anstecken? Kann man egokranke Menschen mit „Fremdheit" anstecken? Aber was soll der Mord?

Ich gehe weiter im Text, der vielleicht weitere Antworten bereithält, da der Staatsanwalt nun beginnt, über Meursaults Seele zu sprechen. Auch Meursault hört interessiert zu, während der Anwalt erklärt, er habe sich weit über Meursaults Seele gebeugt und keine gefunden. Meursault habe keine Seele. Nichts Menschliches und keines der moralischen Prinzipien, die des Menschen Seele behüten, sei ihm zugänglich. Er findet dafür poetische Worte, die der Tragik seiner

Behauptung gerecht werden: „Die Leere des Herzens, wie man sie bei diesem Manne entdeckt, wird zu einem Abgrund, in dem die Gesellschaft erliegen kann." Der daraus zu ziehende Schluss ist eindeutig: Meursault wird die Möglichkeit, in dieser Gesellschaft zu leben, abgesprochen. Er habe dort nichts zu suchen, da er die grundlegenden Regeln nicht verstehe. Noch einmal gebraucht der Anwalt den Begriff des Monströsen, um Meursaults Hinrichtung zu legitimieren, die er im Namen der Gesellschaft verlangt.

Am Ende der langen Anklagerede ist Meursault betäubt von der Hitze im Saal und der Verwunderung. Auch wenn der Staatsanwalt im Text als gemeiner, übermoralischer Spielverderber dargestellt wird, so bestätigt er mir doch einige meiner eigenen Vermutungen: das Monströse und Gesellschaftsuntaugliche an Meursault, seine Fremdartigkeit und Niedersensibilität, die dem Tierischen näher ist als dem Menschlichen. Natürlich ist es falsch zu sagen, Meursault habe keine Seele. Aber sie ist vielleicht tatsächlich weniger menschlich als die meisten anderen, eine im positiven Sinne reine tierische Seele, die nicht durch moralische Konventionen, Gedankenurteile oder eine konstruierte Vergangenheit beeinflusst wird. Der Seelenbegriff des Staatsanwalts schließt das menschliche Ego mit ein, das Meursault weitestgehend fremd ist. Insofern ist es kein Wunder, dass er die Welt nicht mehr versteht. Er versteht sie genauso wenig wie ein Tier, dessen Verhalten man nach menschlichen Kriterien richten würde. Aber ein Tier würde nicht ohne Grund töten. Es ist das unterdrückte Menschliche in Meursault, das tötet. Und das muss mit menschlichen Maßstäben gerichtet werden.

Meursault verfolgt kaum mit halbem Ohr die Verteidigungsrede seines Anwalts. Er fühlt sich zu müde in der Hitze des Saals. Nur einmal wird er aus seiner Trägheit gerissen, für einen kurzen lyrischen Moment, in dem einmal mehr das Leben draußen in sein Bewusstsein dringt:

„Am Ende erinnere ich mich nur, dass von der Straße, durch die ganze Weite der Zimmer und Gerichtssäle, während mein Anwalt weiterredete, die Glocke eines Eisverkäufers bis zu mir gedrungen ist. Ich wurde bestürmt von den Erinnerungen an ein Leben, das mir nicht mehr gehörte, in dem ich aber die ärmlichsten und die beharrlichsten meiner Freuden gefunden hatte: Die Düfte des Sommers, das Viertel, das ich liebte, ein bestimmter Abendhimmel, das Lachen und die Kleider von Marie. Alles Unnütze, was ich an diesem Ort tat, ist mir in die Kehle gestiegen, und ich hatte nur noch eine Eile, nämlich dass es endlich vorbei wäre und ich meine Zelle und den Schlaf wiederfände."

Meursault bekommt seinen Willen, und das Kapitel schließt mit der Urteilsverkündung: Meursault wird im Namen des französischen Volkes auf einem öffentlichen Platz der Kopf abgehackt werden. Er selbst hat dem nichts mehr hinzuzufügen. Er ist viel zu müde dazu. Er bemerkt noch, dass die Blicke der anderen im Saal sich verändert haben: Der Abscheu ist einem Ausdruck von Achtung gewichen. Plötzlich wird das gefühllose Monster in den Augen des Publikums zum Märtyrer, dem Mitleid entgegengebracht werden muss, und Achtung davor, dass er sein Schicksal so gelassen trägt. Es ist eine schöne Gesellschaft, denke ich, die einen Mann seelisch zum Monster macht, um ihn zum Tode zu verurteilen, ihn dann aber im Tod wieder zum Menschen erhebt, um ihn bemitleiden und achten zu können. Die Gesellschaft bestätigt in jedem Fall sich selbst und ihre Gesetze, die auf das echte Leben eben nur so gut passen, wie sie passend gemacht werden. Aber dass die im Namen der Menschlichkeit Verurteilenden dann als Beweis ihrer Menschlichkeit ihr Mitleid zur Schau stellen, das erscheint mir als der eigentliche Betrug. Meursault weiß um seine Tat, und er akzeptiert die ihm zustehende Bestrafung. So einfach ist es für ihn. Das Gericht hingegen verurteilt ihn ja nicht wegen der Tat, sondern wegen seiner angeblich verkommenen Seele. Für die dürfte es aber auch nach der Urteilsverkündung kein Mitleid empfinden.

Meursault ist mal wieder im Recht, denke ich. Er sieht die Klarheit und Einfachheit der Dinge, unabhängig von den Verstrickungen des menschlichen Geistes. Das ist es, worum ich ihn anfangs beneidet habe. Mittlerweile kommt es mir so vor, als fühlte ich mich ihm deswegen verbunden. Auch ich kenne die Einfachheit der Dinge und des Lebens, die nur eine Veränderung des Blickwinkels ist. Mag dieser Blick bei Meursault einer niedersensiblen Veranlagung entspringen, während ich ihn mir durch Übung immer wieder antrainieren muss – es bleibt dennoch eine verbindende Kraft zwischen uns, nicht ein verbindender Makel. Es ist nicht der Mörder und gefühllose Mensch Meursault, den ich in mir wiederzu-finden glaubte. Es ist der genügsame Mensch, der die Ein-fachheit des Lebens zu schätzen weiß, und der die Dinge des Lebens annimmt, wie sie sind. Was ich unter der kratzbürsti-gen Schale des „Fremden" mit Neid betrachte, ist die genüg-same, zufriedene Lebenseinstellung, bei der ich noch nicht ganz angelangt bin, nach der ich mich aber im tiefsten Grunde meines Herzens sehne.

Es tut gut, diese Verbindung zu durchschauen, und nicht mehr nach Wegen suchen zu müssen, den Mörder Meursault zu entschuldigen oder mich, die ich mich ihm ähnlich fühle. Es gibt einen guten Grund, sich zu Meursault hingezogen zu fühlen.

Ich schiebe das Buch weg und entlasse meine Anspan-nung in einem tiefen Seufzer. Bevor ich den Computer aus-schalte, schaue ich noch in die Mail. Christiane hat geantwor-tet, wie es mir gehe und wann wir uns sehen könnten. Ich merke, dass mich schon diese einfachen zwei Fragen überfor-dern, und ich habe Lust, die Mail gleich rauszulöschen, tue es dann aber doch nicht. Sie kann nichts dafür, dass ich mit den Nerven runter bin und schlecht geschlafen habe. Ich antworte kurz, dass die Beerdigung am morgigen Dienstag sei, und dass ich erst danach wieder an Verabredungen denken könne. Das klingt schon wieder nach Trotz und Selbstmitleid, deshalb lösche ich die zweite Satzhälfte und schreibe stattdessen, dass ich mich danach bei ihr melden werde. Dann schalte ich den Computer aus und gehe in die Küche. Trotz meines nächtlichen Spaziergangs gestern bin ich sehr früh aufgestanden, weil ich nicht mehr schlafen konnte. Es ist noch nicht einmal zehn Uhr. Der ganze Tag liegt noch vor mir, aber das erschreckt mich eher als dass es mich freut. Ich fühle mich schon jetzt hundemüde. Was mich davon abhält, sofort wieder ins Bett zu fallen, ist allein die Tatsache, dass ich noch nichts gegessen habe und mein Magen knurrt wie ein verärgerter Hund. Es ist Montag und ich bin total abgebrannt. Ich verschiebe den Großeinkauf auf den Nachmittag und beschließe stattdessen, mir ein vernünftiges Frühstück bei Schulz zu gönnen. Er ist einer der wenigen Menschen, denen ich auch schlecht gelaunt und auf nüchternen Magen begegnen kann, ohne dass daraus ein Problem wird.

Die kühle Luft überrascht mich. Unter der dünnen Kapuzenjacke kräuselt sich meine Haut erschrocken zusammen, und ich schlüpfe schnell durch die Tür ins warme Café. Als Schulz mich sieht, versucht er es mit einem vorsichtigen Lächeln. Ich war eine Weile nicht hier, kein gutes Zeichen. Dann umarmt er mich wortlos und hält mich lange fest, während sich etwas in mir löst und dicke Tränen beginnen, über meine Wangen auf seinen Rücken zu kullern. Ich kralle instinktiv meine Finger in seinen Wollpulli, damit er mich nicht loslässt. Sein Hals riecht nach Aftershave und Kuchen. Erst nach einer ganzen Weile lockere ich meinen Griff, und Schulz führt mich an den Schultern zu meinem Lieblingsplatz in der Fensterecke. Bis der Milchkaffee vor mir steht, habe ich mich soweit gefangen und meine Tränen getrocknet, aber der Kloß im Hals puckert und schmerzt noch so heftig, dass ich mich unfähig fühle, auch nur ein Wort zu sagen. Schulz stellt mir zum Kaffee ein extragroßes Glas Leitungswasser hin, das ich fast in einem Zug gierig austrinke, während er sich mir gegenüber setzt und mich lächelnd beobachtet. Er sagt nur „Ach, Kleene". Als ich ausgetrunken habe, legt er mir seine Finger à la Spock an Kinn und Schläfen und beginnt mit der Gedankenübertragung: „Großes Frühstück mit Ei, hart gekocht, Käse, Joghurt natur, viel Obst, keine Wurst, großer Möhrensaft frisch gepresst. Richtig?" Ich nicke noch etwas verquollen, aber schon mit einem halben Lächeln, dann lässt Schulz mich mit einem Zwinkern allein und verzieht sich nach hinten in die Küche.

Das Café ist zum Glück fast leer, ich erkenne nur zwei Stammkunden wieder, einen bärtigen Typen im Strickpulli, der oft an dem kleinen Tisch gleich rechts neben dem Eingang sitzt, einen doppelten Espresso schlürft und die „Berliner" durchblättert, und einen rotwangigen Schlips-und-Kragen-Heini, den ich irgendwie unsympathisch finde, obwohl er immer nett und zuvorkommend zu mir ist. Vielleicht deswegen. Auch er sitzt meistens am selben Platz, in einem der dicken Ledersessel vor der Theke, wo er irgendwas am Laptop arbeitet. Ich merke, dass er mir hin und wieder einen verstohlenen Blick zuwirft, den ich gewissenhaft ignoriere. Mein Leben geht den gar nichts an.

Erst als ich den Blick in Richtung Küche schweifen lasse, um zu sehen, ob im hinteren Raum noch Leute sitzen, sehe ich sie: Vor dem Durchgang, über der Blümchencouch, hängen Haralds Cornflakespappen, gut zehn Stück zu einem Mosaik zusammengefügt, das nun ein großes, wirres Gemälde aus Linien ergibt, denen sich mein Blick kaum entziehen kann. Ich nehme einen großen Schluck Milchkaffee, dann stehe ich auf und gehe zu den Bildern. Auf der linken Seite des Mosaiks erkenne ich die drei Pappen wieder, die Harald mir bei meinem Besuch mitgegeben hatte. Auch ein paar weitere Zeichnungen kommen mir bekannt vor, vielleicht habe ich sie damals an Haralds Wänden in der Hütte gesehen. Ich habe das Gefühl, als wäre das schon ewig her. In der Mitte

193

des Mosaiks hängt als Blickfang ein Bild, das ich noch nicht kenne: Es ist eine zweifarbige schwarz-rote Spirale, in der sich mein Blick verfängt. Sie scheint sich tatsächlich zu drehen. Das Rot ist kräftig und dunkel und wurde mit dicken Pinselstrichen auf die blütenweiße Pappe aufgetragen. In den Zwischenräumen und teils über der dicken roten Spirale kringeln sich feine schwarze Filzstift-Striche zu Linien, Karomustern und Blumen. Es ist wunderschön.

„Toll, oder?" Schulz' Kopf ragt über der Küchentheke hervor. „Ja, echt", rufe ich beeindruckt durch den Durchgang zurück. Ich sage Schulz nicht, dass mich der Gedanke an Harald auch traurig macht, weil ich das Gefühl hatte, mich ihm gegenüber danebenbenommen zu haben und weil mir seine Einsamkeit, in der ich mein eigenes Leben gespiegelt sah, Angst machte. Obwohl ich Schulz gern nach Harald und seiner Begegnung mit ihm fragen würde, bleibe ich still. Vielleicht später.

Ich betrachte die Bilder noch eine Weile, bevor meine Gedanken abschweifen und mich eine unbestimmte Traurigkeit wie eine Welle überspült. Ich sehe plötzlich das fröhliche Lachen der rothaarigen Frau vor mir, dann Mamas wächsernes Gesicht zwischen den Kissen, Hundebellen, Tims Stupsnase, Hannahs verweintes Gesicht. Es dauert eine Weile, bis mir der Grund für diesen Bilderansturm klar wird: Im Hintergrund singt die Sängerin Dota mit ihrer leisen Stimme, die mir bis tief in die Eingeweide kriecht, über einen verlorenen Traum. Ich kenne die Platte. Gleich kommt mein Lieblingslied, das noch schöner und noch trauriger ist. Ich hole schnell den Tabak und die Taschentücher von meinem Tisch in der Ecke und gehe nach draußen vor die geöffnete Tür. Ich will das Lied unbehelligt von den Blicken des Schlipsheinis genießen können. Mich fröstelt. Ich lasse mich auf die Türschwelle fallen und ziehe die Beine fest an den Bauch. Ich schaffe es gerade, mir die Zigarette anzuzünden, bevor das

Lied beginnt und die Tränen aus meinem Innern erneut beginnen, sich ihren Weg nach draußen zu bahnen.

Rauchen hilft. „Man merkt es dann nicht so", wie es eine bekannte Schriftstellerin mal so treffend formulierte. Es stimmt, rauchen hilft. Was auch immer es ist, was im Innern brodelt oder in der Kehle pocht, man merkt es dann nicht so. Vielleicht ist es der leichte Schmerz, den man seinem Körper bei jedem Zigarettenzug zufügt, und der in solchen Momenten zu dem Schmerz im eigenen Innern passt. Wissentlich misshandelt man seinen Körper, die lebenswichtigen Atmungsorgane, die einen mit Sauerstoff versorgen sollen. Rauchen hat etwas Lebensverneinendes. Es passt zum Trotzgefühl der Pubertät. Dann raucht man weiter und vergisst warum, man gewöhnt sich einfach daran und wird süchtig nach dem würzigen Ziehen in der Lunge, das die Gedanken und Gefühle für einen Moment überschattet. Ich überlege, dass es vielleicht diese existentielle Angst vor dem Tod, vor dem keine-Luft-mehr-kriegen ist, die einem erlaubt, alle Sorgen zu vergessen. Das Rauchen als alltägliche Meditation über den eigenen Tod, der früher oder später eintreten wird, oder über die Möglichkeit, dem Leben ein selbst gewähltes Ende zu setzen. Ich frage mich gerade, wie viel Prozent der Selbstmörder wohl Raucher sind, als der Refrain einsetzt und es mir die Kehle zuschnürt. Ganz leise, ganz zärtlich und unendlich traurig singt Dota:

> ♫ ♪ *Nur Dein liebes Gesicht*
> *macht mich zu Hause auf der Welt.* ♪ ♫

Ich rauche und weine und frage mich, warum. Die Zeiten, in denen ich alleine durch die weite Welt gereist bin, sind lange vorbei, und vielleicht vermisse ich sie ebenso sehr wie das liebe Gesicht, das mich zu Hause machen sollte, und das

195

es schon lange nicht mehr gegeben hat. Wie in einem einzigen Moment alle Sehnsüchte zusammen kommen können – all die verpassten Chancen der Jugend; die Erinnerung an all jene Orte, an denen man glücklich zu sein glaubte, und auch an all jene, an denen man nie gewesen ist; unzählige Verliebtheiten, die nie eingelöst wurden und schwammige Sehnsüchte nach mehr – mehr was eigentlich? Mehr als in Berlin einsam auf einer Türschwelle zu sitzen und weinend zu rauchen?

Ich denke an gestern Abend zurück, als ich auf meiner Stufe in der Kulturbrauerei saß und an meine Freunde dachte und auch daran, dass wir alle im selben Boot sitzen. Es war eine ähnliche Situation, in der ich glücklich war und mich nicht einsam fühlte. So schnell, von gestern auf heute, wird Vergangenheit geschrieben. Und so schnell, versuche ich mir zu sagen, wird auch dieser Moment vergehen.

Kurz darauf schon geht das Lied zu Ende und wird von den Reggaerhythmen des nächsten abgelöst. Ich trete die Kippe auf der Straße aus und schnaube ein letztes Mal in mein Taschentuch. Das Leben geht auf und ab, wie die Lieder auf einer Platte. Und drinnen im Café wartet ein königliches Frühstück auf meine exklusive Anwesenheit.

IV

Als ich erwache, ist es schon nach drei. Ich verfluche meine Trägheit und Schulz' Idee, nach dem Frühstück einen Schnaps zu trinken („auf den Schreck"), kann mich aber dennoch nicht zum Aufstehen überreden. Es ist nicht das erste Erwachen. Mir scheint, ich habe mich seit mindestens einer Stunde ständig zwischen Schlaf und Wachsein hin und her gewälzt, ohne aufstehen zu können, und sehr wahrscheinlich auch ohne den erholsamen Tiefschlaf gefunden zu haben, der sowohl zur physischen als auch zur emotionalen Ausnüchterung so nötig gewesen wäre. Mein Körper fühlt sich an, als hätte mir jemand Blei in die Zellen gespritzt, schwer und grau und todtraurig. Ich frage mich, wie solche todtraurigen Zellen unter dem Mikroskop aussehen würden. Ich stelle sie mir wie eine Wand betongrauer Waben vor, trist, hoffnungslos, abschreckend. Von Ferne her kommt ein Schwarm leuchtend gelber, fröhlicher Bienen herangeflogen und will sich gierig über die Waben hermachen, aber als die ersten erregten Rüssel den kalten Beton berühren, läuft ein furchtbarer Schreck durch den Schwarm. Die Bienen drehen sich in Todesangst weg und suchen das Weite. Dann sind die todtraurigen Betonzellen wieder allein und werden noch todtrauriger.

Ich merke, dass ich wieder in eine Traumwelt hinüberzugleiten drohe und dass das süße Versprechen auf Schlaf mich erneut zu übermannen droht. Mit einem Ruck setze ich mich auf. Irgendwo tief in mir scheint es doch Reserven an Willenskraft zu geben, die von der körperlichen Intelligenz nach Bedarf aktiviert werden können. Ich vertraue darauf, dass es einen Sinn darin gibt, aufzustehen, weil ich es sonst ja gar nicht geschafft hätte. Ich hebe erst eines meiner bleischweren Beine aus dem Bett, dann das zweite, bis beide Füße den Boden berühren und ich auf der Bettkante zu sitzen komme.

Dann reibe ich mir so gut es geht das Blei aus Augen und Gesicht und stoße mich mit einem Ruck von der Bettkante ab.

Kaffee, denke ich, bis mir einfällt, dass ich keine Milch mehr habe und auch sonst kaum noch etwas im Kühlschrank ist. Ich muss dringend einkaufen. Allein der Gedanke daran, raus zu gehen und unter Menschen zu sein überfordert mich. Ich lasse mich auf einen Küchenstuhl fallen und starre eine ganze Weile unschlüssig vor mich hin, bis mir einfällt, dass noch etwas Mangosaft im Kühlschrank sein müsste. Es ist nur noch ein Schluck, aber er rettet mich aus der Trägheit, ein orangefarbener eiskalter und zuckersüßer Schluck Leben, der wie ein wertvolles Lebenselixier die grauen Betonzellen für einen Moment mit Licht durchdringt. Mit diesem Schluck Saft im Bauch schaffe ich es, aufrecht zu bleiben und eine Entscheidung zu treffen. Der Rest geht automatisch: Ich ziehe mir Regenjacke und Schuhe an, werfe mein Portemonnaie in den Rucksack, nehme den Schlüssel und ziehe die Wohnungstür hinter mir zu. Abschließen noch, dann Stufe für Stufe nach unten, nicht zu viel denken, einfach Schritt für Schritt bis zum Kiosk, an dem es Kaffee mit viel Milch gibt, und dann weiter bis zum Bioladen, langsam, alles ganz langsam.

Der dicke Verkäufer sieht mich fragend an, als ich reinkomme, vielleicht weil Montag ist, oder weil er mir mehr ansieht als ich ihm zutraue. Ich bestelle einen Kaffee zum Mitnehmen mit viel Platz für Milch, und er fragt, ob es noch was sein darf, Blättchen, Filter? Ich antworte mit angeekeltem Blick, dass ich nicht mehr rauchen will, und bin mindestens genauso überrascht darüber wie der Verkäufer. Aha, sagt er, dann also achtzig Cent. Ich habe das Gefühl, ihn getroffen zu haben und will etwas Entschuldigendes sagen, aber mir fällt nichts ein. Ich kippe soviel Milch in den Becher wie reinpasst, und dann fällt mir doch noch ein versöhnliches ‚Bis Donnerstag' ein, weil ich da die Zeitung kaufen werde. Ich drehe mich weg und gehe, ohne zu sehen, ob er meine Entschuldigung angenommen hat. Es ist mir egal. Ich versuche, mich nicht zu märtyrerhaft zu fühlen, aber es gibt nun mal Tage, an denen die Schwere der Existenz bis an die Oberfläche des Bewusstseins gelangt und an denen alles andere unwichtig wird.

Die frische Luft und das Koffein tun gut, auch das bedächtige Schritt-für-Schritt, das meinem inneren Chaos einen Rhythmus gibt. Da der Kaffe noch halb voll ist, beschließe ich, bis zum großen Biomarkt weiterzugehen. Ich fühle mich fast schon gestärkt genug, um in die anonyme Menge der Einkäufer einzutauchen.

Vorm Eingang des Ladens sitzt die Hündin Laska und bellt unwirsch in Richtung Tür. Ich stöhne innerlich auf. Muss ich der Glockenfrau gerade in so einer Verfassung wiederbegegnen? Während ich noch überlege, ob ich mich vorbeischleichen sollte, hat Laska mich schon entdeckt und kommt auf mich zu, soweit es ihre Leine, die an einem Abflussrohr befestigt ist, erlaubt. Es freut mich, dass sie mich wiedererkennt, und ich muss sogar lächeln, als ich mich hinhocke und sie mir ein paar Mal über den Mund leckt. Dann sehe ich sie kurz stutzen – und ein paar Schritte rückwärts gehen, bis sie mit dem Hintern an der Wand steht, die Hinterläufe leicht geknickt und den Schwanz halb eingezogen. Sie sieht plötzlich verwirrt und traurig aus, und mir wird klar, dass sie meine negative Energie gespürt hat. Wie die fröhlichen Bienen, die vor den grauen Betonwaben zurückschrecken. Das ganze Elend in meinem Innern kommt wieder hoch. Warum muss alles in einem Strudel runter und immer weiter runter führen, während man ohnmächtig daneben steht und nichts tun kann als zu weinen oder sich unter der warmen Bettdecke in den Schlaf zu flüchten? Warum muss sogar ein Hund sich ängstlich abwenden, anstatt mir mit seinem weichen Fell und seinen lieben Augen Trost zu spenden?

Die Tränen kommen aus mir herausgeschossen, und ich weiß, dass ich sie nicht aufhalten kann. Ich schleppe mich wenigstens ein paar Meter vom Ladeneingang weg und lasse mich auf die Stufe eines Hauseingangs fallen. Verzweifelt suche ich in meinem Rucksack nach Taschentüchern, finde aber keine. Stattdessen schiebe ich den Regenmantel an einem Arm ein Stück nach oben und wische mir die Augen mit dem Pulloverärmel ab, immer wieder, weil der Tränenschwall nicht stoppen will. Aus den Augenwinkeln sehe ich, dass die Hündin Laska noch immer dasteht wie vorher und ängstlich guckt. Mir wird klar, dass die Glockenfrau jeden Moment aus der Tür treten und mich so sehen kann. Was für ein Unterschied zu jener Frau am Arnswalder Platz, deren Stärke sowohl sie als auch ihre Hündin fasziniert hatte, damals, vor nicht einmal zehn Tagen, als Mama noch lebte und das Gleichgewicht der Tage noch nicht zerstört worden war. Die Zeit „davor" kommt mir nun wie ein weit entferntes Leben vor, wie das Leben einer anderen, die nichts mit dem Häufchen Elend auf dieser Stufe gemein hat.

Der Schmerz und das Selbstmitleid sind stärker als die Scham, und ich bleibe schluchzend sitzen. Vielleicht will ich ja sogar, dass die Glockenfrau mich sieht. Ich bin nicht die Frau von vor zehn Tagen, ich bin eine andere heute. Und es ist mein verdammtes Recht, traurig zu sein! Ich stütze meinen Kopf in die Hände, die Handwurzeln unter den durchnässten Pulloverärmeln in die Augenhöhlen gedrückt, und weine so stumm es geht vor mich hin, eingerollt auf meiner Stufe, wieder einer anderen Stufe als gestern Abend in der Kulturbrauerei oder heute morgen bei Schulz, und das, obwohl ich mich doch nicht hinsetzen und weinen wollte. Ich mache mich klein und eng und hoffe, dass mich niemand sieht. Dass die Menschen mich einfach in Ruhe lassen und auch sie vorbeigehen möge, ohne mich wiederzuerkennen. Gleichzeitig verfluche ich mich dafür, überhaupt vor die Tür gegangen zu sein. Die Sehnsucht nach der Stille meiner Wohnung steigert noch meine Wut. Warum bin ich überhaupt aufgestanden? Wozu dieser plötzliche Willensschub, der mich im Bett aufsetzen ließ? Damit ich der Frau begegne, nach der ich mich sehnte und ihr meine Schwäche und meine Jämmerlichkeit zur Schau stellen kann?

Endlos kreisen meine Gedanken, zwischen Selbstmitleid und Wut, Hass auf mich selbst und auf alle anderen, die trotz des grauen Montags gut gelaunt sind, aber auch Sehnsucht nach Erlösung und guten Gefühlen, nach der Geborgenheit eines warmen Körpers, an den ich mich schmiegen oder wenigstens einer warme Bettdecke, unter die ich mich verkriechen kann. Ja sogar nach der Gleichgültigkeit und Gefühllosigkeit eines Meursault sehne ich mich, dem nichts und niemand etwas anhaben kann.

Ein Anflug von Wärme und ein leichter Duft nach Lavendel dringen schließlich von der Seite bis zu mir durch und unterbrechen den Strudel in meinem Kopf. Als ich mir sicher bin, dass der Duft nicht nur flüchtig und schon vorübergezogen ist, nehme ich vorsichtig die Handwurzel ein Stück vom rechten Auge. Neben meinen Halbschuhen sehe ich ein paar nackte Frauenfüße in Sandalen. Die Glockenfrau hat sich neben mich gesetzt. Überrascht wage ich einen kurzen, verstohlenen Blick nach oben in ihr Gesicht, das mich ernst und freundlich anlächelt, aber als ich sehe, wie rotwangig und schön sie ist, werde ich erneut von einem Weinen geschüttelt und vergrabe mein Gesicht wieder in den Händen. Fast warte ich darauf, dass sie mir eine Hand auf den Arm legt oder mir über den Rücken streicht, aber es geschieht nichts dergleichen. Sie sitzt einfach still neben mir und ruft gelegentlich ihrer ungeduldigen Hündin leise ein paar Worte zu.

Sicher ist es kein Zufall, dass wir uns auf genau diese Art begegnen sollten, in einem Moment, in dem ich meine Schwäche nicht wie so oft hinter einer harten Mauer verbergen und als Stärke tarnen konnte. Sie ist trotzdem zu mir gekommen, Susanne, die Glockenfrau mit den nackten Füßen.

So wunderbar warm und weich waren die Stunden in ihrer Anwesenheit, dass die Schwermut sich verzogen hat, ganz sachte, chancenlos. Erst jetzt, zu Hause, merke ich, dass ich nichts eingekauft habe, und muss darüber lachen. Es ist fast halb neun, aber ich will zumindest noch kurz zum Kiosk, um Milch für den Kaffee morgen früh zu kaufen. Das letzte Camus-Kapitel wartet auf mich. Ich will es vor Mamas Beerdigung fertig haben, auch wenn es lang ist und ich früh werde aufstehen müssen.

Auf einmal fühle ich mich energiegeladen und voller Tatendrang. Ich ziehe nur die Schlappen an und springe zwei Stufen auf einmal nehmend die Treppen hinunter. Der dicke Verkäufer im Kiosk wundert sich nun erst recht, aber meine gute Laune scheint ihm doch sehr viel angenehmer zu sein als die miese Stimmung von heute Nachmittag, und ich schaffe es, ihn mit meinem Lächeln anzustecken. Ich kaufe Toastbrot, Scheibenkäse, Milch und Erdbeerjoghurt. An der Kasse lege ich noch schnell einen Kinderriegel dazu. Dann klemme ich mir die Sachen unter den Arm und laufe pfeifend nach Hause, während mir die Bilder des Nachmittags immer wieder durch den Kopf schießenen. Der heiße Ingwertee auf der Stufe neben dem Bioladen; Laskas vorsichtiges Näherkommen, nachdem Susanne sie gerufen hatte; endloses, schwereloses Schlendern durch die Straßen bis zum Arnswalder Platz; das Gespräch über Meursault auf der Parkbank, während wir Äpfel und Kekse aus ihrem Rucksack naschten. Und ihr Lavendelduft, der über all dem lag. Es gab keine Musik und kein Tanzen, nur eine zaghafte Umarmung zum Abschied. Alles war realistisch und stimmig. Und ich wusste, dass wir Freunde werden würden.

Auf unserer Parkbank am Arnswalder Platz musste ich mehrmals an Mama denken. Erinnerungsfetzen in Bildern mischten sich unter die Gespräche, und obwohl ich Susanne gegenüber nichts davon erwähnt habe, wusste ich, dass ich mit meiner Vermutung Recht gehabt hatte: Mama war gegangen und Susanne kam. In ihrem warmen Blick und ihrem fröhlichen Lachen suchte ich die Geborgenheit, die bei meinem Wiedersehen mit Mama für kurze Zeit als Möglichkeit durchgeschienen und dann mit ihr gestorben war. Irgendwann würde ich Susanne davon erzählen.

Vor mir auf dem Bürgersteig flucht ein Mann über die dicken Regenplatscher, die plötzlich wie aus dem Nichts vom Himmel fallen. Ich bleibe stehen, drehe den Kopf nach oben und schließe die Augen. Manchmal finde ich es beängstigend zu sehen, wie schnell Befindlichkeiten wechseln können. Beängstigend und auch schön. Wenn man einmal tief empfunden hat, dass nicht das ganze Leben von einer schlechten Laune abhängt, sondern nur dieser eine flüchtige Moment, in dem die Empfindungen, Gedanken und Stimmungen kommen und gehen, dann wird das Leben ungleich leichter und freundlicher. Als ich die Wohnungstür aufschließe und die Lebensmittel in der Küche verstaue, liegt ein Hauch von Demut in meinen Bewegungen. Auch schöne Momente kommen und gehen im Lichtstrahl des Augenblicks, und sie loszulassen ist auf eine andere Art schmerzlich. Ich versuche, dankbar zu sein für die schönen Stunden mit Susanne und für den jetzigen Augenblick, in dem ich glücklich bin und mich auf das vor mir liegende Leben freue. Dann beiße ich in den Kinderriegel und lasse mir die süße Masse aus Schokolade und Milchcreme genüsslich auf der Zunge zergehen. Gegen Dementoren und Weltuntergangsstimmung gibt es nichts Besseres als Schokolade. Und Lavendelduft.

V

Zweiter Teil, fünftes und letztes Kapitel: Meursault verbringt die Tage in seiner neuen Zelle, der Todeszelle, von der aus er auf dem Bett liegend den Himmel beobachten kann. Anfangs denkt er über Möglichkeiten nach, der Hinrichtung zu entkommen. Im Angesicht des Todes klammert er sich an die Hoffnung auf das Unmögliche. Wie alle Menschen. Zum ersten Mal scheint es ihm schwer zu fallen, die Dinge so zu nehmen, wie sie sind, aufzugeben, loszulassen. Er ärgert sich darüber, nie zu einer öffentlichen Hinrichtung gegangen zu sein. Wenn er je wieder draußen wäre, so sagt er sich, würde er es tun. Seine Gedanken spinnen sich einen Weg in die Freiheit, für den er im Hier und Jetzt bezahlen muss:

„Ich glaube, ich hatte Unrecht, an diese Möglichkeit zu glauben. Denn bei der Vorstellung, mich eines frühen Morgens frei zu sehen, hinter einer Polizeiabsperrung, gewissermaßen auf der anderen Seite; bei der Vorstellung der Zuschauer zu sein, der schauen kommt und sich danach würde übergeben können, stieg mir eine Woge giftiger Freude bis zum Herzen. Aber das war nicht vernünftig. Ich hatte Unrecht, mich dieser Annahme hinzugeben, denn einen Moment später war mir so furchtbar kalt, dass ich mich unter meiner Decke zusammenkrümmte. Ich klapperte mit den Zähnen, ohne an mich halten zu können."

Meursault versucht, sich den Stillstand seines Herzens vorzustellen, aber er kann es nicht. Er hat keinerlei Vorstellung von der Stille. Ich bin froh, dass ich mich in diesem Punkt von ihm unterscheide, auch wenn fraglich ist, ob ich das Bewusstsein für die Stille in seiner Situation parat hätte. Es ist eine kraftvolle Meditationsübung, sich den eigenen Tod vorzustellen, den Zerfall des Körpers, dem das Leben abhanden kommt, ohne Herzschlag, ohne Atmung, ohne Sinne. Es heißt, am Ende empfände man sich als reines Bewusstsein, befreit von der Form und wie nach dem wirklichen Tod bereit, sich neu zu inkarnieren. Wer weiß, was genau einen erwartet, wenn das Herz aufgehört hat zu schlagen. Bisher ist mir die Meditation über den eigenen Tod nie recht gelungen, aber vielleicht haben mir die Bilder dazu gefehlt. Ich nehme mir vor, es demnächst zu versuchen, mit den Bildern von Meursaults letzten Tagen in seiner Zelle im Kopf.

Meursault wartet auf jedes neue Morgengrauen. Er möchte nicht vom Tod überrascht werden. Er weiß, sie werden im Morgengrauen kommen, also schläft er nur tagsüber und verbringt die Nächte mit Warten. Er beginnt, sein Bewusstsein zu schärfen, auf jedes kleinste Geräusch von außen zu lauschen, seine Atmung zu registrieren und jede Regung in seinem Innern. In diesen bangen Stunden vor Sonnenaufgang, zwischen den Geräuschen der Nacht und der Angst vor dem Tod, denkt Meursault nochmals an einen Ausspruch seiner Mutter zurück: man sei nie vollkommen unglücklich. Ich blättere zurück, um die letzte Stelle wiederzufinden, an der Meursault seine Mutter zitierte. Das war relativ zu Beginn seiner Gefangenschaft gewesen, als es noch darum ging, die Zeit totschlagen zu lernen. Man gewöhne sich am Ende an alles, hatte ihn die Stimme der Mutter in seinem Kopf beruhigt. Ich nehme einen Zettel von meinem Notizblock und schreibe die Sätze untereinander:

„Man ist nie vollkommen unglücklich.
Am Ende gewöhnt man sich an alles."

In einem gewissen Sinn ist es schade, dass „Der Fremde" mit dem Tod der Mutter beginnt. Ich hätte sie gern kennen gelernt. Auch um Meursault besser zu verstehen.

Den Zettel mit den Meursaultschen Familienweisheiten hefte ich an meine Pinwand über dem Schreibtisch. Mir fällt etwas ein, das ich schon längst vergessen zu haben glaubte: Zu Beginn meiner Therapie musste ich einen umfangreichen

Fragebogen ausfüllen, der meiner Therapeutin einen ersten Überblick über meine Vergangenheit und meine Beschwerden geben sollte, und der mich mehrere schweißtreibende Stunden gekostet hat. Dort gab es eine Aufgabe, die mich damals verwunderte: ‚Nennen Sie charakteristische Aussagen ihrer Mutter/ ihres Vaters'. Die Idee daran mag sein, die Eltern ihrer Erziehungsideale zu überführen, bzw. die Kinder ihrer negativen Erinnerungen daran. Mir viel es damals sehr schwer, für Mama etwas zu finden. Ich glaube, am Ende schrieb ich nur: „Ich hab jetzt keine Zeit, frag mal Oma", obwohl ich wusste, dass das einfach der Vorstellung entsprach, die ich von meiner Kindheit hatte, nicht so sehr einem regelmäßigen Ausspruch, an den ich mich wirklich erinnerte. Ich weiß nicht, ob Meursaults Mutter mit ihren Lebensweisheiten gut oder schlecht abschneiden würde. Womöglich bekommen Therapeuten solche Aussprüche kaum zu lesen, weil Menschen wie Meursault, oder Menschen mit Müttern wie Meursaults, selten eine Therapie brauchen. Man könnte meinen, solche Kinder seien autark und lebensfähig, mit den starken Maximen ihrer Mütter im Hinterkopf. Andererseits, so gern ich mir solche Maximen auch selbst vorbete oder an meine Pinwand hefte, würde ich sie doch ungern aus dem Mund einer Bezugsperson auf mich angewandt hören. In diesem Kontext klingen die Worte kalt und verständnislos. Und es sind letztlich Worte einer Mutter, deren Sohn zum Fremden und zum Mörder wurde.

Auch Meursault formuliert am Ende Weisheiten, die dem Sohn seiner Mutter durchaus würdig sind. In der Hoffnung, sein Einspruch könne noch durchgehen, kann er zwar gelegentlich eine Stunde Ruhe gewinnen. Gleichzeitig versucht er aber, sich das Sterben schön zu reden, mit Trotz und großen Worten: „Jeder weiß, dass es das Leben nicht wert ist, gelebt zu werden", sagt er. Und: „Es wäre immer noch ich, der stürbe, sei es jetzt oder in zwanzig Jahren." In den Momenten, in denen Meursault sich immer wieder vorstellt, sein

Einspruch werde abgelehnt, fängt er schließlich an, eine Art Seelenruhe zu entwickeln, die ihm die Angst vor dem Sterben nimmt. In diesen Momenten denkt er noch einmal an Marie zurück, man könnte sagen an das Schöne in seinem Leben oder an die Liebe. Doch genau bei diesem persönlichsten aller Themen tritt Meursaults Fremdheit noch einmal mit erschreckender Klarheit zu Tage:

„Sie hatte mir seit langen Tagen nicht mehr geschrieben. An diesem Abend habe ich nachgedacht, und ich habe mir gesagt, dass sie es vielleicht leid war, die Geliebte eines zum Tode Verurteilten zu sein. Ich bin auch auf die Idee gekommen, sie sei vielleicht krank oder tot. Das wäre im Rahmen des Möglichen. Wie hätte ich es wissen sollen, da uns außer unseren beiden nun getrennten Körpern nichts verband und nichts uns aneinander erinnerte. Von diesem Moment an wäre mir die Erinnerung an Marie übrigens egal gewesen. Als Tote würde sie mich nicht mehr interessieren. Ich fand das normal, wie ich auch sehr gut verstand, dass die Leute mich nach meinem Tod vergessen würden. Sie hatten nichts mehr mit mir zu tun. Ich konnte nicht einmal sagen, dass mir dieser Gedanke schwer fiel."

In den letzten Tagen oder Wochen muss sich etwas in mir verändert haben, denn an dieser Stelle klatsche ich das Buch auf den Tisch, als Ersatzhandlung. Am liebsten würde ich Meursault ohrfeigen. Der Typ übersteigt mich. Und obwohl mir das einen Stich gibt, weil ich gerade das Gefühl hatte, ihm näher gekommen zu sein, weiß ich doch, dass es eigentlich ein gutes Zeichen ist, ihn und seine Fremdheit in gewissen Teilen zu verachten. Es bringt mich auf meiner Entfremdungs-Skala ein gutes Stück weiter nach links, hin zu den in Klammern normalen Menschen.

Ich öffne die Balkontür und trete raus in die kühle Morgenluft. Natürlich weiß ich, was mich im Text so getroffen hat: Meursault tritt die Liebe mit Füßen, dieses sagenumwobene, romantische Gespinst, das doch gerade wieder einmal begonnen hat, zaghaft in mein Leben zu treten. Beim Gedanken an die gestrige Begegnung mit Susanne wird mir warm im Bauch, und etwas flau. Ist Meursault in Wahrheit einfach ein unromantischer Arschloch-Typ, der keine Gefühle zeigen kann, bei den Frauen aber begehrt ist?

Zum ersten Mal versuche ich, mir Meursaults physische Erscheinung vorzustellen. Klein und dünn vielleicht, schwächlich und ausgetrocknet wie ein knorriges Bäumchen auf einer windigen Klippe, das Sturm und Regen trotzt. Soweit ich mich erinnern kann, gibt es zu Meursaults Äußerem keinerlei Hinweise im Text. Der Mann ohne Vornamen soll auch ein Mann ohne körperliche Konturen bleiben. Meursault ist in Wahrheit das Charakterbild eines Seelenzustandes, ohne Hülle, ohne menschliche Standards, ohne überflüssige Informationen. Er könnte in den Charakterkatalogen des Theophrast auftauchen. Ich überlege, wie solch ein Eintrag wohl aussehen könnte und welche Überschrift man ihm geben würde. Vielleicht „Der Gleichgültige". Oder auch „Der Fremde", warum nicht.

Was sagt es erst über das Verhältnis des Autors zu seiner Romanfigur aus, wenn er sie nur mit Nachnamen benennt. Distanzierung? Oder Kanonisierung, so wie wir Camus sagen und sofort wissen, wer gemeint ist? Ein Meursault ist ein Meursault ist ein Meursault. Schon der Name ist seltsam. Ich gehe zurück an den Schreibtisch und gebe den Namen in die Suchmaschine ein. Erstaunt stelle ich fest, dass es einen Ort in der Bourgogne gibt, der diesen Namen trägt und ihn auch einer einheimischen Weinsorte vererbt hat. Es ist eine Chardonnay-Art, die man mit der fett gedruckten Aufschrift MEURSAULT kaufen kann. Bei den Weinbeschreibungen auf der Website wird Camus' Roman erwähnt. Allerdings gibt es keinen Hinweis darauf, ob es das Buch oder den Wein früher gegeben hat und was Camus mit dem Ort oder dem Wein zu schaffen hatte. Was bleibt, ist der Eindruck, es bei einem Meursault mit etwas ganz Besonderem zu tun zu haben, einem exquisiten Wein oder eben einem exquisiten, das heißt seltenen Charakter. Kurz entschlossen bestelle ich im Onlineversand drei Flaschen Meursault. Was kann es Besseres geben, um den Abschluss des Übersetzungsprojekts zu feiern?

Dann gehe ich in die Küche und setze noch einmal Kaffee auf. Es ist erst kurz nach acht, aber vor mir liegt noch ein gutes Stück Übersetzung. Um zwölf treffen wir uns vorm Friedhof. Ich nehme den Kaffee mit an den Schreibtisch, schließe die Balkontür und setze mich wieder an den Text. Meine Wut auf Meursault ist verflogen, seit ich ihn mir als einen Eintrag im Charakterkatalog vorgestellt und den exquisiten Wein bestellt habe. Vielleicht ist mir endlich klar geworden, dass er nur eine Romanfigur ist, eine Charakterstudie auf Papier, die niemals diese Welt betreten hat. Ich kenne niemanden, der ist, wie Meursault. Und irgendwie hoffe ich, dass es auch niemanden gibt, der so ist. Meursault ist ein Stereotyp, ein kleiner Pfeil am rechten Ende meiner Entfremdungs-Skala, der ähnlich wie die perfekte Kontrollgruppe am linken Ende nur in der Theorie existieren kann.

Meursault gibt es ja gar nicht, denke ich. Wie soll ich ihm da böse sein? Plötzlich tut er mir leid, und ich weiß, dass das genauso blödsinnig ist. Es gibt ihn in seiner Welt, in seinem Roman. Und er ist dort sicher, auch wenn er sterben muss. Die Hinrichtung wird nie vollstreckt werden, da sie in der Ich-Perspektive nicht mehr notiert werden konnte. Ohne es zu wissen, hat Meursault am Ende doch einen Ausweg gefunden.

Der Anstaltsgeistige versucht es erneut bei Meursault, aber der streitet eine etwaige Verbindung zu Gott genauso unumwunden ab wie alle irdischen Verbindungen zu seinen Artgenossen, zu seiner Mutter, zu Marie. Er glaube nicht an Gott, Punkt. Und es sei sinnlos, darüber nachzudenken. An dieser Stelle wird immerhin eine klare Abneigung Meursaults offenbar, die er auch selbst bemerkt: „Ich war vielleicht nicht sicher, was mich wirklich interessierte, aber ich war vollkommen sicher, was mich nicht interessierte. Und gerade das, wovon er sprach, interessierte mich nicht." Meursaults Gleichgültigkeit ist keine Offenheit, vielleicht wird mir das erst hier so richtig klar. Wenn er wirklich alle Dinge gleich gelten lassen würde, hätte er keine Abneigung gegen Gott.

Kurz darauf wird Meursault sagen, dass ihm im Gefängnis einfach die Zeit fehle, sich auf Dinge einzulassen, die ihn nicht interessieren. Das leuchtet mir ein. Dennoch habe ich das Gefühl, ihn überführt zu haben. Irgendwo tief in ihm schlummert ein wildes Raubtier, das alle Angreifer totbeißt. Ich habe keinen Zweifel daran, dass es dasselbe Tier ist, das auch den Araber getötet hat. Aber wogegen wehrt es sich eigentlich? Wovor hat es Angst?

Der Geistliche schafft es schließlich, das Raubtier zum Aufbrüllen zu zwingen. Meursault rastet aus, als der Geistliche verkündet, er werde trotzdem für ihn beten, trotzdem, das heißt, obwohl Meursault nicht daran glaubt, dass sein Leben nach der Hinrichtung in irgendeiner Form weitergehen wird, und obwohl er im Elend seiner Zelle ganz bestimmt nichts Göttliches hat aufscheinen sehen. Schließlich glaube ich zu verstehen, dass es Verzweiflung ist, die Meursault so wütend macht. Vielleicht ist das Raubtier in ihm der angesammelte Schmerz seiner Fremdheit, die Verzweiflung darüber, nichts zu haben, was ihn „interessiert", woran er glaubt und was ihn verbindet mit der Welt. Er ist der Fremde. Selbst im Tod. Und dennoch tritt gerade in der wütenden, schmerzhaften Schimpftirade, die er dem Geistlichen an den Kopf wirft, wieder die ewige Wahrheit zutage, die Meursaults Weltverständnis jenseits aller Entfremdung ausmacht: Alles ist gleich, alles wiegt sich auf und wird sich ewig aufwiegen im Licht der Zukunft, das auf das Vergangene zurückscheint:

„Nichts, nichts war wichtig, und ich wusste sehr gut, warum. Auch er wusste, warum. Vom Grund meiner Zukunft her wehte mir während dieses ganzen absurden Lebens, das ich geführt hatte, durch Jahre hinweg, die noch nicht gekommen waren, ein dunkler Hauch entgegen und machte auf seinem Weg alles gleich, was man mir in den nicht weniger unwirklichen Jahren vorschlug, die ich lebte." Unter dem Hauch der obskuren Zukunft, der ihn anweht, meint Meursault zu erkennen, dass alle privilegiert sind in diesem Leben, und dass gleichzeitig alle eines Tages verurteilt würden. Er sieht die Gleichheit aller Dinge, und auch die absolute Wirklichkeit eben dieses einen Lebens, das er lebt. Es ist das Einzige, dessen man sich wirklich sicher sein kann: seines eigenen Lebens und seines Todes.

Es sind wirre, ungeordnete Gedanken, und vielleicht verstehe ich sie nicht vollständig. Was hat es letztlich noch für einen Sinn? Es ist das letzte Aufbäumen einer zum Sterben verurteilten Seele, die letzten wirren Worte voller Lebenswahrheit und Schmerz. Und vielleicht haben sie nur deshalb etwas Geniehaftes, weil es eben Meursaults letzte Worte sind.

Das Buch schließt mit der schönen Seite des Lebens, mit dem Seelenfrieden eines Mannes, der seine letzte weltliche Wut hinausgeschrieen hat und dem Tod ohne falsche Hoffnung entgegensieht. Erst in diesem Moment ist ihm die Welt wirklich gleichgültig geworden, und er begreift, wie nah er der Wahrheit die ganze Zeit über gewesen ist:

„Ich fühlte mich bereit, alles noch einmal zu leben. Als ob mich diese große Wut vom Bösen reingewaschen hätte und von Hoffnung befreit, öffnete ich mich angesichts dieser mit Zeichen und Sternen beladenen Nacht zum ersten Mal der zärtlichen Gleichgültigkeit der Welt. Als ich spürte, wie ähnlich sie mir war, wie brüderlich letztlich, fühlte ich, dass ich glücklich gewesen war, und dass ich es immer noch war."

Es ist das Erkennen der Gleichheit, der ich in Meursaults Worten und Taten seit Beginn des Buches nachgespürt habe, und die mich so faszinierte. Meursault lässt (fast) alles gleich gelten, genauso wie es das Leben tut. Deswegen hat er auch nichts gegen das, was geschieht. Auch Meursault hat seinen

Dämon, das wilde Tier, das sich in seinem Innern aufbäumt und heimlich nach Menschlichkeit, Zugehörigkeit und Herzenswärme giert. Aber sein Wesen entspricht der Welt und diesem Leben mehr als das der meisten Menschen, die ständig ankämpfen gegen das, was ist und sich ihr Glück gegen ständigen inneren Widerstand zu erkämpfen suchen. Die meisten von ihnen werden womöglich nie den Zustand stiller Zufriedenheit erlangen, in dem Meursault schon auf die Welt gekommen ist und in dem er sie schließlich auch verlassen wird.

Ich freue mich für Meursault, darüber, dass er am Ende zu der Einsicht seiner Zufriedenheit gelangt ist, auch wenn er sie sich im eigentlichen Sinn des Wortes nicht verdient hat. Die meisten Menschen, die nach Zufriedenheit und Übereinstimmung mit der Welt suchen, gehen einen langen Weg des Leidens, der Entbehrungen, Enttäuschungen und Schmerzen, der Meursault erspart geblieben ist. Aber sie gewinnen auf diesem Weg auch etwas, das Meursault niemals gelernt hat, und ohne das wahres Einssein mit der Welt und wahrer Seelenfrieden vielleicht unmöglich ist: Sie lernen zu lieben. Zuerst andere Menschen und sich selbst, dann auch alle übrigen Lebewesen und Dinge, bis sie womöglich zuletzt, wenn sie den Weg bis zu Ende gehen, die Liebe als das Bindeglied der Dinge verstehen, als die eine Schwingungsebene der Welt, auf der alles eins ist, auf der es keine Getrenntheit, keine Fremdheit und keine „anderen" mehr gibt. Meursault mag sich der Unvollkommenheit der Welt vollkommen hingeben – er wird niemals leben und lieben wie ein Mensch, der die Höhen und Tiefen des Lebens durchmessen hat. Er bleibt auf ewig der Fremde.

Ich stehe auf und strecke mich ausgiebig. Ich bin froh, dass der Text zu Ende ist, merke aber, dass in meinem Kopf noch längst nicht alles klar ist. Ich frage mich, ob es wirklich einen Unterschied gibt zwischen einem Meursault, der seine Zufriedenheit und seine Übereinstimmung mit der Welt erkannt hat, und einem spirituellen Suchenden, der die Wahrheit über die Gleichheit aller Dinge erkennt. Gibt es aus spiritueller Sicht einen Unterschied zwischen Hingabe (an das Leben) und Liebe? In meinem Meditationsbuch wird beides gleichgesetzt, aber im Angesicht des „Fremden" scheint mir diese Gleichmachung unmöglich. Ich weiß, dass ich diese Frage allein nicht werde beantworten können. Aber vielleicht treffe ich eines Tages auf jemanden, der mir den Unterschied aus der Sicht eines „Erleuchteten" erläutern kann. Vielleicht werde ich dann wissen, ob ein Holzklotz wie Meursault, wenn er sich im Angesicht des Todes seiner Gleichgültigkeit und Fremdheit bewusst wird, zur Erleuchtung gelangen kann.

Während ich den Computer ausschalte und in die Küche gehe, um den Reiskocher anzustellen, denke ich noch einmal über den Titel des Buches nach. Der Fremde. Ist Meursault denn am Ende, als er die Brüderlichkeit der Welt entdeckt, wirklich immer noch ein Fremder? Mit Gewissheit könnte man das erst sagen, wenn es ein Leben nach der Todeszelle gäbe. Würde Meursault sich anders verhalten als bisher? Würde er menschlicher werden? Es ist eine müßige Überlegung, denn es kann in dieser Welt kein Leben „danach" geben. Erst die Ausweglosigkeit der Situation macht eine Wandlung überhaupt möglich. Meursault muss sterben, damit er vorher zur Selbsterkenntnis gelangen kann.

Ich schneide Gemüse und Tofu klein und röste Sonnenblumenkerne an. Plötzlich durchzuckt mich die Erinnerung an Susannes Lächeln, und ich spüre eine warme Woge durch meinen Körper strömen. Fast im selben Moment wird mir klar, dass ich ein Projekt beendet habe, und dass etwas Neues beginnen kann. Ich hole die Flasche Rotkäppchensekt aus dem Kühlschrank. Der Korken ploppt, und der Sekt sprudelt ins Glas. Ich werfe noch das Gemüse in die Pfanne und öffne das Fenster weit. Der Regen hat aufgehört, aber die Luft im Hof riecht noch feucht und schwer. Ich setze mich vorsichtig aufs Fensterbrett und lasse meinen Blick über die Beete,

Fahrräder und den tropfenden Rotdorn streifen. Als ich nach oben schaue, sehe ich, dass der Himmel direkt über dem Quadrat des Hofes aufzureißen beginnt. Vielleicht wird es später noch Sonne geben. Ich hebe mein Sektglas und stoße mit der Welt da draußen an: auf Meursault und auf Susanne, auf Mama, die wir heute beerdigen werden, und schließlich auf alles, was das Leben noch bringen mag.

Epilog

Es ist Freitag. Vor genau drei Wochen habe ich mit der Übersetzung des „Fremden" begonnen. Ob Meursault letztlich gestorben ist, werde ich nie wissen. Sicher ist, dass ich ihn beerdigt habe, zusammen mit Mama, und zusammen auch mit einigen Gespenstern aus der Vergangenheit, die mich viele Jahre lang begleitet haben. Vielleicht sind sie die einzigen, die wirklich tot sind. Ich glaube, Meursault wird mich mit seinem Wesen und seiner Faszination noch lange begleiten. Ich habe nicht das Gefühl, nach den drei Wochen mit ihm abgeschlossen zu haben, im Gegenteil. Es ist eher, als würde er nun zur Familie gehören, zu meiner persönlichen kleinen Familie von verwandten Seelen, zu der endlich auch Mama wieder gehört.

Ich packe Cracker und Kekse in den Rucksack, außerdem zwei Äpfel, eine Tüte Feigen und ein getrocknetes Schweineohr, das ich für Laska gekauft habe. Dann setze ich Wasser auf und mache mich auf die Suche nach der großen Thermoskanne, die sich irgendwo in den Tiefen meines Wandschranks befinden muss. Susanne meinte, wir würden den ganzen Tag unterwegs sein. Ob sie überhaupt Kaffee trinkt? Vielleicht doch lieber Tee. Die Thermoskanne mit dem schwarzen Lederbezug steht ganz hinten im Schrank, sie wurde lange nicht benutzt. Seltsam, dass gewisse Dinge plötzlich gehäuft in unser Leben treten, nachdem man sie jahrelang nicht benutzt oder an sie gedacht hat. Auch am Tag der Beerdigung hatten wir eine Thermoskanne im Gepäck, Hannah und ich.

Das war am Dienstag gewesen. Der Leichenschmaus fand im Süderbrokweg statt, und es waren viele gekommen, Freunde der Familie und entfernte Verwandte, aber auch alte Musikerkollegen, die von Mamas Tod erfahren hatten. Eigentlich war es eine nette Runde. Ich hörte gespannt den

Erzählungen der anderen zu, ihren Erinnerungen an eine faszinierende Frau, die ich nur so wenig gekannt hatte. Trotzdem war ich nicht böse, als Hannah mir von hinten die Hände auf die Schultern legte und in mein Ohr flüsterte: „Los komm, lass uns abhauen".

Es war wie früher, wenn wir uns unerlaubt aus dem Staub machten, nach draußen oder auf den Dachboden verschwanden, um der Enge der Familie zu entfliehen. Auch jetzt stahlen wir uns heimlich fort und überließen die Erwachsenen ihren wichtigen Gesprächen, und erst als wir schon laut schnaufend die Plattform des Trümmerbergs erreicht hatten, bemerkte ich, dass Hannah die alte, hellblaue Plastik-Thermoskanne unter dem Arm trug. Auf der Bank mit dem weiten Blick über Häuserschluchten und Plattenbauten tranken wir süßen Kaffee aus dem Thermosbecher. Hannah bot mir eine Zigarette an, und ich sagte nicht, dass ich nicht mehr rauchen wollte. Aber ich beschloss insgeheim, dass es die letzte Zigarette werden sollte, ein schwesterlicher Akt der Verbundenheit an diesem Tag, an dem wir unsere Mutter beerdigten. Ich musste kurz an Meursault denken, schob den Gedanken aber beiseite. Diese Zigarette hatte nichts mit jener gemein, die er am Totenbett seiner Mutter geraucht hatte.

Meursault ist tot, denke ich jetzt, aber ich lebe noch. Ich stecke ein paar Zweige frischer Minze in die Thermoskanne und gieße den Tee auf. Es ist kurz vor zwölf, Susanne wird bald hier sein. Ich merke, wie sich freudige Nervosität in mir breit macht. Ich hole die zweite Flasche Meursault aus dem Wandschrank und stecke sie in den Rucksack. Die letzte ist für Hannah reserviert. Ich habe versprochen, ihr ausführlich von Meursault zu erzählen, wenn wir beide wieder zur Ruhe gekommen sind. Am Dienstag, auf unserer Bank auf dem Trümmerberg, haben wir kaum geredet. Es gab nichts zu sagen. Es gab nur diesen Moment, den würigen Geruch der Wiese in der regenschweren Luft, den heißen Kaffee im

Plastikbecher und die letzte Zigarette. Am Ende haben wir beide gelächelt, obwohl unsere Augen noch vom Weinen verquollen waren. Beim Abstieg haben wir die Treppen genommen, vorbei an den Schlitten fahrenden Kindern, denen wir uns schon früher verbunden gefühlt haben, und vorbei an dem kleinen Fuchs aus Messing, der die Treppen seit Jahr und Tag bewacht. Seine Stirn und Nase glänzen von den Händen der Kinder, und auch wir haben ihm freundschaftlich übers Gesicht gerieben. Er gehört zur Familie, genauso wie der Froschkönig am Märchenbrunnen. Genauso wie Meursault und Mama.

Es klingelt an der Tür. Ich schraube die Thermoskanne zu und verstaue sie im Rucksack. Dann werfe ich einen letzten Blick in die Wohnung. Die Fenster sind geschlossen, das Licht ist aus. Auf dem Schreibtisch liegt neben meinem Laptop ein Buch, eine schmale alte livre de poche-Taschenbuchausgabe mit rotem Staubschutz. Ich brauche einen Moment, um zu begreifen, dass es nicht „Der Fremde" ist.

Natürlich, denke ich dann, „Paludes" von André Gide. Mein neues Projekt.